# LA VIGILANTE

DU MÊME AUTEUR

SAUVAGES, *roman*, Grasset, 2007.

MELANIE WALLACE

# LA VIGILANTE

*roman*

*Traduit de l'anglais (Etats-Unis)*
*par*
BRICE MATTHIEUSSENT



BERNARD GRASSET
PARIS

*L'édition originale de cet ouvrage a été publiée par*
*MacAdam/Cage, en 2006, sous le titre :*

THE HOUSEKEEPER

ISBN 978-2-246-71241-1

*Pour Peter, et pour Claudia*

# *Un*

La première fois que Jamie vit le garçon, il était ligoté à un arbre. Elle n'était pas du tout préparée à le trouver ainsi, ficelé serré avec une vieille corde à linge grossièrement enroulée et nouée, la corde salie et tachée aux endroits où en un autre temps elle avait été tendue sur des poulies crasseuses. Il était curieusement immobile, hormis la morve qui lui coulait du nez.

Une demi-douzaine d'enfants dépenaillés formaient un cercle approximatif au bord de la chaussée, face au garçon, et ils serraient contre leur buste des manuels scolaires recouverts avec le papier des sacs de courses. Ils se dandinaient d'un pied sur l'autre, tournaient en rond sans échanger le moindre murmure et scrutaient la route comme si leurs regards pouvaient y matérialiser le car scolaire, mais quand le chien de Jamie trottina vers eux ils rompirent les rangs et se rapprochèrent, les plus petits cachés derrière les grands, dont ils agrippaient la taille. Dans un silence plein d'appréhension ils firent face au chien qui avança, mais l'animal les dépassa sans même leur jeter un coup d'œil avant de s'arrêter simplement aux pieds du garçon et après un moment il s'assit, de sorte qu'elle s'étonna de la brusque immobilité de l'ensemble, les enfants et le chien et le garçon figés en un morne contre-jour devant le soleil hivernal qui n'autorisait aucune ombre mais accordait à leurs formes une sombre massivité qu'elle trouva déconcertante. Ils regardèrent Jamie approcher et ils ne bronchèrent pas avant que le chien ne se relève et s'immobilise pour lâcher un bruit étranglé qui n'évoquait ni un grondement ni un aboiement, mais plutôt quelque profond hurlement primordial, et à cet instant précis le garçon ligoté brailla comme un veau et les enfants se dispersèrent en criant. Elle se mit à courir vers eux mais s'arrêta tout à trac pour siffler, et le chien revint ventre à terre, la queue dressée et le poil hérissé, la tête inclinée sur le côté pour jeter un coup d'œil par-dessus son épaule comme s'il ne voulait pas perdre de vue le garçon. Elle saisit le chien par le collier, rejoignit le côté de la route où se trouvait le garçon et lança aux enfants : N'ayez pas peur, n'ayez pas peur, mais ils n'avaient pas confiance et loin de reformer leur groupe ils demeuraient épars, hésitants, chacun restant à une distance prudente des autres, jusqu'à ce que l'un d'eux pousse un cri en entendant le car, alors ils s'agglutinèrent de nouveau, traversèrent la chaussée comme un seul homme. Lorsque derrière Jamie le car franchit le virage en ahanant puis ralentit, les enfants agitèrent les bras et hurlèrent comme s'ils craignaient qu'il ne s'arrête pas, mais il s'arrêta. Comme ils y montaient, elle cria : Attendez ! *Attendez !* mais ils ne l'attendirent pas et, tenant toujours le collier du chien, Jamie courut presque vers le véhicule et abattit sa paume contre la porte qui se refermait. La porte poussa un soupir et s'ouvrit. Ce garçon est ligoté ! s'écria-t-elle et la conductrice, une femme laminée par les ans, regarda le garçon d'un air las, puis se tourna de nouveau vers elle. Bien sûr qu'il l'est, dit-elle.

*

Tu aurais dû le laisser là-bas, remarqua Galen.

C'est ce que j'ai fait.

Mais tu l'as détaché.

Jamie ne répondit pas, ils restèrent assis en silence sur la véranda de Margaret et regardèrent le pré abandonné ondoyer jusqu'au verger de pommiers chétifs qui se détachait devant la colline lointaine ternie par le ciel plombé, puis Galen roula une cigarette et l'alluma. La fumée du tabac bon marché auquel il s'était habitué déroula ses volutes bleutées, la senteur âcre se mêla à l'odeur de l'homme, celle étrangement douceâtre de la sueur et du feu de bois, et à la puanteur plus puissante de l'encaustique citronnée qu'elle venait de passer sur les planchers de Margaret, une puanteur qu'elle conservait sur les mains et sur sa chemise où elle les avait essuyées. La porte était ouverte derrière eux, plus loin le plancher séchait lentement dans le froid glacial, et ils n'entraient pas. Elle frissonna en repensant au garçon, Galen ôta son blouson de l'armée pour le mettre sur les épaules de Jamie, qui frissonna encore, à cause de cette chaleur nouvelle et de l'odeur virile, puis ils restèrent assis en adoptant la posture immobile de chasseurs dans leur affût, jusqu'à ce que Galen se remette debout, rejoigne le bord de la véranda et là lève deux doigts vers sa langue, pince le bout incandescent de sa cigarette et l'éteigne avec précaution, émiette la cendre avant de pousser un léger soupir et de se retourner vers elle.

Sans doute qu'il a plus de jugeote que toi, puisqu'il est resté là-bas.

Ça veut dire quoi, au juste ?

Ça veut dire qu'il sait certainement pourquoi il était ligoté. Qu'il devait être ligoté. Et que, si jamais il était détaché et parti quand celui qui l'avait ligoté reviendrait, alors il allait le payer très cher.

Eh bien il y était la dernière fois que j'ai regardé.

Galen contint un demi-sourire, contempla le verger pour ne pas croiser le regard de Jamie. Une jolie jeune fille, lui dit un jour Margaret, en le voyant observer Jamie qui passait près d'eux et marchait vers les parterres de fleurs qu'elle venait de nettoyer – Margaret incisive comme à son habitude, ses yeux intelligents aux paupières lourdes dans son visage âgé, Margaret trop incisive, trop intelligente, pour ne pas voir ce que trahissait le regard de Galen – un maintien adorable, et puis elle semble glisser au lieu de marcher, poursuivit Margaret, mais étrangement désabusée pour son âge et même peut-être pour le mien, non qu'elle soupçonne même le sens de ce mot. Alors Galen et Margaret l'avaient regardée ensemble, leur complicité diluant toute gêne chez Galen, jusqu'à ce qu'il se tourne vers Margaret et fasse remarquer : Bah, peut-être qu'elle a tout bonnement les pieds sur terre. Margaret eut un rire narquois et lui dit : Cette enfant n'a absolument pas les pieds sur terre. Enfin, elle a travaillé pour – avec – moi pendant tout l'été, depuis la fin mai, et maintenant c'est presque *Labor Day* – et tout ce qu'elle m'a dit d'elle c'est qu'elle est quelqu'un à qui les choses arrivent. *Juste*, rectifia Margaret, elle est *juste* quelqu'un à qui les choses arrivent. Galen s'était alors demandé, comme il le faisait maintenant, si Damon comptait parmi ces choses qui arrivaient à Jamie, même si Galen n'avait rien révélé à Margaret du peu qu'il avait appris par ouï-dire ; mais quand il se leva pour se remettre au décapage des fenêtres de Margaret, elle l'arrêta de son regard intelligent et à sa manière incisive reconnut ceci, bien qu'il n'y ait jamais fait la moindre allusion : Je suis contente que tu passes ici après mon départ, même si le mieux que tu puisses faire c'est de veiller à ce qu'elle s'en sorte.

Mais il n'en savait rien, pensait-il maintenant avec tristesse. Margaret était partie à la mi-septembre, on était presque à Noël, et Jamie ne lui avait rien confié de plus sur elle que ce qu'il savait déjà, c'est-à-dire pas grand-chose. Pour l'essentiel, ils parlaient de broutilles sans importance – du chien de Jamie, un grand bâtard aux yeux couleur ambre qui, selon Margaret, était forcément un croisement entre une bête sauvage et un animal domestique ; ou du froid aigu, pénétrant, impitoyable, et de la saison, un hiver plus sec qu'aucun autre dont Galen se souvînt, ou encore de Margaret – et aucun ne posait de question intime à l'autre. Galen ne voulait pas se montrer indiscret. Et sans jamais rien révéler de fâcheux, sans jamais trahir le moindre souci, Jamie ne lui laissait guère d'autre choix que d'en conclure qu'elle allait aussi bien que possible.

Jamie se leva, marcha vers lui, s'arrêta tout près. Galen, fit-elle en retirant le blouson de l'homme pour le lui tendre, cette fripe a connu des jours meilleurs. Non sans gravité, il examina la trame élimée et haussa les épaules. Moi aussi, répondit-il avant d'enfiler le vêtement avec une indifférence feinte, puis il s'éloigna de cette proximité gênante pour rejoindre l'extrémité opposée de la véranda, poser la main sur l'antique glycine dont le tronc aujourd'hui mort s'enroulait tel un serpent autour d'une colonne, essaya d'étouffer en lui un afflux violent. Il resta longtemps ainsi.

Il se fait tard, dit-il enfin. Faut que j'y aille.

Jamie marcha une fois encore jusqu'à lui, s'arrêta une fois encore près de lui et, une fois encore, trop près. Moi aussi, lui dit-elle.

Il va neiger. Enfin. Ferme à clef et vas-y.

Dès que le plancher sera sec.

Il acquiesça, s'autorisa un coup d'œil au profil presque caché de Jamie, observa l'épaisse chevelure lustrée, résista à la tentation de l'interroger sur Damon. Allez, fit-il à la place, et elle s'écarta, le chien au bas des marches levant la tête au-dessus de ses pattes et s'étirant pour se mettre debout à leur approche. Galen descendit de la véranda et se baissa pour caresser les oreilles du chien en guise d'au revoir, puis se redressa. A plus tard, lui dit-il, et elle sourit, leva une main fermée, déplia les doigts. Alors il partit comme il le faisait toujours, en coupant tout près de la source et de la cabane de la pompe, sans se retourner une seule fois avant de disparaître dans les bois. Le chien et elle restèrent là pour suivre des yeux son départ solitaire et, lorsqu'il eut disparu, elle s'accroupit sur le seuil, palpa de la paume le plancher, dit au chien de ne pas bouger, puis traversa la maison pour fermer les fenêtres et les volets intérieurs, en répandant l'ombre autour d'elle. Le chien attendait et la sentait se déplacer dans l'obscurité grandissante, jusqu'à ce qu'elle ressorte, boutonne son mince blouson, tire la porte derrière elle et la ferme à clef, remette ses chaussures. Dès qu'ils partirent, le chien se mit à bondir aux côtés de Jamie, comme pour la supplier de lui assener des claques sur les côtes et le poitrail, ce qu'elle fit volontiers sans ralentir son allure si bien qu'en s'éloignant tous deux formaient une masse confuse et mobile, à l'équilibre assuré, jusqu'à ce qu'ils atteignent les sumacs qui bordaient le terrain de Margaret, où les silhouettes noires de corbeaux effrayés s'élevèrent soudain vers le ciel en poussant des cris et des croassements, le chien les pourchassant alors sans relâche. Quand elle l'appela par son nom, il se précipita vers la fille comme pour la renverser, puis il fit un écart soudain et décrivit un ou deux cercles autour de Jamie avant de repartir en trottinant. Elle le suivit, attentive au gel, les mains enfoncées tout au fond des poches, le menton baissé, en se hâtant sur le chemin de montagne vers la route principale.

Cette route était déserte, comme presque toujours. Elle se superposait à une piste de fortune tracée deux générations plus tôt par ces gens de la vallée qui perdirent tout ce qu'ils ne pouvaient porter eux-mêmes ou emporter en carriole, perdirent tout à cause du projet hydraulique, qui inonda leurs terres, engloutit leurs maisons et leurs granges, leurs cabanes et leurs clôtures, tout ce qu'ils avaient laissé derrière eux : coffres et poulaillers, râteliers à maïs, charrues et herses, pelles, chaussures éculées, vêtements encore plus usés, harnais, houes et fers à cheval, mangeoires, tables découpées à la scie et chaises taillées à la main, poêles ventrus, stères de bois sec, boutons, abreuvoirs, rêves, leurs morts. Ils partirent sur cette route, dans un sens ou dans l'autre, contournant la lisière festonnée des terres rachetées par l'État pour ce qu'ils savaient être une bouchée de pain et malgré leurs objections, marchant en gardant les yeux baissés et sans répondre aux saluts des ouvriers chargés de clôturer le pourtour du lac de retenue, qui du côté où ils avançaient s'étendait sur près de trente kilomètres. Ceux qui choisirent de partir vers le sud finirent par atteindre un barrage surmonté d'une chaussée carrossable, tout au bout du lac de retenue ; ceux qui partirent vers le nord atteignirent un pont. La longue voie carrossable rejoignait une route qui aboutissait à un croisement jadis (et toujours) appelé les Quatre Coins, même si à l'époque (et aujourd'hui encore) cette route se terminait en T, là où le seul et unique magasin que la plupart d'entre eux aient jamais connu vendait tout ce dont ils avaient jamais eu besoin et servait aussi de bureau de poste ; le pont bâti au-dessus de la rivière qui alimentait le lac de retenue à son extrémité opposée aboutissait à la route qui conduisit la plupart d'entre eux le long de ce même cours d'eau vers des villes sinistres dont les noms – Dyers Corner, Tannersville, Foundry, Hatterstown, Bootsville, Sawmill * – évoquaient les vies de ceux qui étaient venus avant eux.

Le grand-père de Jamie et sa grand-mère, qui ne sentait pas encore le poids du bébé qu'elle portait

* Le Coin des Teinturiers, Tanneursville, Fonderie, Chapeauville, Chaussureville, Scierie *(NdT)*.

dans son ventre, avaient compté parmi ceux qui marchèrent vers le pont, le traversèrent, continuèrent. Personne ne s'aventura dans les montagnes, où se trouvaient quelques chalets de chasse aujourd'hui abandonnés depuis longtemps ou rarement utilisés, des carrières de cuivre bleu, épuisées quelque temps avant la disparition de la vallée sous la montée des eaux, çà et là une maison isolée dans une clairière. Les paysans de la vallée n'étaient pas des montagnards, ils ne connaissaient pas les usages de la montagne, ils ne pouvaient envisager de vivoter en cultivant des champs pierreux gagnés sur la forêt et de mener une existence solitaire, à l'écart des autres, incapables de voir la maison de leur voisin, incapables d'élever du bétail – pour lequel il n'y avait nul pâturage – et incapables d'être ce qu'ils avaient été, la seule manière d'être qu'ils connaissaient, sans savoir ce qu'ils allaient devenir, certains seulement de ne pas devenir des montagnards. Ainsi, la plupart d'entre eux marchèrent péniblement, comme les grands-parents de Jamie, vers les villes des fabriques, perdant en chemin ceux qui décidaient de s'installer à tel ou tel endroit, parfois pour rejoindre des parents éloignés, la plupart des autres louant des chambres exiguës, miteuses, ou des maisons aux allures de cabanes, là où ils croyaient pouvoir trouver du travail. Mais dès qu'ils s'arrêtaient à l'endroit où ils voyaient leur destination finale, ils découvraient que leurs compétences ne leur servaient plus à rien et que la Dépression avait déjà dévasté leurs rêves d'apprentissage d'un nouveau métier avant même qu'ils puissent les rêver. Il n'y avait pas de travail. Ni pour ces nouveaux arrivants, ni pour ceux innombrables qui avaient passé toute leur vie et travaillé dans ces villes. La plupart des gens s'aperçurent qu'ils devaient désormais survivre comme ils le pourraient, et s'habituer à tirer le diable par la queue. La grand-mère de Jamie se mit à laver le linge à Dyers Corner, une ville aussi affreusement pauvre que n'importe quelle autre, et l'enfant qu'elle portait grossit; le lendemain de la naissance de la mère de Jamie, sa grand-mère se remit à faire bouillir l'eau de la lessive, à bleuir le linge, à étendre sur des cordes des draps et des vêtements qui ne lui appartenaient pas tandis que son mari sans emploi supputait, calculait et soupirait en vain, et, encore plus vainement, restait assis à contempler l'inanité du destin, convaincu sur le moment et pour longtemps de sombrer dans la folie.

Sa grand-mère et son grand-père retraversèrent une fois le pont, une fois seulement ils revinrent sur leurs pas jusqu'au bord du lac de retenue, où eux-mêmes et d'autres qui venaient de là décidèrent de se retrouver pour contempler tout ce qu'ils avaient désormais perdu. Ses grands-parents ne montrèrent jamais à leur seul enfant ces routes de la vallée qui s'éloignaient du chemin pavé où Jamie marchait maintenant, certaines portions encore incrustées de pavés ronds ou de terre battue, toutes depuis longtemps envahies d'herbes et surmontées de frondaisons, toutes ne menant nulle part sinon au bord de l'eau, où elles descendaient doucement sous la glace qui en cette saison s'entassait en plaques déchiquetées sur l'immense surface du lac de retenue. Aucun panneau ne les identifiait ; les boîtes aux lettres que Jamie dépassait – inclinées, malmenées, penchées par la puissance chaque année récurrente des chasse-neige et par le poids inégal des congères – arrivèrent ensuite, après le lac de retenue, et elles appartenaient à ceux qui vécurent à cette époque au-dessus de la vallée. Sur la plupart, on ne pouvait plus déchiffrer le moindre patronyme, même si non loin d'elles des poteaux de guingois exhibaient les noms – Richard's Hollow Road, Flagstone Road, Birch Lane, Quartz Creek Road, Loggers Way – de rues qui montaient en tournant le dos au lac de retenue et finissaient en cul-de-sac dans un tas de scories, contre un mur de pierre ou face à une dépression au-delà desquels des vergers abandonnés, comme celui de Margaret, fleurissaient chichement à chaque printemps et laissaient choir des fruits pleins de vers à chaque automne, ou encore des rues où des chalets et des cabanes de chasse et des maisons étaient jadis – et parfois aujourd'hui encore – habités par des gens dont les noms avaient pâli sur les boîtes aux lettres.

Jamie marchait vite, elle avançait sur la chaussée sans faire de bruit, telle une somnambule glissant en rêve et sans la moindre parole à travers l'étrange stase crépusculaire, et sans jamais lever les yeux. Les cris convulsifs des geais bleus déchiraient parfois cette fin de journée et elle ne pensait à rien sinon au froid brutal tandis qu'elle longeait et dépassait le parking sordide des caravanes signalant la frontière imaginaire de ce que les gens appelaient simplement et inexplicablement La Courbe, des caravanes usées par les intempéries, couvertes de taches et de peinture écaillée, certaines inhabitées, d'autres accueillant des familles dévergondées aux enfants encore plus dévergondés, toutes dotées de parpaings en guise de marches, et la plupart d'ordures – cannettes et bouteilles vides, carburateurs cassés et batteries de voiture usagées, échelles brisées – jetées devant elles ou dans le marais voisin, d'où par les soirées du printemps ou de l'été montaient les mêmes coassements reptiliens qui depuis des millénaires envahissaient tous les marécages similaires, et qui maintenant reposait en silence sous le terne vernis d'une glace gris perle. Jamie ralentit au-delà des lumières parcimonieuses des caravanes, elle s'arrêta le long du marais gelé, car quelque chose dans cette désolation glacée lui rappela les yeux du garçon ; alors ses poings se crispèrent plus fort au fond de ses poches, elle regarda autour d'elle, s'aperçut que le chien n'était nulle part visible. Elle siffla une fois, deux fois, martela le sol avec ses pieds, attendit, poursuivit au-delà des roseaux rabougris, des arbres abattus et des barils de pétrole putrescents, à demi enfoncés dans la vase gelée, accéléra le pas jusqu'à se trouver hors d'haleine, régla son allure sur une marche rapide juste en contrebas de la maison du ferrailleur, cachée au sommet d'une colline accidentée aux versants zébrés d'innombrables amas de ressorts de matelas rouillés, glacières défoncées, jantes de bicyclettes, pneus en lambeaux, barreaux de bois, des tas de grillage à poule, des tubs en fer-blanc crevés, des buffets, tables, vaisseliers brisés, frusques d'innombrables familles disparues. Une lueur diffuse tombait d'en haut, sa source dissimulée par le surplomb de la falaise où plusieurs générations de ferrailleurs et leur progéniture avaient vécu et s'étaient multipliées en suivant une tradition presque indescriptible d'autosuffisance, leur descendance hermétiquement isolée, non pas tant par les pancartes omniprésentes interdisant l'entrée de la propriété que par les rumeurs de fusils prêts à tirer et d'enfants albinos fous à lier.

Le chien ne se manifestait pas et Jamie se mit à marcher au milieu de la chaussée, peu rassurée par la manière dont les bas-côtés saignaient dans la nuit, et elle se hâta ainsi jusqu'à ce qu'elle eût atteint l'arbre où le garçon avait été ligoté. La corde sinuait à la base du tronc, exactement comme elle était tombée des mains de Jamie. Alors qu'elle la contemplait en s'interrogeant sur la gravité de ce qu'elle avait fait et sur le sort du garçon, des flocons de neige descendirent lentement vers le sol. Le ciel de l'hiver embrassa la terre.

*

La maison se dressait en retrait de la route et la lumière qui en provenait traçait des ombres blanches fantomatiques dans la cour. Le chien était déjà là, pelotonné sur le perron, son poil scintillant de neige. Alors que Jamie se hâtait vers les marches, sortant les mains de ses poches pour chasser les flocons de ses cheveux, de ses épaules, le chien se leva et s'ébroua.

Damon se balança en arrière sur sa chaise, une bouteille de whisky posée devant lui sur la table, puis il saisit son petit verre plein à ras bord pour porter un toast moqueur à Jamie quand elle entra, et il dit : Ah, ma nénette draguée à la pizzeria. Jamie grimaça et sans le saluer écarta une chaise de la table pour l'installer près du poêle. Les deux ampoules nues du plafond jetaient une lumière crue qui blessait les yeux. Il faisait un froid terrible dans la maison et Jamie ne retira pas son blouson, mais ouvrit la porte du four, tripota un bouton, écouta la flamme s'allumer avec un bruit de détonation étouffée. Elle s'assit, agita les bras, regarda ses mains ouvertes, attendit la chaleur.

Les pieds de la chaise de Damon grincèrent contre le sol quand il la quitta, Jamie tourna la tête en entendant ce bruit, regarda l'homme remplir son petit verre, le vider d'un coup, le reposer sur la table, visser le bouchon de la bouteille de whisky. Elle sentit une crispation au fond de son ventre, rassembla son courage, se demanda pourquoi elle était encore là. Au début, Damon l'avait captivée avec ses attentions, séduite avec ses mains, abasourdie avec ses désirs quand il lui révélait ses propres aspirations, frappée d'étonnement en lui offrant un toit, sans poser la moindre question ; elle était restée parce que fascinée par les attentions de Damon et par les espérances qu'il suscitait chez elle, parce qu'il la faisait parfois rire, parce qu'il ne posait jamais de questions. Le printemps tardif émergea lentement de sa chrysalide, l'été s'épanouit dans la langueur, un jour l'automne fut soudain là. Alors Damon, qui était toujours allé et venu à sa guise, se mit à s'absenter plus souvent et à boire davantage quand il revenait, il était renfermé, souvent morose. Jamie ne lui posa aucune question. Contrairement à Damon, son premier amant, elle savait qu'elle attendait qu'il arrive une chose susceptible d'entraîner une conclusion irrévocable, car elle avait déjà appris que les fins se déroulent inévitablement selon leur propre rythme et leur nature spécifique, et que si jamais elle contrariait, modifiait ou endiguait ce cours inévitable, elle ne comprendrait peut-être jamais ce que cette relation était, pouvait être, avait été. Voilà, se rappela-t-elle, pourquoi – en partie, car il y avait aussi d'autres raisons, presque aussi importantes : la saison, le fait qu'elle n'avait pas d'argent – elle était encore là : un certain moment n'était pas encore venu, ce qui devait arriver n'était pas encore arrivé, ces désirs que Damon avait éveillés chez elle étaient insondables. Il l'observa avec une consternation feinte, demanda : Froid ?

Il neige, Damon, répondit-elle. Et il gèle ici.

Le poêle va te réchauffer.

Pas beaucoup, et pas longtemps.

Elle se retourna vers le four, le regarda. Damon

s'approcha, posa les mains sur le dossier de la chaise de Jamie, se pencha au-dessus de son épaule, abaissa le visage vers ses cheveux. Tu sens le tabac bon marché, dit-il. La suie, le feu. Quelque chose.

Les paumes de Jamie rejoignirent ses cuisses, et elle ne dit rien.

Tu étais chez Margaret ?

Où veux-tu que j'aille ?

Tu as vu ce trappeur ?

L'air glacé filtrait entre les planches du sol, substantiel, palpable. Jamie s'avança sur sa chaise, sentit sur son visage la chaleur du four.

Alors ?

Alors, quoi ?

Le trappeur était là-bas ?

Galen, tu veux dire.

Galen, oui. Chez Margaret, oui.

Non, fit-elle.

Non. Mais tu as son odeur sur toi.

Et toi tu sens le whisky. Et tu es parti pendant trois jours.

Damon la prit dans ses bras. Comme il faisait toujours, sans se sentir coupable de ses absences, ni de son goût pour l'alcool, comblant de son corps le fossé qui séparait une indélicatesse de la suivante. Elle sut sans le lui avoir demandé qu'il avait été avec sa femme.

Je n'aime pas que tu sentes le trappeur, lui dit-il.

Elle soupira. J'ai nettoyé la cheminée de Margaret, fit-elle. C'était exactement ce qu'il désirait entendre.

*

Lorsque Jamie entra dans la pizzeria, elle voyageait depuis trois jours épuisants, le plus souvent à pied, portant un petit sac à dos des surplus de l'armée qui contenait tout ce qu'elle pouvait porter, et avec le chien en laisse. Elle était restée sur les routes de l'arrière-pays qui partaient de la petite ville où elle avait passé toute sa vie jusqu'à son départ, en gardant un œil bien ouvert à cause des soldats à cheval, craignant d'être interpellée sous prétexte qu'elle faisait du stop alors même qu'elle se contentait de marcher le long de la route, craignant d'être arrêtée par n'importe quelle incarnation de l'autorité, interrogée, sommée de produire une pièce d'identité, craignant d'être ramenée à son point de départ. Elle ne vagabondait ni ne faisait l'école buissonnière – elle avait déjà plaqué l'école –, mais elle était orpheline, un mot qui ne décrivait nullement la douleur viscérale consécutive à l'enterrement de sa mère, sa souffrance ni sa solitude, un mot pire que vagabonde, car contrairement aux orphelins les vagabonds ne dépendaient pas de la tutelle de l'État. Jamie n'avait pas eu d'autre choix que de quitter l'endroit où elle vivait, et maintenant elle n'en avait pas d'autre que de faire très attention si elle ne voulait pas se retrouver placée dans une famille d'accueil, sans le chien – l'assistante sociale avait froidement insisté sur ce fait, exprimé très clairement qu'on lui enlèverait le chien pour le mettre en fourrière, et Jamie ne supportait pas l'idée de perdre la seule chose qu'il lui restait au monde à aimer, la seule et unique créature qui, elle le savait, l'aimait sans réserve en retour.

Elle ne croisa ni shérif de comté, car la plupart étaient occupés à régler les troubles de la ruralité – chats coincés dans un arbre et disputes familiales, une rare effraction, un exceptionnel mitraillage – ni policier de l'État, car la plupart patrouillaient surtout les grands-routes qui, dans le souvenir de Jamie, avaient tracé leur sillon rectiligne à travers des États entiers, évitant et vidant les centres de villes et de bourgades, essaimant d'inévitables faubourgs et autres centres commerciaux tout au long de leur ruban aux nombreuses voies. Les routes de campagne qui avaient autrefois été des artères principales de communication n'étaient même plus des voies secondaires ni grand-chose d'autre, et peu de véhicules dépassèrent Jamie. Le premier jour, le chien et elle montèrent deux fois, d'abord pour faire quelques kilomètres, ensuite durant quelques heures, à l'arrière d'un pick-up; puis ils passèrent leur première nuit dans une grange presque effondrée qui se dressait à côté des fondations en pierre d'une ferme depuis longtemps incendiée et rasée, Jamie ne se doutant pas une seconde que les chauves-souris qui dépliaient leurs ailes et se laissaient choir des poutres supérieures au crépuscule rentreraient avant l'aube à travers le toit crevé dans un grand bruit affolé, puis, troublées et effrayées par cette double présence humaine et canine, la réveilleraient et la terrifieraient de leurs volettements erratiques, menaçants. Le deuxième jour, un voyageur de commerce qui vendait du matériel vétérinaire leur fit faire leur premier trajet en voiture, vers la fin de l'après-midi, puis il les déposa tout près de la frontière de l'État, la seconde en autant de jours. Cette frontière était seulement visible à cause d'un petit panneau indiquant son existence, et de la joie débordante de Jamie : deux jours, se dit-elle, deux passages de frontière, et maintenant elle était beaucoup plus proche de la petite ville où sa mère était née, un lieu qui se situait sur l'itinéraire de Jamie par le plus grand des hasards, parce qu'elle s'y était déjà rendue. Elle cajola le chien, lui embrassa le museau dès qu'ils eurent dépassé le panneau pour entrer dans ce troisième État et continuer d'aller de l'avant, son chagrin toujours aussi profond et inentamé, bien qu'adouci par ce long voyage paisible. Au coucher du soleil elle arriva devant un groupe abandonné de bungalows usés par les intempéries – le premier arborant ces mots peints : *Pine Island View* – sur un terrain envahi d'herbes, de fleurs sauvages, de chardons, d'arbrisseaux, d'une dense bruyère prometteuse, et dont les limites étaient rendues indiscernables par la poussée irrégulière d'une forêt en pleine croissance. Le chien et elle dormirent sur le plancher pourri d'une véranda dans le bungalow le plus éloigné de la route, et au matin elle se promena en cherchant l'explication du nom de ce motel, mais ne trouva ni île, ni pins, ni étang. Elle ne réussit pas davantage à savoir où était ou bien avait été la fameuse vue.

Ce jour-là, une femme les fit monter dans son break qui transportait quelque part une grosse armoire en cèdre. Je m'arrête jamais pour les vagabonds, lui dit la femme, mais un chien c'est autre chose. Cette femme les déposa à une station-service qui comptait deux pompes rouges déglinguées, un garage dont le rideau de fer rouillé était tombé pour la dernière fois avant la naissance de Jamie, et ce qui avait sans doute été un bureau mais qui désormais ressemblait davantage à une cahute, d'où émergea un homme grisonnant, d'âge indéterminé, qui se croyait la victime d'incontestables déboires, pour servir à la pompe. Le plein, lui annonça la femme. Cela et puis : Elle va pas dans la même direction que moi.

Il la jaugea d'un seul regard, avant que Jamie n'ait même eu l'occasion d'aller derrière la station-service, conclut qu'elle ne pouvait pas être sur la route depuis plus de deux ou trois jours et qu'elle semblait déjà assez satisfaite de cette expérience pour continuer de la sorte pendant plusieurs semaines, plusieurs mois, plusieurs années, jusqu'à ce que quelqu'un ou quelque chose l'arrête; et il se dit qu'elle accepterait seulement pour un temps ce quelqu'un ou ce quelque chose avant de reprendre la route, car elle ressemblait aussi à une personne qui avait appris qu'il était très facile de laisser ses ennuis derrière soi et de confondre cette fuite avec ce qu'on appelle en général une solution. Il le reconnut, et il remarqua aussi le drapeau américain cousu à l'envers sur une fesse de son pantalon, il vit que ce jean qui s'effilochait sur les chaussures était au moins de deuxième main, sinon de troisième, et qu'elle n'était peut-être même pas responsable de ce travail de couture. Et si tel était bien le cas, pensa-t-il encore, ce signal de détresse ne s'accordait en rien à la gravité de la détresse qu'elle abritait en elle, et qui le frappa malgré cette démarche altière, affranchie, aérienne, comme si elle planait au-dessus du sol, à cause de sa façon de ne même pas demander à utiliser la salle d'eau, non parce qu'elle n'avait pas le droit de l'utiliser, mais parce qu'elle ne voulait pas donner l'impression d'avoir besoin de l'utiliser, elle ne voulait pas sembler avoir un quelconque besoin. Pourtant, elle était trop jeune pour ne pas avoir le moindre besoin, il le vit aussitôt, elle n'avait en tout cas pas l'âge requis par la loi pour se balader toute seule sur la route, même avec un clebs en laisse.

Sans un mot elle emmena le chien par-derrière, la femme repartit au volant de son break, il se dit sept minutes et regarda sa montre, rentra dans la cahute en se demandant combien au juste de cheveux-longs barbus et bons à rien ayant plaqué l'université ou fuyant la conscription (parfois accompagnés de jeunes femmes effrontées, sans soutien-gorge, toujours vomis par des Coccinelles ou des minibus VW déglingués, toujours achetant le moins d'essence possible afin de pouvoir utiliser la salle d'eau) il avait vus au cours de la décennie précédente – ceci étant, comme disait toujours son épouse diabétique hélas toute gonflée, l'année du Seigneur mille neuf cent soixante-seize, que Dieu nous bénisse, que Dieu bénisse l'Amérique – et décida que peu importait le total, il en avait beaucoup trop vu à son goût.

Au bout de sept minutes exactement Jamie apparut sur le seuil, après s'être lavé les mains et le visage puis renoué les cheveux et, devina-t-il, sans doute aussi qu'elle s'était lavé les dents avant de bien essuyer le lavabo avec une serviette en papier. Le chien tenu fermement en laisse et le sac à dos sur les épaules, elle lui demanda poliment – comme s'il s'occupait d'un restaurant et pas d'une station-service oubliée de Dieu – s'il n'aurait pas par hasard un récipient pour faire boire le chien, puis s'il pouvait lui vendre une tasse de café. Il s'adossa à sa chaise, observa la fille, joignit les mains. Puis rétorqua : Est-ce que vous êtes une de ces hippies?

Je ne crois pas, répondit-elle après un silence. Je n'y ai jamais réfléchi.

Il lui demanda où elle allait et elle le lui dit. Il lui demanda d'où elle venait et elle répondit : De loin. Il prit la cafetière posée sur le réchaud à un feu, remplit une tasse ébréchée, puis dit à Jamie de boire son café dehors, après quoi il fouilla à la recherche du moule à tarte qui, il le savait, devait bien être quelque part, et il finit par le trouver, il rejoignit la salle d'eau et constata, avec la satisfaction du parieur comblé, qu'elle avait en effet essuyé le lavabo. Il fit couler de l'eau dans le moule, contourna le bâtiment et posa le moule par terre pour le chien. Elle le remercia et lui tendit une pièce de vingt-cinq cents. Il fit tourner la pièce entre ses doigts, l'examina comme si de sa vie il n'avait jamais vu la moindre pièce de monnaie, puis la lui rendit en fronçant les sourcils. Ce kawa vaut pas un clou rouillé, fit-il.

Quand elle eut terminé son café, le chien s'était couché à ses pieds. Avec un peu de chance, dit l'homme avant qu'elle ait pu le remercier encore une fois en lui tendant la tasse vide, vous arriverez à votre destination avant la nuit.

Sauf que je ne suis pas ce qu'on appelle une chanceuse, rétorqua-t-elle avec tant de neutralité, de maturité, que lui, qui connaissait mieux que la plupart des gens les caprices sinistres d'une lutte incessante destinée à maintenir debout une existence qui trop souvent n'en avait que le nom, scruta le visage de Jamie avec surprise, pensa tout à trac qu'il s'était trompé sur son âge et comprit aussitôt que ce n'était pas le cas, car elle ne paraissait pas plus âgée, et n'était pas plus âgée, qu'à l'instant où il l'avait vue pour la première fois. Qu'elle ait abouti à cette conclusion – l'une des personnes les plus désespérées et les plus malheureuses que l'homme connaissait, résistait, renâclait, se révoltait, alors même qu'elle encaissait un coup du sort après l'autre – cela le décontenança, l'adoucit. Bon Dieu, reconnut-il, c'est dommage mais c'est comme ça : on n'a pas tous les jours de la chance. Puis il accepta une fois encore les remerciements de Jamie et il la regarda s'éloigner sur la route avec ce chien qui marchait bien gentiment à ses côtés, avec le sac à dos sur les épaules, et puis ce désespoir impénétrable et entièrement privé chevillé au fond d'elle-même.

En fin d'après-midi, deux jeunes charpentiers avec leur paie en poche et deux packs de bières entre eux s'arrêtèrent sur la route à la hauteur de Jamie, lui dirent d'accord, ils allaient dans sa direction, ils l'installèrent avec son chien à l'arrière de leur pick-up. Elle posa le sac à dos contre leurs boîtes à outils, puis s'adossa à son bagage et regarda défiler le paysage, les hameaux rares et espacés, délabrés et en ruine, les aires désertes destinées aux camions, puis elle se pelotonna pour échapper au vent et somnola. Quand le véhicule ralentit et s'arrêta, elle se réveilla en sursaut, s'assit, vit la pizzeria, les bois qui l'entouraient, le modeste parking, la route étroite. Les deux charpentiers descendirent de la cabine du pick-up, à peine capables de tenir debout, ils firent claquer les portières et s'y accrochèrent un instant. Où sommes-nous? demanda-t-elle ; le conducteur leva les yeux vers l'endroit d'où tombait cette voix, lâcha Oh merde, puis il se plia en deux de rire.

Ils entrèrent dans la pizzeria d'un pas vacillant, chacun enlaçant les épaules de l'autre. Elle descendit du pick-up, prit son sac et fit sauter le chien à terre, dénoua ses cheveux et tenta de les coiffer avec ses doigts avant de les renouer, prit le sac à dos, emmena le chien au-delà des deux voitures qui occupaient le parking, puis s'arrêta sur la route, regarda dans les deux directions, ne vit aucun panneau indicateur, nulle maison, rien de rien. Le soleil, tout enflé, était bas sur l'horizon ; elle envisagea de marcher, mais comprit qu'elle ne pouvait pas le faire tant qu'elle ne saurait pas dans quel sens aller. Elle ramena le chien vers le caniveau, s'accroupit devant lui et demanda : Qu'en penses-tu ? Lui répondirent un regard perplexe de l'animal et un coup de langue sur le visage. Je ne sais pas, avoua-t-elle, je ne sais vraiment pas. Puis elle se leva et se retourna vers la pizzeria, où une grosse femme en tablier était debout devant la porte, les bras croisés. Quels imbéciles, lui dit-elle. Cela et : Si ce chien sait se tenir, fais-le entrer et mets-le dans le coin où y a pas de table.

Au bar, les charpentiers étaient penchés au-dessus de leur verre. A une table, deux autres hommes cessèrent de regarder la télévision installée au bout du bar, pour observer Jamie choisir une place toute proche du poste, puis ils échangèrent un regard en haussant les sourcils. Elle commanda une pizza normale et un coca. M'est avis que tu mangeras pas toute la pizza, lui dit la femme au tablier, et si tu comptes la partager avec ce chien, tu ferais mieux de faire ça dehors.

Une serviette en papier, une fourchette et un couteau apparurent devant elle, Jamie alla aux toilettes pour ôter la poussière de son visage, elle prit un billet dans la mince liasse de dix, cinq et un dollars qu'elle gardait au fond d'une poche, puis revint s'asseoir. Les charpentiers étaient partis. Elle but lentement son coca et, quand la pizza arriva, elle mangea sans se presser, en surveillant le chien de temps à autre. La femme servit du whisky aux deux hommes attablés, puis retourna derrière le bar et s'appuya sur les coudes.

Alors, demanda-t-elle, tu vas où ?

Dyers Corner.

Quoi, ce soir ?

C'est loin ?

Damon, lança la femme en direction des deux hommes, y a combien jusqu'à Dyers Corner ?

Jamie se tourna pour entendre la réponse. Il inclina la tête, posa son verre, répondit : Une soixantaine de bornes.

Cette jeunesse aimerait qu'on l'emmène là-bas. Avec son chien.

L'homme éclata de rire et secoua la tête. L'autre demanda à Jamie : Y a quoi à Dyers Corner?

Je ne sais pas, dit-elle.

Tu y es déjà venue?

Une fois.

Alors y a pas de raison d'y retourner. A moins que t'aies de la famille là-bas.

Elle secoua la tête. Je me suis dit que je pourrais trouver un lit pour la nuit. Peut-être pour quelques nuits. Voir le lac de retenue.

Il vida son verre de whisky, lâcha un long ah. D'abord, la seule auberge qu'y a jamais eu à Dyers Corner a fermé y a quelques années de ça. Ensuite, c'est vraiment pas la peine d'aller là-bas si tu veux seulement voir le lac de retenue. D'ailleurs, ce lac a rien de spectaculaire.

Peut-être qu'il y a un motel quelque part?

Peut-être que non, la rabroua l'homme. Mais Damon ici présent t'emmènera chez lui. Il a une chambre pour les invités.

TJ, arrête ça, l'avertit la femme. Fais pas attention à lui, dit-elle à Jamie. Et puis sors donner ça à ton chien. Si quelqu'un se pointe en voiture, fais comme si tu le mangeais toi-même.

Jamie empila les tranches de pizza sur sa serviette

en papier, se laissa glisser de son tabouret, sortit avec le chien et le fit s'asseoir, s'installa à côté de lui, prit les parts de pizza, nourrit l'animal. TJ finit par sortir et lui sourit, monta dans une voiture, recula dans la lumière déclinante, partit. Elle regarda ses feux arrière disparaître, s'essuya les mains de son mieux sur la serviette grasse, rentra. Elle installa de nouveau le chien dans le coin près du sac à dos, paya la note, laissa un pourboire, empocha la monnaie. Si ça ne vous dérange pas, dit-elle à la femme, je vais encore utiliser les toilettes.

J'y vois pas d'inconvénient, fit la femme.

Damon était au bar, les clefs en main, lorsque Jamie revint dans la salle. Tu ferais bien de m'accompagner, dit-il, à moins que tu aies envie de passer la nuit et presque toute la journée de demain à marcher vers Dyers Corner. Ou de dormir dans les bois, avant de marcher demain et après-demain.

Va avec lui, dit la femme, il te fera pas de mal. C'est un homme marié.

Façon de parler, rectifia Damon.

Jamie hésita.

Ça le dérange pas du tout, dit la femme à Jamie, et il t'embêtera pas. Damon tendit les paumes vers le ciel, les clefs pendues à un doigt. J'y vais, annonça-t-il, à toi de choisir. Ainsi, Jamie prit son sac et entraîna le chien, puis mit les deux sur la banquette arrière de la voiture de Damon – empruntée, précisa-t-il – et ils partirent dans un crépuscule qui vira très vite à la nuit. Un peu plus tard, ils roulèrent sur une voie carrossable et, lorsqu'elle vit le lac de retenue, Jamie sentit le souffle lui manquer. Elle demanda à Damon de s'arrêter – elle qui ne lui avait rien dit jusque-là – et il s'arrêta, se gara sur le côté, coupa le moteur. Elle posa le front et le bout des doigts d'une main contre la fenêtre de la voiture, regarda le lac de retenue qu'elle avait vu pour la dernière fois à onze ans, mais qu'elle n'avait jamais regardé sous un ciel étoilé ; et il remarqua la pulsation d'une veine sur le cou de Jamie, il observa sa main menue et ses doigts effilés, son épaisse chevelure. Il s'étonna de sa jeunesse, de sa simplicité, de sa confiance et il ne sut pas dans quelle mesure elle était vulnérable.

Elle resta longtemps immobile sur le siège, se rappelant l'odeur de parfum bon marché et de tabac grossier dans le car, se remémorant l'inclinaison de la casquette du conducteur, le flou des forêts bourgeonnantes qui rougissaient au coucher du soleil en cette fin de printemps, la façon dont sa mère avait tiré d'impeccables gants blancs sur ses mains de ménagère et remis son chapeau d'aplomb avant de descendre à leur destination et de récupérer leur unique valise à la gare routière. Elles s'en étaient éloignées à pied pour rejoindre l'appartement sombre de sa grand-mère, éclairé par des ampoules jaunes, elles avaient marché jusqu'à cet immeuble miteux, peu élevé, en brique rouge, bâti un siècle plus tôt pour loger des ouvriers, avant d'entrer dans cet appartement qui n'avait pas été repeint depuis des années. Il était petit, spartiate et robuste, rien à voir avec le taudis où la mère de Jamie avait grandi, où la grand-mère de Jamie avait apporté son linge et où, apprit sa mère à Jamie, son grand-père avait été chômeur et presque perdu l'esprit. Quand Jamie lui demanda ce que c'était que le chômage, sa mère éclata de rire ; elle s'en souvint, puis se rappela qu'ils avaient enterré sa grand-mère dès le lendemain, à côté de son grand-père, et elle revoyait la main gantée de sa mère refermer le couvercle du cercueil, sa mère préparer une boîte de souvenirs et l'entourer de ficelle en vue du voyage de retour en autocar, toutes deux mangeant des macaronis au fromage râpé dans une gargote au comptoir de formica vert. Le lendemain, sa mère loua les services d'un homme propriétaire d'une voiture, qui les emmena au lac de retenue, et jusqu'à ce jour Jamie conservait une impression de son visage, sans se rappeler avec exactitude l'endroit où cet homme s'était arrêté pour se garer le long de la clôture abattue, et pas davantage sa voix quand il dit : Je vais vous attendre ici. Elle avait ensuite suivi sa mère à travers une forêt de lumière mouchetée, sa mère brisant des branches à mesure qu'elles avançaient, afin de retrouver leur chemin au retour, elle la suivit à travers des fougères dont les feuilles dentelées se déroulaient déjà, entre des bouleaux fantomatiques et des chênes impressionnants, contournant les cornouillers en fleurs, les ronciers de mûres, les plants de sumac vénéneux. Quand elles atteignirent l'eau, Jamie eut l'impression que le lac scintillait et s'étendait à perte de vue, puis elles montèrent sur un affleurement granitique et s'y assirent, mangèrent des œufs durs et des pommes. Jamie ne retrouvait dans sa mémoire aucun panier de pique-nique, même pas un sac en papier, seulement les paroles de sa mère. Je ne sais pas où était leur maison – aujourd'hui encore elle entendait la voix de sa mère –, mais c'était quelque part par là, peut-être au centre. J'en ai aucune idée. Ta grand-mère est revenue une seule fois, et elle ne m'a pas emmenée avec elle. Ce n'était pas une femme qui regardait en arrière, et moi non plus d'ailleurs. Mais je me suis dit que tu devais connaître l'endroit où elle avait vécu.

Jamie avait alors demandé : Et moi, je regarde en arrière ?

Certainement pas, à mon avis, avait répondu sa mère.

Le verre de la fenêtre était froid contre le front de Jamie, sa paume, ses doigts. Les lucioles brillaient, planaient juste au-dessus du bord de la voie carrossable, se multipliaient soudain et montaient en un épais nuage au-dessus de la berge, éclats de lumière virevoltants qui se réfléchissaient par milliers sur l'eau en dessous du ciel piqueté d'étoiles. Elle les regarda en silence, tout en se rappelant et se remémorant. Alors Damon enroula doucement autour d'un doigt une mèche des cheveux de Jamie, il se pencha vers elle et lui demanda : Perdue dans l'espace ?

Non, répondit-elle. Simplement perdue.

## *Deux*

Une fois détaché, le garçon se dirigea vers le terrain du ferrailleur où il rôda parmi les carcasses rouillées de métal tordu et pendant un moment il resta confortablement installé dans la cabine d'une épave de voiture et regarda les allées et venues des membres de sa famille, les yeux aussi incolores et inexpressifs que le ventre de poisson du ciel. Comme il ne pensait à rien avec des mots, il n'accordait aucune pensée aux choses qu'il voyait devant lui, le terrain jonché de débris, la maison en bardeaux, les toilettes extérieures mal fichues et, au-delà, les cabanes précaires et dépourvues de porte, à la béance obscure, d'où jaillissaient des barils cabossés, des tuyaux jetés en vrac, des plaques décolorées de tôle ondulée, des poutres putrescentes, des rouleaux de fil de fer rouillé et d'innombrables autres objets à divers stades de la décomposition. Il n'accorda aucune pensée aux chênes gracieux qui, privés de leurs feuilles, incisaient leur sombre silhouette dans le ciel derrière les cabanes, aucune à l'arbre du dépeçage – un érable massif et dénudé – où nul cerf mort n'était accroché, aucune aux cordes qui en pendaient. Il prenait toutes choses pour ce qu'elles étaient, évidentes et immédiates ou pas, familières ou non, et ici tout était familier et évident : le fouillis de la ferraille, les bâtisses, le chemin foulé et tracé par les eaux sales répandues, qui menait à la lointaine porcherie située derrière la maison, les marques de pas dans la boue gelée devant les marches en bois souillées aboutissant à la porte, les êtres qui sortaient de la maison pour y disparaître une fois encore. Il se cachait et se calmait, il attendait et observait, de temps à autre sans raison particulière il émettait de profonds bruits de gorge.

Parfois, une bouffée de créosote enflammée ou de pin brûlé arrivait jusqu'à lui, même si la fumée du tuyau de poêle incliné qui sortait des bardeaux sur le côté de la maison montait en spirales vers le ciel, loin de lui. Chaque fois que la porte de la maison s'ouvrait, le garçon s'enfonçait sous l'ouverture du pare-brise manquant de la voiture, puis il se redressait lentement en retenant son souffle pour jeter un coup d'œil au-dessus des ferrures du tableau de bord, lui aussi absent. Deux fois le muet –

peut-être son cousin, peut-être un oncle, on ne lui avait rien dit et il ne s'en serait de toute manière pas soucié – sortit, s'éloigna de la maison en trébuchant, se soulagea, puis resta là bouche bée, la fermeture éclair du pantalon baissée, les mains inertes à ses côtés, pour regarder ce qu'il venait de faire. Les deux fois, la femme qui, le garçon le savait, s'appelait Ada et était sa mère, héla le muet avec force cris, de l'intérieur de la maison, et les deux fois le muet réagit à la manière d'un ours danseur à l'esprit obtus, en se balançant d'un pied sur l'autre avec un air solennel jusqu'à ce qu'elle apparaisse, informe sur ses jambes trop courtes, un aiguillon à la main, pour le faire rentrer. Le boiteux qui avait ligoté le garçon à l'arbre, qui s'appelait Jake et qui était le père du garçon, apparut à plusieurs reprises, une fois pour farfouiller parmi quelques machines à laver à essorage manuel et des poêles ventrus jetés au rancart, une autre fois pour rentrer du bois, une troisième pour tuer un poulet. Il accrocha l'oiseau par les pattes à un vieux portique d'agrès, lui tordit le cou et, avant la mort du volatile, le décapita, puis il recula en vacillant et regarda les ailes battre et le sang jaillir jusqu'à ce que le poulet s'immobilise, et la femme sortit alors et se mit à le plumer. L'homme essaya de la monter tandis qu'elle était occupée, mais elle le ceintura et il se dirigea vers les toilettes extérieures en se penchant chaque fois qu'il portait son poids sur sa jambe plus courte, au genou raide, et il ne réapparut pas avant qu'elle ait emporté à l'intérieur le poulet plumé et que les plumes volettent sans but.

Le garçon ne disposait d'aucun moyen de mesurer le temps, un temps dont il n'avait de toute manière nulle notion, et il n'aurait donc pu dire quand l'homme et la femme sortirent tous deux de la maison, Ada avec un seau d'eau sale et Jake les mains vides, après quoi chacun partit de son côté. Dès qu'ils eurent disparu, le garçon se déplaça rapidement, mais une fois dans la maison le choc de la chaleur du poêle l'arrêta assez longtemps pour que le muet remarque sa présence et se mette à marcher en traînant les pieds. Il menaça l'idiot avec l'aiguillon d'Ada, le muet recula contre un mur, puis le garçon traversa le chaos en zigzaguant, évita les vêtements et les ordures répandus sur le sol, passa les mains sur les comptoirs envahis de bouteilles vides, de ressorts, d'anneaux métalliques et de boîtes de conserve sales, qu'il fit tomber par terre avec fracas, explora très vite des tiroirs entrouverts, empocha des déchets en même temps qu'un vieux briquet et des recharges de gaz liquide, ainsi qu'un couteau dans son fourreau. Il saisit un blouson moisi sur une patère de l'entrée et un bonnet à oreillettes beaucoup trop grand pour lui, avant de fourrer des poignées de biscottes dans une gibecière élimée, qu'il jeta sur son épaule. Il passa devant son plus jeune frère, un enfant silencieux et sans nom, attaché à un montant du lit par une laisse, mais il s'arrêta devant la fillette, sa sœur, qui se balançait d'avant en arrière, une main dans la bouche, assise sur un tabouret brisé dans une pièce de derrière. Elle ne le regarda pas, même lorsqu'il ouvrit le briquet et fit tourner la molette pour la menacer, mais elle n'aurait sans doute pas pu le voir à travers ses cheveux hirsutes. Il se fatigua de cette menace, fit claquer le couvercle du briquet et la gifla à toute volée, une seule fois, ensuite ravi de l'entendre geindre.

Il ne s'engagea pas dans l'allée sur les traces irrégulières de Jake, mais partit très vite et sans bruit à travers bois, à flanc de colline et au-delà de la falaise ; lorsqu'il atteignit un bosquet de pins au-dessus de la route, il se hissa dans un arbre, se percha très haut puis, bien caché, reprit son souffle. Ses paumes le brûlaient, éraflées contre l'écorce, des taches de poix commençaient déjà d'y noircir quand Jake le boiteux fut soudain visible.

Il se mit en rage et tourna d'un pas furieux autour de cet arbre où le garçon aurait dû être, mais n'était plus. Il laissa la corde à linge à l'endroit où elle se trouvait et décrivit un cercle de plus en plus large en direction de la route et des broussailles, tout en jurant, hurlant et fulminant. Le garçon suivit des yeux ces mouvements saccadés, avec un hochement de tête et rien d'autre sinon qu'il ouvrait et fermait la bouche comme en proie à une joie silencieuse, il regardait l'haleine profuse et blanche de Jake quand il cessa enfin de sauter en tous sens et se dressa immobile au milieu de la route. Une grimace tordit les traits de son père, qui plissa les yeux et se tourna par à-coups vers la forêt, alors le garçon se figea et resta ainsi plus longtemps que Jake, invisible. *Judds,* appela une fois l'homme, deux fois : *Juh-uhhds.*

Le garçon resta caché dans l'arbre longtemps après que son père fut parti en direction du parking des caravanes, où il frappa aux portes et, l'haleine fétide et le regard noir, exigea que les habitants et leurs enfants lui révèlent ce qui était arrivé à son fils ligoté, et au crépuscule le garçon descendit de son perchoir et il se contenta de rester assis, adossé au tronc, jusqu'à ce que le chien vînt à lui. Puis il se remit sur pied et demeura tout à fait immobile tandis que l'animal le considérait avec beaucoup d'intérêt. Quelque part on siffla, une fois, deux fois, et le chien se tourna vers ce bruit mais ne bougea pas. Au bout d'un moment, le garçon mit très lentement la main dans sa poche, il en sortit le couteau, qu'il retira du fourreau, il avança d'un pas prudent vers le chien et fit un large mouvement du bras. A sa grande surprise, le chien resta assis. Le garçon gémit, sa lame lacéra encore l'air, le chien se mit à agiter la queue, rabattit les oreilles en arrière avec un sourire canin, puis il bondit sur ses pattes et s'éloigna. Le garçon s'accroupit et regarda l'animal sans comprendre, puis le chien s'étira en relevant le bas du dos, bâilla, s'approcha. Cette fois le garçon ne brandit pas le couteau ni ne bougea, et le chien le renifla pour sentir ses poignets, ses genoux, son visage. Quand le garçon gémit encore, le chien le lécha ; et quand il tomba à la renverse, le chien ravi fut soudain sur lui, une odeur de poils et une douce odeur canine lui emplirent les narines tandis qu'il roulait sur le sol, le chien bondissant au-dessus de lui et sur lui, en faisant mine de le mordiller et en grondant de plaisir, jusqu'à ce que le garçon perde haleine. Après le départ du chien, il resta allongé à l'endroit où il était et regarda longtemps le ciel obscurci à travers la cime des pins, puis il chercha le couteau, le trouva et le remit dans son fourreau, avant de partir dans la direction choisie par le chien. Il finit par déboucher sur la route et, à la première maison qu'il trouva, il se cacha derrière. Beaucoup plus tard, mais avant que le chien ne revienne vers lui au beau milieu de la nuit, il leva le visage vers la neige, laissa les flocons fondre dans ses yeux.

# *Trois*

Le chien gémit, ces plaintes se faufilèrent par les coutures du sommeil et Jamie se débattit sous le poids de son rêve et sous les couvertures qu'elle avait remontées sur sa tête, elle posa par terre ses pieds vêtus de chaussettes et, prenant l'une des couvertures du lit pour s'en envelopper, elle traversa à pas de loup l'humidité glacée de la chambre. Damon, qui dormait du sommeil paisible de l'ivrogne, ne bougea pas. Le chien gémit encore, gratta à la porte tandis qu'elle descendait l'escalier à tâtons, il décrivit plusieurs cercles avant qu'elle n'ouvre le loquet le plus doucement possible et fasse sortir l'animal. Elle se tint sur le seuil telle une apparition débraillée, troublée et troublante à la lisière d'un monde obscurci par la neige qui tombait, où le chien disparut. Jamie scruta la blancheur tourbillonnante, les lointains opaques, sans rien voir. Elle attendit le retour du chien et, lorsqu'il ne revint pas, elle ferma la porte puis, sans allumer la moindre lumière, serrant toujours la couverture autour d'elle, alla s'asseoir dans l'un des deux vieux fauteuils près d'une fenêtre aux vitres couvertes de givre. Maussade, elle tenta de chasser les toiles d'araignée de son cauchemar – un cerf, touché d'une balle à la gorge, avait une respiration affreusement rauque, elle-même courait à la hauteur de cet animal entre des bouleaux fantomatiques jusqu'à ce que tous deux atteignent le bord d'un lac, et puis ce plan d'eau se métamorphosait en marbre quand le cerf bondissait dessus et le percutait brutalement, les jambes écartées, traçant des formes abstraites écarlates sur cette surface veinée de gris qui ne cédait pas, le garçon sortait de nulle part dans le sillage sanglant du cerf, le lac implosait lentement puis avalait l'animal et le garçon sous de vastes plaques de marbre aiguisé qui flottaient, se transformaient en icebergs, devenaient une banquise – et elle frissonna malgré la couverture, s'y pelotonna plus serré.

Le chien aboya, non pas pour entrer mais très loin et comme pour jouer. Elle tendit l'oreille, au cas où il aurait gratté à la porte, mais il ne vint pas et au bout d'un moment elle se leva, retourna sur le seuil, ouvrit la porte une fois de plus, tapa doucement dans ses mains. Des claquements de paumes lui revinrent comme en écho, distinctement, et ce bruit la propulsa en arrière, la couverture lui tombant des épaules alors que le chien surgissait de la brume et filait près d'elle. Alors elle vit le garçon, qui courait au bord de la route, qui glissait et vacillait, et elle ne sut pas si c'étaient ses battements de cœur ou les pas du garçon qui tonnaient dans ses oreilles, elle tira violemment la porte, actionna maladroitement le loquet et s'appuya de tout son poids contre le panneau. A côté d'elle, le chien restait debout immobile, les oreilles tendues en avant. A l'étage, Damon bougea, se retourna dans son sommeil, et le lit craqua ; elle retint son souffle, espérant contre tout espoir qu'il se réveille, mais il ne le fit pas. Le chien finit par se coucher par terre de tout son long. Quand la terreur de Jamie reflua enfin, elle s'accroupit pour ramasser la couverture, rejoignit le fauteuil, enroula la couverture autour d'elle comme un cocon, se recroquevilla dedans. Ensuite, elle dormit par à-coups, redoutant de rêver, redoutant de se réveiller.

*

La couche de neige, tassée par la maigre chaleur du soleil du milieu de journée, gela dans l'après-midi, quand la température dégringola, pour former une croûte glacée bleuâtre. Damon se réveilla, dégrisé, écouta de la musique country à la radio, sortit une fois pour tapoter la bonbonne cylindrique de gaz installée contre le flanc de la maison, mais sans réussir à savoir combien il en restait encore à l'intérieur, il ouvrit les robinets pour en faire goutter l'eau afin que les tuyaux ne gèlent pas, il décrocha le combiné d'un téléphone dont la ligne était coupée depuis des mois et il écouta l'absence de toute tonalité, il joua au solitaire. Il parlait peu ; il ne disait jamais grand-chose après avoir bu plus que de raison, et il buvait souvent comme un trou pour émousser, piétiner le remords, le ressentiment, la confusion qu'il était incapable de maîtriser sans la bouteille, car une insupportable découverte le harcelait : ses meilleures années étaient derrière lui. Elles avaient filé sans que Damon sache même que c'étaient ses meilleures – ces années de l'adolescence, consacrées à des orgies de bière entrecoupées de soirées rhum coca, les matches de football du jeudi soir et du samedi après-midi qu'il passait assis sur le banc de touche en tant que second couteau, les innombrables soirs où il empruntait la voiture de son paternel pour aller peloter son amoureuse du lycée qu'il épousa dès son retour du service militaire – car jamais il n'aurait pu imaginer qu'après toutes ces années, des choses qui lui échappaient, des choses qu'il ne comprenait pas, lui tireraient le tapis de sous les pieds et le laisseraient sur le carreau, dans une spirale descendante, une fois ses droits au chômage arrivés à échéance (d'abord il n'avait pas voulu s'inscrire à l'agence locale pour l'emploi, car on lui avait seriné et il croyait toujours, contre toute évidence, que tous les chômeurs étaient des flemmards, pourtant il avait cédé, ravalant sa fierté et son humiliation, il s'était inscrit), sa femme de retour en ville et vivant seule, sans faire de reproches à Damon mais seule, travaillant et attendant, disait-elle, qu'il y voie plus clair. Mais la seule chose qu'il voyait clairement, c'était que le loyer de ce taudis était impayé et qu'il n'y avait pas d'argent pour acheter à manger, sans même parler du fioul. Et malgré cette fille, dont la jeunesse, la peau absolument parfaite et les manières accommodantes lui avaient donné l'impression (ça et le whisky) d'être de retour au lycée, insouciant et prédateur, il était sur le point de devoir affronter la vérité : le passé était le passé et son épouse, qui sans se plaindre travaillait dur afin de subvenir aux besoins du couple, était maintenant – pour couronner le tout – enceinte.

Jamie le laissa seul. Chaussée d'une paire de bottes d'ouvrier qui ne lui appartenaient pas et ne lui allaient pas, elle déblaya un étroit sentier menant de la porte à la route, elle erra sur la chaussée avec le chien puis dans les bois situés derrière la maison, croyant pouvoir y découvrir une trace du garçon et sans savoir ce que dans ce cas elle ferait. Il n'y avait pas le moindre signe de lui. Quand elle rentra à la maison, elle trouva Damon à l'endroit où elle l'avait laissé, assis en silence à la table, en train de battre des cartes. Elle ne dit rien et elle ne retira pas son blouson, elle monta à l'étage pour épousseter et balayer, récurer la salle de bains, passer la serpillière, puis elle redescendit et fit de même en bas, bougeant sans cesse afin de ne pas avoir froid. Damon n'avait pas allumé le four. Quand TJ arriva, Damon ne sortit pas le whisky, mais resta assis avec lui à la table de la cuisine, les deux hommes penchés l'un vers l'autre pour chuchoter avec des airs de conspirateurs, alors Jamie ressortit avec le chien, elle marcha vers le parking des caravanes, jusqu'à l'arbre auquel le garçon avait été ligoté, constata que le chasse-neige avait accumulé un mur de neige de ce côté-là de la route et qu'il n'y avait pas de traces de pas autour de l'arbre. Elle retourna chez Damon au moment précis où TJ partait. Un joli nid douillet, lança méchamment TJ en la croisant dans la cour.

Jamie ne se demandait pas combien de temps Damon resterait; elle savait que c'était seulement une affaire de temps, une affaire de whisky, une affaire d'assouvissement (bien qu'elle comprît à peine ce dernier point), et elle ne lui posa aucune question, elle ne lui dit rien en entrant dans la maison. Elle tira une chaise devant le poêle, alluma le four, s'assit face à lui. Damon finit par monter à l'étage, il revint avec la bouteille de whisky et se servit un verre, puis un autre, attendant que l'alcool lui délie la langue. Quand ce moment fut arrivé, il annonça à Jamie d'une voix décontractée que TJ avait peut-être trouvé un boulot de peinture pour eux deux, puis il but encore afin d'adoucir le remords, le regret, la confusion, son incapacité à reconnaître que c'était terminé entre eux. Il but au point de devenir loquace, de multiplier les attentions trompeuses, insistant enfin pour faire frire le restant de bacon et les derniers œufs en guise de dîner, et pour la servir. Jamie mangea lentement, toujours vêtue de son blouson, elle remarqua sur le comptoir la conserve de graisse de bacon, comprit que dans quelques jours il ne resterait plus rien d'autre à manger – et plus de whisky non plus. Puis elle se laissa emporter.

# *Quatre*

Aux Quatre Coins où des années plus tôt le magasin solitaire de l'époque de ses grands-parents avait cédé la place à un groupe compact de bâtisses improbables – un petit commerce, une station-service, une baraque préfabriquée de la taille d'une modeste écurie dont Jamie ignorait l'usage, un bureau de poste en brique réduit à une seule pièce – elle trouva sa boîte aux lettres vide : curieusement, le chèque de Margaret n'était pas encore arrivé. Elle avait presque franchi la porte pour sortir quand le receveur des postes apparut derrière le comptoir et dit : Jamie Hall.

Elle lâcha la poignée et se retourna tandis que la porte se refermait, une bourrasque d'air glacé lui montant le long du dos. Vous avez du courrier pour moi ?

Il lui fit signe d'approcher, sa tête couverte de quelques mèches de longs cheveux blancs dodelinant, il fouilla sous le comptoir qui dissimulait son corps en dessous de la taille. L'effort qu'il fit pour se pencher lui coupa la respiration, puis il la retrouva en se redressant. D'une main tremblante il tendit une enveloppe souillée, qui portait le nom de Jamie et rien d'autre. Ça ne va pas, lui dit-il quand elle fut devant lui. Même pas un timbre.

Je suis désolée.

La douleur envahit l'épaule de l'homme, puis son bras. Sa main trembla plus fort.

Vous pouvez la timbrer, hasarda-t-elle en agitant les doigts au fond d'une poche qui contenait un peu de monnaie.

C'est pas grave. De toute façon y a pas d'adresse. On peut pas envoyer correctement une lettre sans une adresse.

Il ne s'agit peut-être pas d'une lettre.

Eh bien, elle est dans une enveloppe.

Jamie attendit. Le receveur posa l'objet sur le comptoir, ses mains et ses poignets étaient translucides, hormis les taches marron, les veines bleues et les ongles jaunes, opaques. Il s'appuya sur les coudes pour atténuer sa tremblote. Merci, dit-elle, en laissant l'enveloppe entre eux.

Il considéra la jeune fille. Enfin, répondit-il, ça

n'a pas beaucoup d'importance. Ça n'arrive pas trop souvent.

Non.

Tu ressembles comme deux gouttes d'eau à ta grand-mère.

Vous dites toujours ça.

Oui, c'est vrai. J'étais très épris d'elle, je ne l'oublierai jamais. Et j'étais juste derrière elle le dernier jour, quand nous avons quitté nos maisons, la vallée, tout ce que nous avions. Je l'ai vue s'éloigner de ton grand-père, je l'ai regardée s'asseoir un peu à l'écart de nous autres, toute chagrinée, désespérée, pleurant comme s'il n'y avait pas de lendemain. Malheureuse, vraiment malheureuse.

Le visage de l'homme devint inexpressif, Jamie ne tendit pas la main vers l'enveloppe. Il s'absorbait tout entier dans ce qu'elle ne connaîtrait jamais complètement, car il avait compté parmi ceux qui autrefois avaient peuplé la vallée et qui étaient partis avant que les eaux ne s'élèvent pour effacer toute trace de leur existence, submergeant leurs vies jusqu'à ce jour sous une obscurité liquide qui finit par devenir – pour lui, pour la famille de Jamie – un élément prédateur plein de traîtrise. Lors de ses déambulations au bord du lac de retenue à la recherche futile d'un affleurement granitique, Jamie avait découvert qu'elle aussi se méfiait instinctivement, intensément, de l'eau, comme si son sang avait hérité cette méfiance et cette peur. *Viens*, l'appela un jour Damon par un brûlant après-midi d'été en se laissant glisser vers les hauts-fonds du lac de retenue, mais elle refusa de le rejoindre, angoissée par ce qu'elle imaginait se trouver sous l'eau. Nauséeuse, elle le regarda s'éloigner à la nage, et quand le chien se mit à agacer un serpent au bord du lac, les mauvais pressentiments de Jamie montèrent d'un cran.

Le receveur des postes cligna plusieurs fois des yeux, dit comme s'il lisait dans les pensées de Jamie : Il y a des gens qui se baignent dans le lac de retenue, bien que ce soit interdit.

Je sais.

Moi je m'y aventurerais pas. Y a des tombes après tout. Les morts sont restés derrière. Mais j'ai bossé quelques hivers à découper la glace et j'avais aucune appréhension à marcher sur ce lac, même s'il gèle jamais complètement. La plupart des autres de la vallée refusaient de s'en approcher, et peu importait la saison. Ta grand-mère pour commencer. Elle a toujours dit que l'eau était un élément vraiment très imprévisible, mais seulement de l'eau après tout.

Elle avait raison.

Tu sais, poursuivit-il, après une sécheresse de

plusieurs années le niveau de l'eau a beaucoup baissé, si bien que ce qui restait des maisons a réapparu. Quelques habitants chassés de leur foyer sont revenus un dimanche d'août, juste histoire de jeter un coup d'œil, et tes grands-parents étaient parmi eux. Certains d'entre nous avaient des barques et j'ai convaincu ta grand-mère de me permettre de l'emmener là-bas à la rame – ton grand-père ne voulait rien entendre – et nous avons flotté entre les maisons, juste en dessous des greniers. Je me rappelle la façon dont ta grand-mère s'accrochait aux plats-bords, si fort qu'elle en avait les articulations toutes blêmes. Je me rappelle ça, et le silence.

Elle regarda les yeux du receveur s'embrumer, sa mâchoire frémir, elle se demanda quel âge il pouvait bien avoir. Il lui révéla un jour qu'il avait survécu à tout le monde, y compris à la grand-mère de Jamie, dont l'expression, ajouta-t-il alors, se perpétuait chez la jeune fille.

Il soupira, poussa l'enveloppe vers elle. A mon âge, dit-il, il ne reste pas grand-chose en dehors du passé.

Elle lui toucha le dos de la main, lui dit au revoir. Elle ouvrit l'enveloppe dans le magasin. A l'intérieur la feuille de papier n'exhibait ni salutation ni signature, seulement trois mots : *Viande de cerf.* Elle remit le message dans l'enveloppe, qu'elle plia et fourra dans une poche de son blouson. Elle perçut une forte odeur de café, qui lui mit l'eau à la bouche. La caissière au visage grêlé la surveillait d'un air torve, sa langue se promenant entre les gencives et les lèvres, et Jamie se déplaça parmi les étroites travées pour échapper au regard de cette femme. Un client, puis un autre, entrèrent et sortirent; la caissière enfonça ses touches, la machine sonna, le tiroir s'ouvrit bruyamment, puis fut refermé avec violence. Lorsque Jamie revint vers l'entrée du magasin, elle n'avait rien à la main. La caissière croisa les bras et suçota ses dents, enfonça la langue dans une joue, déforma le paysage lunaire de sa face.

Je me demande si je pourrais acheter quelques petites choses à crédit, fit Jamie.

La caissière grommela.

Pardon ?

Vous avez pas ouvert de crédit ici.

Eh bien, lui répondit Jamie avec bon sens, je me disais que je pourrais peut-être le faire.

Je sais vraiment pas pourquoi vous croyez ça possible, rétorqua la caissière avant de gonfler de nouveau sa joue avec sa langue.

Vous me connaissez, fit Jamie sans insister, toujours raisonnable, vous savez que j'encaisse mes chèques ici, ceux que Margaret Horan...

Encaisser un chèque est une chose, faire crédit en

est une autre, l'interrompit la caissière en plissant les yeux et décroisant les bras, en posant les mains sur le comptoir. Elle avait le dos des mains étrangement lisse. Politique de la maison, ajouta-t-elle.

Jamie hésita, tripota la monnaie au fond de sa poche, dit : Merci quand même. La caissière se gratta la peau au-dessus d'un sourcil, fit une moue, détourna les yeux. Quand Jamie ressortit du magasin, le receveur des postes se tenait sur son pas de porte, et il la regarda non pas marcher ni se dandiner, mais traverser en glissant exactement comme jadis sa grand-mère le parking – vide, à l'exception de sa DeSoto déglinguée – entre le petit magasin et la station-service, les cheveux de Jamie brillant dans la lumière hivernale, le menton légèrement relevé, son haleine déroulant ses panaches blancs, les reflets éblouissants de la neige accentuant sa minceur déjà extraordinaire. Il ouvrit la porte pour mieux voir, mais l'air glacé lui emplit les yeux de larmes et sa vision se brouilla, si bien que la jeune fille devint comme la mémoire du vieillard, inexacte, éphémère. Il se frotta les yeux, y enfonça ses phalanges. Quand il y vit de nouveau clair, elle n'était plus nulle part.

*

Jamie parcourut, toute engourdie, les deux derniers kilomètres, le lac de retenue s'éloignait derrière elle et hormis le bruit de ses pas le monde était silencieux. Elle ne modifiait pas son allure mais trébuchait parfois, l'absence de toute sensation dans ses pieds étant curieusement douloureuse, ses semelles percutant la neige avec violence. Quand le chien décela dans l'air l'odeur de sa maîtresse à quelque distance de la maison, il fila vers elle, l'accueillit avec exubérance, sauta tout autour d'elle en l'accompagnant jusqu'à la porte. A l'intérieur, elle vit la bouteille de whisky vide posée sur la table, entendit Damon se déplacer au-dessus d'elle, comprit à la manière dont il faisait porter le poids de son corps sur ses talons qu'il s'apprêtait à partir. Elle tira une chaise vers le poêle, s'assit, alluma la flamme, ôta ses chaussures, saisit un pied puis l'autre entre ses mains pour les frotter tour à tour. Le four se mit à émettre une odeur rance de métal brûlant et le robinet de la cuisine gouttait à la cadence d'un métronome étouffé.

Elle ne tourna pas la tête quand Damon descendit l'escalier. Il sentait l'eau de Cologne. Il alla à l'évier et ouvrit le robinet en grand, laissa l'eau couler à flots, puis ralentit le débit jusqu'au goutte à goutte désiré. Il détestait cette situation désespérée, sa lâcheté sans borne, il enrageait intérieurement à cause de cela et à cause de la visite du ferrailleur en l'absence de Jamie.

Le puits sera à sec si on pompe son eau tout l'hiver, dit-elle.

Où étais-tu ? demanda-t-il.

Il était midi passé, Damon. Tu dormais encore.

C'est pas ce que je t'ai demandé.

A la poste : je suis allée à la poste.

Le chèque de Margaret est arrivé ?

Il n'y était pas. Peut-être la semaine prochaine.

Peut-être la semaine prochaine, se moqua-t-il. Eh bien, peut-être que la semaine prochaine ce sera trop tard. Trop tard, répéta-t-il, avant d'ajouter : Au fait, le ferrailleur est passé ici.

Alors Jamie lança à Damon un regard perplexe. Le ferrailleur ?

Il cherchait son gamin.

Son gamin ?

Ouais, il cherchait son gamin. Il croyait que tu pourrais peut-être le renseigner. Il dit qu'il l'avait ligoté à un arbre près de l'arrêt du car y a quelques jours et qu'on l'a détaché. Une fille accompagnée d'un chien. Une salope avec un bâtard, voilà ce qu'il a dit.

Elle continua de regarder le four, sans piper mot.

Alors ? fit Damon.

Je ne savais pas qui c'était, répondit-elle au bout d'un moment.

Eh ben c'était lui. Et tout ça me plaît pas du tout : j'aime pas le ferrailleur et j'aime pas que le ferrailleur se pointe ici à ta recherche.

C'est moi qu'il cherche ? Ou le garçon ?

Plutôt toi, je dirais. Parce que tu t'es mêlée de ce qui te regardait pas.

Je ne vois pas les choses comme ça.

Ah bon ?

Toi, fit-elle avec un soupir, qu'aurais-tu fait ? Tu l'aurais abandonné là ?

J'y aurais réfléchi à deux fois avant de me mêler des affaires des autres.

Si j'y avais réfléchi à deux fois, dit-elle lentement en regardant Damon, en le regardant droit dans les yeux, j'aurais conclu que c'est mal de ligoter quelqu'un à un arbre.

Faut quand même savoir que ce garçon a une case en moins.

Il était ligoté comme un animal.

Merci de me l'apprendre.

Damon, il n'y a aucune raison de...

Il n'y a aucune raison pour que t'ailles fourrer ton nez dans les affaires des autres.

Il n'y a aucune raison de se disputer. Sauf si tu cherches un prétexte pour partir d'ici en claquant la porte, alors que de toute façon tu t'en vas.

J'ai pas besoin de prétexte. Je vois pas pourquoi je resterais ici.

Elle déglutit avec difficulté, se tourna de nouveau vers le four. Tu veux dire qu'il n'y a plus de whisky, fit-elle.

Je veux dire ça aussi.

La voiture de TJ ralentit devant la maison, freina, s'arrêta. Damon traversa la pièce. Il était impossible, Jamie le savait, de l'arrêter.

Damon, dit-elle d'une voix égale, je ne pourrai pas continuer longtemps.

Alors arrête, lui dit-il avant de partir. Lorsque le chien vint lécher les mains de Jamie, elle enfouit son visage dans la fourrure de l'animal. Beaucoup plus tard, elle ouvrit une boîte de nourriture pour chien, en contempla le contenu d'un air affamé, la vida dans un bol, qu'elle posa par terre, puis elle fit bouillir de l'eau avec quelques cuillerées de sucre, but une tasse de ce mélange, puis la moitié d'une autre. Une fois le four éteint, elle dormit tout habillée dans un fauteuil, enveloppée dans des couvertures. Les souris détalaient dans les murs et le crépitement de leurs pattes poussa Jamie à rêver que le garçon tapotait à la vitre. Quand elle se leva avant l'aube, le restant d'eau sucrée était gelé dans la tasse qu'elle avait posée par terre à côté d'elle.

*

Elle attendit jusqu'après Noël – le premier qu'elle passa seule, une journée, essaya-t-elle de se convaincre, tout à fait identique aux autres, même si ce ne fut pas le cas – le retour de Damon, mais il ne revint pas. Elle commença à douter de lui. Le froid devint pernicieux. Quand toute la nourriture eut disparu, sauf un peu de farine, elle prépara une pâte à pain avec ce qu'il restait et elle la fit revenir dans la dernière cuillerée de gras de bacon, la graisse coagulant tandis que les petits pâtés refroidissaient, mais ce pain avait un goût étrangement aigre. Elle mangea près du four et après la tombée de la nuit le gaz s'éteignit. Jamie prit alors son sac à dos dans un placard, elle fouilla parmi ses maigres possessions, choisit ce qu'elle emporterait, découvrit un billet de cinq dollars dans une chemise qu'elle avait jetée, plia et empocha le billet. Elle se refusa le moindre souvenir et sur le bureau plaça le foulard autrefois prêté par Damon, un joli morceau de verre fondu en fin de journée qu'ils avaient trouvé ensemble au bord du lac de retenue, un bracelet en cuir tressé qu'il lui avait donné. Quand elle eut fini son tri, elle prit entre ses doigts le chausse-pied de Damon, son eau de Cologne, puis elle les remit à l'endroit où elle les avait trouvés. Elle envisagea de laisser un mot, puis y renonça, refusa de penser à Damon avec acrimonie, puis se dit de ne pas penser du tout à lui sinon comme à une personne qui était simplement et sans la moindre explication sortie de sa vie. Si c'était bien ce qu'il avait fait.

Il ne lui avait jamais promis autre chose.

A l'aube, elle rangea dans son sac les quelques boîtes de nourriture pour chien qui lui restaient, elle enfila deux chandails puis son mince blouson, elle installa le sac à dos sur ses épaules, elle ouvrit la porte, puis pénétra dans un monde englouti dans une lumière sinistre. Le chien trottait devant elle quand un pick-up les dépassa, les projecteurs du braconnier installés à la place des rétroviseurs latéraux, le hayon baissé, la tête et les cors de l'énorme cerf aux yeux vitreux pendant mollement au-dessus de la chaussée, ballottés tandis que le véhicule disparaissait au bout de la route. Ce spectacle macabre eut sur Jamie l'effet d'un avertissement et elle décida de ne pas suivre la route pour aller chez Margaret, mais de couper à travers bois. Elle ne ferma pas la porte à clef derrière elle.

## *Cinq*

Le garçon ne savait rien des distances, rien de leur mesure ni de leur signification, et il les suivit, le chien et elle, en restant hors de portée de toute oreille humaine et, sans le savoir, sous le vent, si bien qu'il peina derrière eux dans la forêt sans jamais se faire repérer, en suivant les pas de Jamie et un chemin depuis longtemps étréci par le houx et le cornouiller, un chemin jadis dégagé à la largeur d'une route à deux voies par des bûcherons dont les chevaux de trait lourdement harnachés y tractaient depuis les montagnes des billes de bois ensuite utilisées par d'autres hommes pour bâtir ces maisons et ces granges, ces cabanes et ces clôtures aujourd'hui englouties au fond du lac. Le garçon ne savait rien des bois ni des montagnes et il s'en moquait, car il n'était ni ému par la beauté du bouleau, du chêne ou de l'érable dénudé en hiver, des bosquets de sapins ciguës couleur émeraude et d'épicéas bleu terne poudrés de neige, ni gêné par les pentes abruptes pénibles à gravir, ni soulagé par la douceur des reliefs. De temps à autre, sans s'arrêter, il repoussait de son front et de ses yeux le bonnet à rabats, ajustait la gibecière qu'il portait, levait le visage vers le ciel et ouvrait la bouche comme pour émettre un hurlement silencieux. Il était infatigable.

Le chemin de bûcheron qu'elle suivait avec le chien buta soudain contre une cascade, au bruit étouffé par le mince étui de glace qui l'enveloppait comme d'une gaine. Le garçon resta en arrière, regarda le chien entrer jusqu'au ventre dans un bassin situé en aval, laper l'eau, puis sortir du torrent et gravir la berge opposée que la fille avait déjà escaladée, se hâter de rejoindre l'endroit où elle se frayait lentement un chemin en haut d'une crête gelée. Quand le garçon entra dans le torrent, le froid le saisit d'un coup mais ne l'empêcha pas de se pencher en avant et, baissant le visage vers l'eau, de laper.

Il prit grand soin de rester caché d'elle, après que la fille eut quitté la forêt pour marcher sur une chaussée dégagée qui aboutissait à un mur bordé de sumacs, et ensuite avancer avec davantage de difficulté sur une allée non dégagée par le chasse-neige –

en donnant des coups de pied dans la neige, en lançant parfois un morceau de glace pour que le chien le rapporte – vers une maison isolée. Le garçon se dissimulait d'instinct, il restait invisible, il rampait derrière le muret en pierre, qu'il longea tout autour du verger, et lorsqu'il cessa enfin de ramper, il s'agenouilla dans la neige et jeta un coup d'œil au-dessus du muret. Le verger s'étendait sous ses yeux et la fille avait disparu. Le garçon poussa un cri strident, un second, puis, en voyant le chien bondir vers lui, il oublia la fille comme si elle n'avait jamais été là.

# *Six*

La maison de Margaret était telle que Jamie l'avait quittée la dernière fois, en cet après-midi de la première neige hivernale, hormis le carré gelé de viande de cerf suspendu par un crochet à la glycine. Elle laissa tomber son sac à dos derrière la porte, régla le thermostat sur seize degrés, tendit l'oreille et entendit le faible bourdonnement prévu, puis elle attendit que les radiateurs se mettent à gargouiller avant d'ouvrir les volets intérieurs et de descendre à la cave pour en remonter de grandes brassées de bois, qu'elle empila d'un côté de la cheminée. Quand elle eut fini, elle prit sur un fauteuil une petite couverture usée dont elle s'enveloppa les épaules, en sortant de la maison elle siffla pour rameuter le chien puis elle partit dans la direction que Galen suivait toujours quand il s'en allait. Le chien et elle longèrent le cours d'eau jusqu'à l'endroit où la glace et des ruisselets de surface qui s'évasaient en rubans gelés dessinaient des formes ciselées aux contours fantastiques, à l'endroit où l'eau sortait à gros bouillons de la mince couche de terre. Le chien continua devant elle, bifurqua à gauche sur un chemin plat qui filait à flanc de colline juste au-dessus de la source de la rivière, guidant Jamie le long de cet itinéraire qu'ils avaient souvent suivi durant l'automne. Ils passèrent devant une cabane construite au milieu de nulle part, des arbres poussant entre les poutres de son toit effondré, puis ils arrivèrent enfin à un trou d'eau incroyablement profond, autour duquel Jamie avait jadis vu des crotales paresseusement allongés au soleil tiède de septembre. Maintenant, il n'y avait pas de crotales et la surface liquide du trou d'eau était gelée, prise dans une glace bleu nuit striée de neige. Ils poursuivirent, le chien toujours en tête mais désormais ralenti, ils s'arrêtèrent face à une succession de saillies rocheuses aux rebords déchiquetés, qui ne montraient aucun signe d'exploitation par l'homme malgré les croissants, les cercles et les hachures entremêlés, très curieusement gravés çà et là dans la pierre en motifs verticaux, par qui, quand et pourquoi, personne n'aurait su le dire. Jamie et le chien continuèrent jusqu'à un grand arbre foudroyé, et là à coups de pied elle brisa des branches mortes desséchées avant d'en faire du petit bois qu'elle plaça dans la couverture préalablement nouée à une épaule, puis remplie à hauteur de hanche jusqu'à ce que Jamie ne pût en porter davantage, après quoi elle rebroussa chemin. Le chien suivait désormais, traînait derrière elle.

Quand ils atteignirent la cabane de la pompe, des nuages menaçants bleu violacé effaçaient la lumière au point que les bois situés derrière les champs les plus lointains de Margaret formaient une masse compacte d'obscurité. Le chien s'installa sur la véranda pendant que Jamie rentrait le petit bois dans la maison. Elle referma la porte derrière elle, lâcha le fagot près de l'âtre, retira ses bottes et son blouson. Elle tira les volets et alluma une lampe, passa la main sur le plateau bien ciré de la longue et étroite desserte où était posé un pot en cuivre mat, rempli de roses séchées à la couleur désormais indéterminée. Au-dessus de cette desserte, les photographies noir et blanc de Margaret occupaient tout le mur, révélaient sombrement des fragments du monde tel qu'il avait été, ce monde traversé par les parents de Jamie et par beaucoup d'autres gens, et elle redressa une photo par-ci, une autre par-là. Des enfants en bretelles et des paysans aux vêtements cousus main lui rendirent son regard sans changer d'expression ; des sols de boue craquelée restaient à jamais desséchés ; dans l'inondation, une maison solitaire se noyait tandis qu'une chaise flottait à proximité ; des bûcherons entaillaient profondément le tronc d'un arbre pas encore abattu, un cheval mort gisait parmi les traits emmêlés d'un chariot ; sous des chapeaux fleuris, des femmes arboraient un regard franc, leur bouche noircie d'un épais rouge à lèvres ; un homme posait des leurres tout près de son chien assis devant une aube qui dardait ses rayons vers la plaque de la photographe. Jamie ne connaissait ni les noms de ceux et celles qui regardaient l'objectif de Margaret ou qui s'en détournaient, ni les mots que Margaret leur avait adressés pour capter chez certains le regard, chez d'autres le sourire, chez quelques-uns le dédain ; elle ne connaissait pas davantage les lieux précis, ni de quel point de vue Margaret avait photographié la construction en terre et en pierre de la voie carrossable, ou bien une porte grillagée arrachée à ses gonds, ou encore les fleurs brodées sur l'ourlet d'une jupe. Chaque image était étrangement légendée de l'écriture soigneuse de Margaret – par exemple *Premier samedi, mars 1937* ou encore *Été, mercredi, 1959*, une série portait simplement le titre *Vendredis*. Même si ces photographies couvraient plus d'un demi-siècle, durant lequel le temps s'écoula en un flot ininterrompu, Jamie ne pouvait s'empêcher de penser que tel coup d'œil, telle main aux articulations noueuses, ces eaux, cette sécheresse, cet enfant couvert de boue avaient seulement existé durant (ou mieux, seulement pour) le fragment de seconde où Margaret les avait photographiés.

Je n'arrive pas à imaginer leur vie avant ou après, confia un jour Jamie à Margaret.

Alors Margaret éclata de rire et lui dit : Ce mur de photos n'est qu'une poussière du passé où s'accumule la poussière. Enlève les toiles d'araignée et ce qui reste est inutile.

Non que Margaret méprisât le passé, non qu'elle ait pu ou même voulu s'en affranchir, car elle savait que le passé est synonyme de mémoire et que celui qui est sans mémoire n'est littéralement personne. J'ai passé ma vie à être le témoin de tragédies, ce qui ne veut pas dire que j'ai eu une vie tragique, fit un jour remarquer Margaret, mais cela ne veut pas dire non plus que je ne serais pas prête à tout recommencer ou que je n'y changerais rien. Le mois de juin touchait à son terme et elles enduraient assises la fin d'un après-midi caniculaire, dans une humidité et une chaleur étouffantes ; Galen, les coudes posés sur les genoux, la tête sur les avant-bras, fumait une cigarette roulée à la main, en tournant à moitié le dos à Jamie, comme s'il n'avait pas conscience de la présence de la jeune fille ou comme s'il lui était insensible, Margaret le regard perdu dans l'air vibrant au-dessus du verger, où elle avait enterré un petit-enfant très jeune, disait maintenant à Jamie et à Galen qu'elle ne savait plus très bien où, car elle avait laissé la tombe sans marque particulière et au bout d'un certain nombre d'années les arbres non taillés se ressemblaient tant et le sol non labouré était si inégal qu'il lui était impossible de dire que l'enfant était enterré ici, ou bien là, ou encore là-bas. Son seul autre petit-enfant était mort lui aussi, tué dans le delta du Mékong trois ans plus tôt, sa dépouille rapatriée dans un cercueil scellé – ç'aurait pu être n'importe qui, avait conclu Margaret à voix haute, je ne l'ai jamais ouvert – et son fils, le père des deux enfants, s'était suicidé. Quelle chose terrible que de survivre à son enfant, ajouta-t-elle alors d'une voix égale et sans que la moindre expression ne trouble son visage âgé, surtout quand on ne peut pas imaginer ses dernières pensées ; mais ni Jamie ni Galen ne surent si Margaret faisait allusion à la perte de son propre fils, ou à la perte subie par ce dernier. Ils comprirent seulement que Margaret n'avait pas enterré dans le verger son petit-fils mort à la guerre, même si elle avait brûlé le drapeau qui avait ceint le cercueil du soldat et qu'on lui avait donné, elle l'avait brûlé sous le coup de l'amertume, réduit en cendres quelque part à proximité de la tombe désormais insituable de son frère. Il n'aurait pas approuvé, reconnut Margaret. Mais, ajouta-t-elle, l'avantage en même temps que l'inconvénient des morts, c'est qu'ils sont morts, et de leur part il n'y a donc aucun jugement.

Alors Margaret et Galen la perçurent tous deux, cette petite onde de choc qui la traversa, ils remarquèrent l'arrêt soudain de la respiration de Jamie. Galen lança un coup d'œil à Margaret, qui observait Jamie de ses yeux vifs et intelligents, devinant à sa manière rapide et incisive, et seulement l'espace d'un instant, qu'elle venait de toucher une corde sensible et de battre enfin en brèche ce que Galen prenait pour le détachement imperturbable de la jeune fille et qu'il appelait son côté terre à terre, ce moment aussitôt dissipé car Jamie l'écarta comme elle aurait fait d'une mouche, elle reprit contenance, récupéra, ne trahit rien, demanda : Jugement ?

Galen secoua alors la tête si doucement que Margaret pouffa de rire. La fois suivante où Jamie aida Margaret à nettoyer la maison, elle découvrit une photographie qu'elle n'avait jamais vue – encadrée et accrochée au mur, encadrée et réclamant un dépoussiérage – qui représentait un cercueil ceint d'un drapeau, rapetissé par l'immensité d'un cimetière militaire où les tombes austères et identiques s'étendaient aussi loin que portait le regard. La légende n'indiquait aucune date et se réduisait à : *Jugement.*

Jamie passa maintenant le doigt en haut du cadre, pressa entre pouce et index le petit amas de poussière duveteux et sec qui s'y trouvait, se détourna de la mort et de la certitude qu'elle avait que cet état ne recelait rien de bon, elle s'assit dans un fauteuil et resta immobile en essayant de ne penser à rien. Quand elle finit par bouger, elle prit d'une main lasse son sac à dos, passa de pièce en pièce tout en allumant les lampes, laissant derrière elle des flaques de lumière iridescentes, elle erra comme une dépossédée dans un monde créé par autrui. Lorsqu'elle gravit l'escalier, les craquements émis par chaque marche sous ses pas témoignèrent des années de sécheresse et elle trouva ce bruit agaçant tout simplement parce qu'il n'y en avait pas d'autre. Elle traversa comme en glissant le palier supérieur, tâtonna jusqu'à la plus petite chambre, alluma la lumière, déballa ses affaires. Le ruban bleu passé accroché à un montant du lit en fer forgé constituait la seule décoration de la pièce, hormis le vieux vase posé sur un bureau d'enfant, mais cette austérité lui convenait, car il n'y avait là rien qu'elle pût déranger et peu de choses susceptibles de lui rappeler tout ce qui ne lui appartenait pas. Quand elle eut fini de ranger ses affaires dans les tiroirs du bureau, elle rejoignit la salle de bains et, évitant son reflet dans le miroir, fit couler un bain très chaud, se déshabilla et resta debout, vulnérable, avant d'entrer dans l'eau, en proie à un malaise qu'elle n'avait jamais ressenti auparavant dans cette maison. Car la déconcertait une puissante impression d'étrangeté – la douceur de la porcelaine, la profondeur du bain, le parfum des savons et du shampooing de Margaret, l'épaisseur de serviettes qu'elle avait elle-même lavées, mises à sécher et suspendues avec un soin méticuleux.

*Ce n'est pas*, se dit Jamie, *une effraction*. Même si elle savait que le contraire était vrai.

L'orage éclata après qu'elle se fut rhabillée, alors qu'elle nettoyait la salle de bains à fond, d'une main mécanique, en une futile tentative pour retrouver – à ses propres yeux – son statut de gardienne. Quand elle redescendit afin de laisser entrer le chien, elle sentit le poids de l'animal contre la porte en ouvrant celle-ci ; puis ils restèrent debout côte à côte, à l'intérieur, et regardèrent – Jamie avec stupéfaction – les éclairs zébrer le ciel hivernal tandis que la neige tombait dru. Très loin au-delà du verger, un épais panache de fumée montait en volutes, s'élargissait dans le ciel et bientôt l'air sentit le bois brûlé et humide, si bien que Jamie se demanda si la foudre n'avait pas frappé, incendié quelque chose. Il se mit à neiger encore plus fort, la lueur de l'éclair et le craquement du tonnerre devinrent presque simultanés au cœur de l'orage ; à un moment le chien se mit à trembler, puis recula dans la maison. Jamie l'y suivit, éteignit toutes les lumières sauf une, s'assit sur le tapis tissé, appela le chien, le prit dans ses bras. Elle serrait fort l'animal, tout en pensant que son premier souvenir – elle était trop petite pour atteindre la poignée d'une porte que son père ouvrit alors – avait pris forme dans, ou était né d'un tel orage.

Elle ne se rappelait pas le visage de son père. Elle avait l'impression qu'elle percevrait néanmoins sa présence, qu'elle le reconnaîtrait sans effort si elle devait le voir quelque part, n'importe où, malgré toutes les années écoulées depuis sa disparition ; elle croyait que, même aveugle, elle le devinerait, elle aurait conscience de sa proximité. Car sa présence était gravée de manière indélébile sur elle, en elle, au point de faire partie d'elle-même – et c'était tout ce qu'il était dans le souvenir de Jamie, une présence imposante assise en face d'elle à une table entre deux fenêtres derrière lesquelles ils regardaient les éclairs se succéder follement dans une noirceur non pas compacte mais fissurée – une présence à la voix reconnaissable entre toutes qui lui disait : Il n'y a pas de quoi avoir peur, regarde. Tu vois, il n'y a pas de quoi avoir peur.

Mais elle voyait et elle avait peur, elle assistait à l'orage et elle avait peur, et elle devint furieuse comme seule une enfant terrifiée peut l'être. Alors elle prononça son premier mot, ou bien le premier mot qu'elle se rappelle avoir pensé, articulé, lâché : *Menteur*.

*Menteur* : le seul mot que Jamie se rappelait avoir jamais adressé à son père, tout comme son seul souvenir de lui est sa présence durant un orage. Ensuite, il ne fut plus là. Jamie libéra le chien, le caressa, pensa que sa mère avait refusé de quitter cet appartement, qu'elle-même y était restée avec sa mère, vivant dans ces pièces, mangeant à cette table, regardant par ces deux fenêtres qui donnaient sur un étroit canal, déserté depuis longtemps, désaffecté depuis longtemps, qui coulait à peine, qui en été s'épaississait d'écume, d'ordures flottantes, des charognes renversées de petits animaux méconnaissables à cause des gaz qui les gonflaient, et qui même gelé en hiver dégageait une pestilence d'eau croupie et de mort. Elles vécurent là, dans cet appartement, en harmonie jusqu'à ce que sa mère entre à l'hôpital, laissant Jamie seule jusqu'à ce qu'elle ne puisse plus y rester, jusqu'à ce qu'elle en ait assez des échecs des médecins, assez de l'état désespéré de sa mère, assez de la longue ombre de l'absence de son père.

Ton père n'a jamais dit qu'il ne reviendrait pas, lui répétait inlassablement sa mère. Le non-dit bien pire qu'un mensonge, Jamie le découvrit à l'âge de douze ans en convainquant l'ancienne voisine qui la gardait souvent le soir de lui confier ses souvenirs du père de Jamie. Il a emporté tout notre argent! cria Jamie à sa mère ce soir-là, alors ne me raconte plus jamais ce qu'il a dit ou ce qu'il n'a pas dit : il ne reviendra *jamais.*

Et sa mère avait pleuré, Jamie la fusillant du regard tout du long, rageuse, déjà pleine de remords : elle voyait sa mère pleurer pour la première fois. Quand celle-ci retrouva enfin son calme, tamponna ses dernières larmes sur ses joues, elle s'assit à cette table entre ces deux fenêtres et regarda très longtemps au-delà du canal avant de dire à Jamie : Tu es en âge de croire ce que tu veux. Alors crois ce que tu veux.

Et toi, qu'est-ce que tu crois? riposta Jamie.

Ton père n'a jamais dit qu'il partait quelque part, avait lentement répondu sa mère, et il n'a pas dit non plus qu'il ne reviendrait pas. En ce qui me concerne, c'est une personne disparue, ce qui veut dire qu'il figure tout simplement parmi les disparus.

A ce souvenir, Jamie enfouit le visage dans le poil

du chien, gronda, écouta l'orage se déchaîner au-dessus de la maison, s'écarta et plongea le regard dans ces yeux d'ambre, en pensant : *Moi aussi. Maintenant je suis comme lui. Je figure parmi les disparus.* Le chien rabattit les oreilles en arrière et agita la queue, lui lécha le nez, se coucha sur le flanc et allongea les pattes le plus loin possible, soupira. Jamie ne chercha pas un lit ni ne fit du feu, elle finit par se coucher près du chien, sombrant bientôt dans un sommeil épuisé. Au milieu de la nuit, l'animal se leva et se promena dans la maison, puis revint se lover près d'elle.

## *Sept*

Le temps n'avait nulle consistance, le garçon traversait le temps tout comme celui-ci le traversait, sans coup férir. Il ne connaissait pas le nom des jours, ni aucun nombre supérieur à un, si bien qu'il ignorait le jour où pour la première fois il les avait suivis, elle et le chien, jusqu'à la maison située derrière le mur bordé de sumac, le nombre de fois où il avait traversé à pied le marais gelé, longé la rive glacée du lac de retenue, ou combien de nuits il avait passé dans la cabane de la porcherie, sans prendre garde à la truie irascible et stérile qu'il chassait à coups de cailloux vers les ténèbres, et qui revenait jusqu'au seuil avec une constance rageuse, devinant en lui un maléfice qu'elle refusait de côtoyer. Il ne ressentait ni joie ni excitation face au monde qu'il rencontrait, il ne lui attribuait aucune signification, il dilatait les frontières de tout ce qui lui devenait familier et ne réfléchissait jamais à ce qui lui demeurait étranger, il rôdait avec l'entêtement du voyeur et l'instinct de l'affranchi.

Le garçon s'attarda près de la porcherie, observa la truie sans se faire voir, de loin, tandis qu'elle reniflait et fouillait du groin ses déchets, avant d'engloutir le tout, en soufflant d'un air menaçant vers la fille débraillée accroupie dans la boue gelée à quelques mètres de l'animal, un poing fourré dans la bouche, pendant qu'Ada marchait lentement non loin de là, un gros bâton en main. La sœur du garçon ne bougeait pas de l'endroit où elle se tenait accroupie et, quand la femme s'arrêta et leva les yeux pour regarder autour d'elle, le garçon l'imita de son regard inexpressif, alors qu'elle pivotait et scrutait tout ce qu'elle voyait, la forêt dense qui s'assombrissait, cette fausse nuit née de la tempête imminente, la fille qui se soulageait à même le sol et la truie fondant sur elle avec des couinements sauvages, l'enfant et la truie emmêlées en un heurt violent qui s'acheva aussi brusquement qu'il avait commencé, la truie trottinant jusqu'à la merde de l'enfant et la dévorant aussitôt, l'enfant fripée gisant tout près, immobile. Les flancs de la truie palpitèrent, ses yeux rouges clignèrent, et quand la femme se dirigea vers la fille, la truie chargea sauvagement le corps brisé et traîna l'enfant sous son ventre tandis qu'Ada courait à leurs côtés et abattait une grêle de coups sur le dos de la truie jusqu'à ce qu'elle hurle et cabriole, rue haut en l'air en arquant le dos et se libère de sa proie avant de décrire de larges cercles autour de la porcherie, de filer enfin dans un coin éloigné de l'enclos et d'y rester, toute pantelante et essoufflée, l'arrière-train tourné vers la barrière.

La femme resta longtemps penchée au-dessus de l'enfant sans la toucher, même du pied ou du bâton. Quand elle retourna le corps, la fille n'émit pas le moindre son et elle roula sur un bras qui n'aurait pas dû se plier ainsi sous elle. Alors la femme souleva la fille, elle transporta la forme molle dans la cabane. Quand Ada en ressortit, elle poussa devant elle un baril vide, dont elle bloqua l'entrée, puis elle se rua sur la truie en une course folle, son corps râblé oscillant de droite et de gauche derrière une truie trop rapide pour elle. A ce spectacle, le garçon ouvrit et ferma la bouche et continua même après qu'elle eut abandonné la poursuite en entendant le premier coup de tonnerre, elle ramassa en toute hâte le seau d'eau sale, sortit de la porcherie, repartit en direction de la maison à bardeaux d'où elle était venue. Dès qu'Ada eut disparu, le garçon passa à l'action, il traversa l'enclos en courant, sauta au-dessus du baril et roula dans la cabane.

Les objets prirent lentement forme dans l'obscurité intérieure alors que l'orage tonnait au-dessus de lui. Le garçon attendit de pouvoir discerner les barils, la fourche posée dans un coin, les dents tournées vers le haut, les balles de foin pourri cerclées de fil de fer et puant le moisi, le tas de copeaux de bois, semblable à une dune, où la fille était allongée. Il fouilla dans ses poches à la recherche du briquet, l'ouvrit, fit tourner la mollette, s'approcha de la fille, agita le briquet à bout de bras sous les yeux de la fille, puis approcha encore la flamme et lui grilla les cheveux. Il plissa le nez à cause de l'odeur et, comme elle ne bougeait toujours pas, il lui brûla la moitié des cheveux, il regarda le cuir chevelu se boursoufler de bulles, puis il lui donna un coup de pied dans la poitrine. Le sang envahit la bouche de l'enfant, puis son menton. Elle ne remua pas, n'émit aucun son.

Les éclairs et le tonnerre attirèrent le garçon vers la porte de la cabane, d'où il regarda le ciel et tira sur les oreillettes de son bonnet pour qu'elles lui protègent bien le haut du visage et au bout d'un moment il les releva presque à la verticale en les inclinant vers l'extérieur avec une méticulosité de clown. Il ricana vers le ciel jusqu'à ce qu'un éclair jaillisse si près que le garçon tressaillit, contempla des zigzags aux couleurs variables de métal fondu, recula dans la cabane et gémit, se couvrit les yeux jusqu'à ne plus rien voir, puis il ôta les mains de son visage et attendit d'y voir plus clair dans la cabane obscure. Alors il entreprit de défaire les balles de foin, de répandre le fourrage sur les jambes de la fillette jusqu'à ce qu'il ne puisse presque plus distinguer leur forme, après quoi il saisit la fourche et se mit à percer le foin jusqu'à ce qu'il rencontre la chair, appuie de tout son poids sur le manche, le lâche et laisse la fourche ainsi plantée, aussi droite qu'une hampe sans drapeau. Il lâcha la gibecière, chercha et trouva une recharge de gaz pour briquet, en coupa le bouchon avec son couteau, la huma violemment et tituba. Du poignet il essuya ses yeux qui piquaient jusqu'à ce qu'ils cessent de couler, puis il remit la gibecière sur son épaule et vida la recharge sur le foin.

Il y eut une déflagration lorsqu'il mit le feu au foin. Dehors, la truie hurla quand le garçon recula brusquement loin des flammes, trébucha et tomba, se releva et donna un coup de pied au baril qui le gênait, l'envoya rouler. Il se retourna une seule fois, vit l'embrasement où la fillette était prise, son visage déjà noirci dans les flammes, ses yeux écarquillés tandis que la peau fondait et brûlait, il la vit assise telle une poupée brisée alors qu'il regardait sans comprendre. Les yeux pâles du garçon reflétaient la blancheur du feu.

## *Huit*

Le ciel restait uniformément couvert, la neige qui emmaillotait la terre figeait toutes choses hormis les faucons aux larges ailes qui décrivaient des cercles paresseux sous le plafond nuageux et scrutaient de leurs yeux à paupières la surface ondoyante et immobile du verger, où rien ne bougeait sinon le chien et un peu plus loin, à l'insu de Jamie, le garçon. Une fois encore elle avait mal dormi et ses heures de veille aussi étaient troublées ; lorsqu'elle balayait la neige – qui envahissait la véranda malgré l'absence de vent des deux dernières nuits – elle essayait de repousser, d'aplanir à coups de balai méthodiques sa propre turbulence intérieure, s'arrêtant de temps à autre pour regarder les cercles oisifs des faucons et s'étonner du calme trompeur qui était descendu sur elle.

Margaret semblait présente dans la maison, debout à deux pas derrière elle, surgissant à l'improviste au seuil d'une pièce, jetant son ombre dans les angles, et Jamie s'inquiétait du désir qui la prenait de parler à voix haute, de demander ce qu'elle devait faire maintenant, ou de déclarer qu'il n'y avait pas grand-chose à faire : les planchers étaient récurés et cirés, les meubles époussetés, la cuisine et la salle de bains immaculées, la literie aérée, les tapis battus, les photographies encadrées dépoussiérées, les miroirs lavés. Deux fois au cours des deux derniers jours Jamie avait longé le ruisseau et au retour, en dépassant la cabane de la pompe, attendu d'entendre Margaret les appeler, elle et le chien, comme elle l'avait fait la première fois à la fin mai, *Hou-hou, hou-hou, j'aurais besoin d'un peu d'aide par ici, si ça vous intéresse*, elle rejoignit alors Margaret sur la véranda, la femme âgée fit la fête au chien, en disant à Jamie qu'elle était ravie de trouver une âme émergeant des bois, car sur un coup de tête Margaret avait décidé d'arriver avec plusieurs jours d'avance et Galen – que Jamie, qui ne connaissait personne en dehors de Damon et de TJ, n'avait pas encore rencontré – n'avait certainement pas encore reçu la lettre de Margaret lui demandant de venir tel jour pour l'aider à ouvrir la maison, changer la disposition des meubles, remettre en place ce qu'on avait poussé contre les murs, retourner les matelas, nettoyer les toiles d'araignée. Ainsi Jamie lui prêta-t-elle main-forte, heureuse de ce travail et de cette compagnie tandis qu'elles retiraient les housses et les dessus-de-lit, poussaient les meubles, sortaient les tapis pour les battre, aéraient les matelas, maniaient la serpillière, le balai et le chiffon à poussière. A un moment Margaret lui demanda d'où elle était, ce qu'elle faisait, et Jamie répondit : Près de La Courbe. Le plus souvent je me promène à pied.

Margaret cessa de fouiller dans une malle, se redressa, regarda Jamie d'un air perplexe, ses yeux vifs et intelligents scrutant le visage de la fille, elle garda un moment les mains posées sur les hanches. Bon, dit-elle enfin, peut-être que je vais avoir besoin d'un peu d'aide, si ça t'intéresse.

Elles ne se confièrent jamais leur âge, mais elles étaient toutes deux convaincues que de nombreuses décennies les séparaient, ainsi que leurs existences disparates, l'une pleinement vécue, l'autre à peine entamée. Margaret essaya de combler ce fossé, mais elle évoqua des écoles privées, des voyages lointains et des parents aimants – très bohème, raconta un jour Margaret à Jamie, j'ai été assise aux pieds de Tagore, pas étonnant que j'aie rué dans les brancards et épousé un militaire, quel crétin même s'il avait un peu de la beauté vide de Gary Cooper – et puis son divorce, ses liaisons et son grand amour pour un homme marié qui avait redécouvert le procédé de la cire perdue pour fondre des bijoux – aujourd'hui il est mort, avait soupiré Margaret – et puis la photographie, sa passion pour Marlowe, Donne, Hardy, Conrad et l'histoire de la cartographie. Jamie ne confia presque rien à Margaret, elle parla peu : elle n'avait jamais entendu parler de Tagore ni de Marlowe, Donne, Hardy, Conrad, la cartographie, elle ne savait pas ce qu'était un milieu aisé, elle ne comprenait pas ce que signifiait être riche. Les seuls gens que Jamie eût jamais connus et qui possédaient de l'argent, en avaient juste assez pour payer leurs factures à temps et intégralement, mais même eux avaient dû racler les fonds de tiroir pour obtenir des livraisons automatiques de fioul. Ce qui revient à dire que, jusqu'à sa rencontre avec Margaret, Jamie ne pensa jamais que l'argent faisait beaucoup de différence dans la façon dont les gens vivaient, parlaient, pensaient ou agissaient.

A sa grande surprise, elle avait tort.

Margaret fut patiente. Elle révéla son passé, en attendant le moment où Jamie finirait peut-être non seulement par manifester sa curiosité mais aussi – Margaret en était certaine – par baisser enfin la garde, se défaire de ces strates protectrices dont elle avait enveloppé son âme, oser une tentative pour traverser le gouffre qui les séparait, se révéler de la seule manière connue de Jamie, c'est-à-dire en parlant de sa propre vie. Ce qui, ainsi que Margaret le dit à Galen, était la seule chose que Jamie pouvait envisager à son âge, non que Margaret connût même son âge. Mais Jamie ne parla pas d'elle, elle s'y refusa, au-delà d'une banale déclaration sur ce qu'elle aimait et n'aimait pas, quand on la pressait de le faire – le bleu (pas le rouge), le café bien chaud (pas le thé glacé) même en été, se promener autour du lac de retenue (sans s'y baigner). Et ce que Galen – qui arrivait parfois avec des légumes de son jardin ou des truites de rivière fraîchement pêchées, soigneusement étendues entre des couches d'herbes odorantes dans un panier de pêche en osier, Galen qui travaillait souvent pour Margaret et refusait toujours d'être payé en argent liquide ou en nature, qui était toujours si lent à s'adresser à Jamie et si hésitant à la regarder que la jeune fille était choquée de le découvrir étonnamment prompt à rire, étonnamment à l'aise avec Margaret, sans la moindre timidité hormis le fait qu'il se tenait à l'écart de Jamie – savait d'elle, il le gardait pour lui. Galen ne dit pas à Margaret que Damon avait pris Jamie chez lui ni que le fossé qui séparait Damon et sa femme, laquelle – ainsi que le savaient tous les habitants de Dyers Corner – travaillait et vivait en ville alors que malgré leur séparation Damon faisait la navette entre chez elle et La Courbe, n'était pas près d'être comblé.

Alors, qu'aurais-tu envie de faire plus tard ? demanda un jour Margaret à Jamie en présence de Galen. Alors Jamie répondit, sans hésiter et avec un calme parfait, en gardant tout en elle, qu'elle n'avait pas beaucoup réfléchi à cette question et que pour l'instant elle s'entraînait juste – ce *juste*, répéta plus tard une Margaret exaspérée à Galen –, elle apprenait même peut-être à être quelqu'un qui prend les choses comme elles viennent.

Et à part ça, insista Margaret.

A part ça, répéta Jamie en conservant tout son calme, je suis prête à réfléchir à vos propositions.

Eh bien, lui rétorqua Margaret avec un grand sérieux, tu as la stature et les mains d'une écuyère. Jamie, sidérée, regarda ses mains alors que Margaret se levait pour rentrer et préparer le thé, jusqu'à ce qu'elle remarque que Galen l'observait. Jamie le regarda alors – pour la première fois droit dans les yeux et sans la moindre gêne, car elle savait qu'il savait qu'elle ne connaissait pas ce mot – et il dit, tout doucement : Une écuyère est une femme qui monte à cheval.

Exact, confirma Jamie. Et Galen se retint de sourire, détourna les yeux comme il faisait toujours, Jamie ignorant qu'il se dérobait sans cesse parce qu'il était désespérément – absurdement, se disait-il – fasciné par les yeux de faon de la jeune fille, ses traits ciselés, la délicatesse de sa charpente et de ses mains, sa manière d'être là avec un naturel confondant, une sorte de grâce qui n'avait rien d'impérieux. Galen détourna donc les yeux, songea sans qu'elle s'en doutât qu'ils se parlaient directement pour la première fois et qu'il était fou d'attacher la moindre importance à un échange aussi futile, attendit que Margaret revînt avec deux thés glacés et une chope de café bien chaud.

Je boirais bien une tasse de café, dit rêveusement Jamie au chien maintenant allongé au bout de la véranda balayée, alors je ferais mieux d'y aller. Le chien se leva en entendant la voix de sa maîtresse, qui porta la main à son front pour observer le ciel. Les faucons avaient disparu. Elle emmena le chien dans la maison, vérifia que le billet de cinq dollars était bien au fond de sa poche, prit son sac à dos vide, ferma la porte à clef derrière elle, traversa la neige de l'allée et rejoignit le chemin dégagé, entama la descente vers la route du lac de retenue. Alors qu'elle marchait sur la chaussée en pente, le pick-up aux phares de braconnier, un chasse-neige tordu maintenant installé sur le pare-chocs avant, montait la colline dans sa direction. Je te prends au retour, lui cria le conducteur quand il la croisa.

Lorsqu'elle entendit le pick-up ralentir derrière elle, Jamie continua de marcher en gardant la route à sa gauche. Le conducteur klaxonna et elle s'arrêta pour laisser passer le véhicule, qui s'arrêta alors, le conducteur se penchant dans la cabine pour ouvrir la portière, puis se redressant sur son siège et emballant le moteur, tout en la regardant avec une expression de mépris.

Monte, nom de Dieu, monte! lui cria-t-il.

Non, ça va...

*Monte*, gronda-t-il, j'ai pas que ça à faire. Il y avait quelque chose dans les yeux de l'homme qui la retint, quelque chose dans ces yeux qui la poussa à monter dans la cabine. Le pick-up était surélevé, le fusil dans le râtelier plus haut encore.

Je m'appelle Harlan, dit-il comme s'il crachait une menace. Jamie ne répondit pas, ne le regarda pas, écouta le moteur gémir tandis qu'ils descendaient le chemin en première, regarda les cannettes de bière rouler autour de ses pieds, remarqua la tête de poupée dépourvue d'yeux posée dans le cendrier, observa les décalcomanies de femmes nues qui décoraient le tableau de bord, les dés accrochés au rétroviseur. Une pierre avait laissé son impact sur le pare-brise.

Il conduisait en gardant une main sur le volant, l'autre sur le changement de vitesses. Alors c'est toi la gardienne de Margaret, lui dit-il, j'ai entendu parler de toi. Tu vas où ?

Elle le regarda : des yeux foncés et rapprochés, un visage émacié. Une violence à peine cachée. En bas, dit-elle.

Non, pas en bas. Mauvaise réponse, ça va pas. T'as perdu et pour la peine tu vas déblayer la neige avec moi.

Vous pouvez me déposer ici, lui dit-elle car la route du lac de retenue approchait.

Harlan émit un rire dur et guttural, passa la vitesse supérieure, bringuebala sur la route du lac de retenue. Détends-toi et profite de la balade, fit-il. Faut qu'on s'occupe d'un truc en particulier.

Je n'ai pas le temps de...

Mon petit doigt me dit, la coupa Harlan, que t'as tout le temps que tu veux. Maintenant détends-toi comme je t'ai demandé. Et ferme-la.

Elle s'agrippait au bord du siège, regardait par la fenêtre, savait qu'il était inutile ne serait-ce que d'essayer d'atteindre la poignée de la portière. Harlan ralentit devant le chemin du ferrailleur et s'y engagea, abaissa le chasse-neige, mais la neige résistait et le pick-up faisait des embardées, l'homme tenant désormais le volant à deux mains, penché en avant comme pour aider le chasse-neige à déblayer la voie. Jamie s'accrocha comme elle put, une main posée contre le plafond de la cabine, l'autre sur le tableau de bord, puis en haut du chemin Harlan poussa un cri de joie, rétrograda et continua de rouler en direction du ferrailleur qui se tenait immobile au-delà de la portion la plus élevée du chemin. Harlan tira sur le frein à main, laissa le moteur tourner au ralenti, puis sans le moindre mot d'explication descendit et marcha devant le pick-up. Le ferrailleur rejoignit le chemin en boitant, puis les deux hommes restèrent tout près l'un de l'autre, s'adressèrent à leurs pieds, Harlan montrant toujours son dos à Jamie. Le ferrailleur releva la tête et du menton désigna la fille. Quand ils approchèrent du pick-up, Harlan remonta derrière le volant tandis que le ferrailleur la dévisageait à travers le pare-brise. Jamie tourna la tête, regarda ailleurs, vit au loin le cerf mort suspendu à un énorme érable.

J'avais raison, on a un truc à régler, lui dit Harlan. Il affirme que t'as vu son garçon.

Elle continua de regarder le cerf parfaitement immobile, consciente de sa propre respiration et des deux hommes qui l'observaient, elle ne réagit pas. Les phalanges de Harlan lui tapotèrent l'arrière du crâne, elle les évita d'un mouvement de tête, leva un bras qu'il attrapa, lui tint fermement le poignet.

Il dit que tu vis plus chez Damon. Que toi, ton clebs et son garçon vous êtes planqués quelque part ensemble. Il veut savoir où.

Elle se libéra, lui adressa un regard furieux.

J'attends. T'es pas vraiment une rapide pour les réponses. Moi qui croyais que t'étais pressée.

Il peut dire tout ce qu'il veut, fit-elle enfin.

Harlan s'esclaffa : T'entends ça, Jake ?

Le ferrailleur plissa les yeux, fit une moue, se pencha, cracha, se redressa, dit : Salope.

A plus, lança Harlan, puis il enclencha la marche arrière et redescendit tout le chemin, le chasse-neige relevé. Crache le morceau, dis-moi où, fit-il en s'arrêtant sur la route du lac de retenue.

Les Quatre Coins, répondit Jamie.

C'est pas ce que j'attendais.

Fouillez dans la baraque préfabriquée, lui dit-elle. Il émit encore ce bruit guttural, puis il siffla très fort, sans aucune mélodie, tandis que le pick-up faisait des embardées près du lac de retenue puis sur la voie carrossable. Lorsque Harlan freina aux Quatre Coins, Jamie fit mine de toucher la portière, mais il atteignit la poignée avant elle et empêcha sa passagère de bouger.

J'ai pas saisi ton nom, lui dit-il, le visage tout près du sien. Elle huma la souillure de l'homme, s'écarta, dit : Laissez-moi descendre. Quand enfin il actionna la poignée et que la portière s'ouvrit, les pieds de Jamie percutèrent durement le sol.

Tu ferais mieux de ramener ce garçon si tu sais ce qui est bon pour toi et pour le clébard, lança-t-il derrière elle.

*

C'est vraiment une mauvaise fréquentation que tu as là, Jamie Hall.

Elle appuya le front contre la boîte aux lettres vide, ferma les yeux, se redressa, fit tourner la clef dans la petite serrure.

Je ne le fréquente pas.

Tant mieux, fit remarquer le receveur des postes, c'est une vraie engeance. De la racaille. Il y a des années, la famille de son père distillait de la gnôle de contrebande, mais ils en buvaient plus qu'ils en vendaient. Du côté de sa mère, c'était pire.

Il m'a fait faire un bout de chemin, c'est tout. Je ne le connais même pas.

Eh bien moi, je vais te le dire : c'est un braconnier. J'ai jamais rien compris à la chasse, encore moins au braconnage. Tuer un animal hypnotisé dans la nuit par un rayon de lumière, ça n'a rien de glorieux et je sais très bien qu'il a déjà tué des faons et des daims juste pour leurs pattes de devant, et qu'il a tué des jeunes lapins pour leur queue. Les gens des villes achetaient autrefois des trucs de ce genre, des trophées à mettre au mur, des pattes de chevreuil avec des thermomètres, des queues de chevreuil, des têtes de cerf quand leur ramure est impressionnante. Mais aujourd'hui c'est bien terminé, la demande a fait long feu. Ces temps-ci il passe le chasse-neige en hiver, mais surtout il braconne pour lui et pour la famille du ferrailleur, qui se trouve être la seule famille qu'il a.

En voilà un clan, poursuivit le receveur des postes, voué au malheur et au chaos. Toujours été comme ça, un mode de vie dégénéré, un égoïsme forcené, même du temps où ils ramassaient et revendaient surtout ce dont personne n'avait besoin. C'étaient des vautours, qui se reproduisaient entre eux, perchés tout là-haut sur cette crête avant que la vallée soit inondée, à se disputer les ordures ; ce qu'il reste d'eux vit toujours là-bas, ils sont encore plus pervers maintenant qu'ils n'ont plus rien à faire, et ça dure comme ça depuis une ou deux générations.

Il s'interrompit, saisi de vertige. Elle s'approcha de lui, toucha le dos d'une de ses mains couvertes de taches de son. Le courrier est arrivé, je suppose.

Il baissa les yeux vers les doigts minces de Jamie. Oui, fit-il. Et après le départ de la jeune fille, il alla vers la porte, l'ouvrit, inhala profondément, sentit le froid mordre ses poumons fragiles, la douleur irriguer son épaule et son bras, puis il la regarda entrer dans le magasin. Où elle transforma en monnaie son billet de cinq dollars, en ignorant la moue méprisante de la caissière, rejoignit le téléphone situé dans l'angle du magasin, contacta une opératrice, glissa les pièces dans la fente tandis que l'opératrice la mettait en liaison avec le numéro de Margaret. Il n'y avait pas de répondeur et personne ne décrocha au bout de la dixième sonnerie. Jamie remit le combiné sur son support, récupéra les pièces de monnaie qui tintinnabulèrent dans le récipient métallique de l'appareil, circula parmi les rayons.

Le chèque est arrivé? s'enquit méchamment la caissière avant d'enregistrer les achats tout en considérant d'un air désapprobateur la monnaie que Jamie posa sur le comptoir en guise de paiement. Après avoir mis les courses dans un sac en papier, la caissière croisa les bras et regarda Jamie ranger dans son sac à dos les paquets de café et les boîtes de nourriture pour chien, abandonner derrière elle le sac en papier. Le receveur des postes se tenait toujours sur son pas de porte quand elle ressortit du magasin, puis, sans lancer le moindre coup d'œil au vieillard, elle se dirigea vers la route avec cette légèreté rythmée qu'il n'avait jamais oubliée. Ensuite elle s'éloigna, disparut dans la dure saison qui ne ferait que devenir plus dure encore, marcha vers la voie carrossable qu'il se rappelait encore avoir vue du milieu du lac de retenue, debout sur cette glace qu'il avait découpée avec tant de négligence et d'imprudence, alors qu'il n'était plus jeune mais pas encore vieux – négligent car la seule femme qu'il eût jamais aimée, désirée sans se déclarer, ne serait jamais sienne, appartenait déjà à un autre, imprudent parce qu'il avait enfin compris l'impitoyable outrage de toutes ces années vides qui l'attendaient et qui lui donneraient l'impression d'être encore plus seul qu'alors. Il revoyait les outils de découpe et les grandes pinces, les traîneaux chargés d'un énorme tas de pains de glace, les équipages de chevaux qui s'arc-boutaient et parfois glissaient et portaient toujours des œillères afin de ne pas prendre peur au spectacle de l'eau noire qui clapotait dans les trous où l'on avait retiré la glace – le receveur des postes désormais âgé, plus jeune à cette époque, souvent trop proche du rebord de ces trous – ou bien des feux de joie, des brasiers alimentés par les ouvriers pour se réchauffer. Il avait été un homme imprudent, négligent sur la glace, fixé sur des photographies qu'il gardait quelque part dans une boîte à chaussures, des images où il avait l'air sérieux, peu aimable, souffrant de sa passion secrète, le pic en main, un chapeau incliné d'un air crâneur sur la tête, parmi ses camarades de travail. Et il se voyait aussi tel qu'il était désormais, vieilli au point d'en être méconnaissable à ses propres yeux, et idiot, oui, idiot, se reprocha-t-il, d'être autant attiré par cette fille qui à tous points de vue était le portrait craché de sa grand-mère.

Il se promit de retrouver cette boîte de photos pour la donner à Jamie – il n'avait personne d'autre –, il regarda la route en cet hiver rigoureux, pensa : quelle cruauté d'avoir vécu si longtemps pour voir le passé revenir.

# *Neuf*

Galen découvrit le chemin déblayé et il ravala le goût amer qui lui envahit la bouche à la pensée que Harlan – un homme auquel jamais Margaret n'aurait fait appel, car elle n'avait aucun besoin qu'on vienne déblayer la neige sur son chemin puisqu'elle était seulement là en été, et puis elle n'avait pas la moindre envie de fréquenter Harlan – était passé là pour dégager le chemin jusqu'en haut du terrain : il reviendrait braconner. Quand Galen atteignit la maison, il entendit le chien aboyer à l'intérieur, il posa contre la balustrade de la véranda les quatre raquettes oblongues en catgut – la paire qu'il venait de porter et une autre – constata que Jamie n'avait pas touché à la pièce de cerf. Il attendit. Quand elle arriva enfin en haut de l'allée, il y avait de la fatigue dans son pas.

Juste à temps pour le café, dit-elle en guise de bienvenue lorsqu'elle atteignit la véranda.

C'est pas de refus, répondit-il en la voyant découvrir les raquettes, lui qui savait que cette seconde paire en disait long. Car dès que Jamie les découvrit, elle comprit que Galen savait déjà que sa propre présence chez Margaret n'avait jamais été aussi lourde de sens. Dès qu'elle ouvrit la porte, le chien se rua sur lui, et Galen le caressa tandis qu'elle sortait deux tabourets et les installait sur la véranda avant de retourner à l'intérieur, revenant un peu plus tard avec deux chopes fumantes. Assis, ils se réchauffèrent les mains autour de la faïence brûlante, laissèrent le breuvage corsé les requinquer. Galen posa enfin sa chope, allongea une jambe, plongea la main dans une poche, en tira du tabac, roula une cigarette. Il en fuma la moitié, en repensant à Damon à Dyers Corner deux soirs plus tôt, vautré sur le bar devant une rangée de petits verres à whisky vides, contemplant d'un regard ivre son reflet dans le miroir du bar – un miroir fendu et crasseux, bordé de polaroïds aux couleurs passées où des gens aux yeux rouges les regardaient, et de décalcomanies d'aigles et de drapeaux – son épouse assise près de lui, le joli visage sombre de la femme légèrement bouffi, une rondeur lui épaississant déjà la taille.

Alors, fit enfin Galen, tu es ici.

Jamie ne dit rien.

Tu aurais dû le quitter il y a des mois.

Je ne suis pas certaine que c'est moi qui suis partie, déclara-t-elle pensivement en offrant toujours son profil à Galen.

On dirait bien pourtant.

Galen se demanda si Jamie savait que la femme de Damon était enceinte. Il fuma le restant de sa cigarette en silence, considéra le ciel uniformément couvert, sentit dans ses os le poids de l'hiver encore à venir. Le chien donna des coups de museau à Jamie quand Galen se leva pour rejoindre l'extrémité de la véranda et éteindre son mégot ; elle posa la paume sur la tête du chien et croisa le regard de Galen lorsqu'il se retourna. Eh bien, le pire, dit-il autant au chien qu'à elle, c'est qu'on est tout seul ici.

Le pire, Galen, c'est qu'on est tout seul partout.

Il savait que c'était vrai.

En tout cas, lui dit-il, cette viande devrait te durer un moment. Je peux la découper et t'en faire des paquets pour le congélateur. Ou tu peux t'y attaquer toi-même.

Je ne sais même pas comment on cuit le cerf.

Dans ce cas, je m'occupe de la cuisine.

Il retira son blouson, passa derrière Jamie et le posa sur ses épaules, il décrocha de la glycine le quartier de viande, ôta ses chaussures, entra dans la maison, puis referma la porte derrière lui. Elle ne glissa pas les bras dans les manches du blouson, mais le serra autour de son buste en respirant sa douce odeur de sueur virile, son parfum de tabac et de feu de bois, s'étonna de l'impossibilité de jamais savoir ce que c'était que d'être un autre, de porter la peau d'un autre, d'être à l'intérieur d'un autre, de connaître le cœur d'un autre ; elle regarda le jour décliner et la première chute de fin grésil. Lorsque Galen revint, il emporta leurs chopes à l'intérieur puis donna à Jamie une autre tasse de café, resta un moment là tandis que la neige mouillée commençait à se mêler au grésil, remarqua : Tu vas attraper la mort si tu restes encore longtemps là.

Je rentre dans une minute, dit-elle. Quelques instants plus tard, lorsqu'elle entra enfin dans la maison, l'odeur de la viande en train de cuire – dépourvue de toute douceur, presque trop forte, quelque chose rappelant la sève ou l'écorce du sapin – envahissait le rez-de-chaussée. Elle trouva Galen debout devant les photos de Margaret, les mains humblement serrées devant lui tel un pénitent dans une chapelle dédiée aux ex-voto. Elle s'approcha et s'arrêta près – trop près – de lui, se déplaça le long du mur avec lui tandis qu'il examinait cette chronique imagée de lieux et de gens que Jamie ne connaissait pas. Il s'arrêta devant la photographie d'oursons saisis en l'air sur le pneu d'une balançoire, puis devant d'autres images : un garçon portant un bandeau sur un œil, qui souriait largement entre deux autres garçons au visage sérieux plongé dans l'ombre ; un manège aux chevaux dorés figés à divers stades du galop, leur crinière sculptée faussement agitée par le vent, les naseaux dilatés, les yeux révulsés, la queue levée très haut au-dessus d'une croupe musclée ; des oies qui se dandinaient au soleil devant une minuscule maison tarabiscotée qui enjambait un cours d'eau boueux tandis qu'un enfant serrait contre lui un lapin moustachu ; un chat allongé de tout son long sur le toit plat d'un abri pour oiseaux. Galen examina la photo d'un garçon agenouillé pour embrasser un agneau, les yeux du garçon levés vers l'homme debout devant lui, le dos tourné à l'appareil photo ; il secoua la tête et dit : Je ne me rappelle pas ce jour-là.

Quand Jamie le regarda d'un air surpris, il acquiesça. C'est moi. Autrefois.

Elle ne voyait pas le garçon chez l'homme. Ni l'homme chez le garçon.

Comme nous changeons, fit-il. Impossible de se reconnaître d'un âge à l'autre. Lui, poursuivit-il en tapotant contre le verre, c'est mon père. Je me souviens de cette chemise, de son chapeau.

Tu connais Margaret depuis que tu es tout petit ?

Depuis toujours. Le plus souvent elle allait et venait, mais pendant une période on aurait dit qu'elle était toujours là, avec mon père. Je n'ai jamais demandé s'ils étaient davantage que des amis – elle était plus âgée que lui, et puis il y avait d'autres choses – mais il ont passé pas mal de temps ensemble. Margaret ne se séparait jamais de ses appareils photo, elle traînait partout son trépied, toujours vêtue d'un pantalon kaki et d'un gilet aux nombreuses poches, un foulard autour du cou. Rouge, ou jaune. Hum. C'était il y a longtemps.

Et quel est cet endroit ?

Le rêve de mon père. A la fin, sans doute son cauchemar. Une ferme d'animaux, avec des enclos pour toutes les espèces qu'on pouvait domestiquer. Il croyait que les gens viendraient, que les parents amèneraient leurs enfants pour donner à manger aux chevreuils, regarder les ours, caresser les moutons, les lapins, flatter les canards – personne ne pouvait approcher les oies –, ramasser les œufs de poule, regarder les tortues, pique-niquer, faire un tour sur le manège plus souvent en panne qu'en état de marche, essayer les poneys. Payer le billet d'entrée. Aujourd'hui encore, ajouta pensivement Galen, je ne sais toujours pas ce qu'il s'imaginait. Cette ferme était au milieu de nulle part.

Elle existe encore ?

D'une certaine manière. Elle tombe en ruine.

Et ton père ?

Galen secoua la tête. Non, il ne reste que moi. Hasarda : Et toi ?

Jamie s'écarta de lui, serra les bras autour de son buste, s'arrêta devant la photographie du garçon souriant à l'œil masqué entre les deux autres garçons. C'est toi, dit-elle enfin en tendant un doigt. Qui sont les deux autres ?

Galen resta à l'endroit où il était. Celui qui a le bandeau sur l'œil c'est, c'était, Bobby Sanders, répondit-il. L'autre est un certain Harlan.

*

Après avoir parlé à Galen de Harlan et du ferrailleur, du garçon aussi, Jamie s'assit par terre en tailleur, regarda les flammes dans la cheminée lancer leurs escarbilles vers le conduit, mangea le ragoût servi par un Galen aussi muet qu'un suppliant. Très attentif, le chien resta assis près d'elle tandis que Jamie mangeait un peu de cette viande qui avait le goût du monde sauvage, suivit Galen quand il prit l'assiette vide de Jamie et revint avec une nouvelle ration ; mais elle secoua la tête et Galen retourna alors à la cuisine pour donner au chien ce que Jamie venait de refuser. Elle ne lui dit pas bonsoir, mais Galen l'entendit monter, les marches craquer. Il attendit qu'elle redescende, et quand elle ne le fit pas il s'occupa de la vaisselle, l'essuya, nettoya le comptoir de la cuisine, retourna près de l'âtre et constata que la récente flambée se réduisait à des braises rougeoyantes. Il mit une bûche, puis une autre, qui prirent lentement puis s'embrasèrent soudain, aspirant le peu de chaleur qu'il y avait dans la pièce.

Bonne année, dit-il au chien. Puis il s'allongea tout habillé sur le tapis, parfaitement conscient de la présence de Jamie et troublé par elle, il dériva vers un demi-sommeil pénible, s'endormit. Quand un peu plus tard le chien le réveilla en gémissant et en griffant la porte, le feu n'était plus qu'une topographie tiède d'innombrables crêtes minuscules incrustées dans la cendre. Il adressa des *chut* apaisants au chien pour le faire taire, mais l'animal gémissait de plus en plus fort et multipliait les coups de patte contre la porte, si bien que Galen se leva, ouvrit le volet d'une fenêtre, plongea le regard dans la nuit spectrale. Un clair de lune blafard jetait une vague lueur argentée derrière les nuages et, dans la neige qui tombait désormais plus doucement, le garçon fantasmagorique levait les bras et tournoyait sur lui-même devant le verger.

*

Galen ouvrit les yeux, perçut l'odeur des cendres froides, du bois calciné, puis la maison inconnue, se releva avec raideur, épuisé d'avoir toute la nuit tenu d'une main le collier du chien. Il alla dans la cuisine, attentif à ne pas faire de bruit, le chien sur ses talons, réchauffa le restant de café. Quand le liquide se mit à frémir, il arrêta le feu, remplit une chope puis erra dans la pièce, entrouvrant çà et là les volets pour laisser entrer la lueur grise et diffuse de l'aube, jaugea la couche de neige tombée durant la nuit et la trouva assez mince pour ne pas justifier l'usage d'un chasse-neige. Il avait beau éviter le mur de photographies, Galen était incapable de s'empêcher de penser à cette image de Harlan et de lui-même, graves et presque renfrognés, de part et d'autre de Bobby Sanders.

Bobby s'était toujours interposé entre eux. Galen se demanda si Margaret l'avait deviné, si elle les avait disposés avec Bobby – la lanière de son bandeau tordue – au milieu ; plus vraisemblablement, songea-t-il, ils avaient eux-mêmes choisi cet arrangement. Plus d'une année s'était écoulée depuis que Bobby Sanders avait perdu son œil, et Margaret avait appuyé sur le déclencheur de son appareil plus de vingt ans auparavant, Galen ne se rappelait pas au juste quand ; mais il se souvenait comme si c'était hier du jour où Bobby Sanders s'était lui-même énucléé. *Y a pas de mal à tuer, y a vraiment pas de mal à* ça, leur serinait Bobby, à Harlan et à Galen, ce matin-là tandis que le soleil leur chauffait le dos et qu'ils se tenaient accroupis au bord de la route récemment aménagée, recouverte non pas de macadam mais d'un grossier revêtement asphalté qui contenait des fragments de quartz, ce quartz brillant comme ce qu'ils imaginaient être d'énormes diamants, tous trois descellant donc ces morceaux de pierre scintillante au bord de la chaussée qui empiétait sur l'herbe à côté du poteau téléphonique. Les mouches étaient lentes et idiotes, pas encore réchauffées par le soleil; ils les attrapaient et regardaient Bobby les mettre en pièces avant de les écraser sous la lame du cran d'arrêt de son père, ce même couteau qu'ils utilisaient pour extraire le quartz. Et quand ils en eurent assez de tuer des mouches, quand leurs poches furent remplies de fragments de quartz, ils se mirent à lancer le couteau pour le planter dans le bois du poteau, Bobby disant qu'ensuite ils attraperaient des grenouilles, leur colleraient un pétard dans la gueule et les feraient exploser en mille morceaux, lorsqu'il envoya le couteau vers le poteau, où la lame rebondit et revint se ficher droit dans son œil, sa bouche formant alors un ovale, et il se mit à crier, à courir, et il retira le couteau, lequel tomba par terre, son globe oculaire planté au bout.

Ce fut Harlan qui ramassa l'œil transpercé, rond comme une petite balle, doté d'une sorte d'appendice sanguinolent ; mais ce fut le paternel cinglé de Bobby Sanders qui conserva la chose dans un bocal rempli de formol et qui un jour le donna à Bobby comme un trophée, la première fois où le fils, Harlan et Galen revinrent de la chasse au porc-épic avec le nouveau pistolet à plomb de Bobby, ils revinrent avec trois têtes payées deux dollars pièce par le garde forestier. Le père de Bobby tendit alors le bocal à son fils, en lui disant : Si jamais on te raconte que t'as besoin de tes deux yeux pour tirer au fusil, t'as qu'à montrer ce truc en répondant que t'as bel et bien tes deux yeux. Ensuite, il prépara des pancakes gorgés de sirop, Bobby posa le bocal sur la table et ils mangèrent en regardant son globe oculaire. Seul Galen vomit, ce qui poussa Bobby et Harlan à l'exclure quand un peu plus tard cet après-midi-là ils se coupèrent le pouce pour mêler leurs sangs respectifs, scellant ainsi leurs deux destins, et sans doute pour le pire.

Son destin aussi fut scellé ce jour-là, Galen le savait. Car le garçon irréel dressé dans la nuit afin de hanter celle qui l'avait détaché, signifiait une seule chose pour Galen : Harlan.

C'est du moins ce qu'il dit à Jamie quand ce matin-là il revint d'une longue promenade loin au-delà du verger, avec le chien qui bondissait vers elle dans la neige tel un dauphin, après que Galen eut décidé de ne pas suivre l'odeur du garçon, pourtant omniprésente alentour, Galen voyant malgré la légère chute de neige de la nuit passée les traces du garçon qui rejoignaient la forêt et descendaient à travers bois avant que le chien et lui ne fassent demi-tour. Debout sur la véranda elle les regarda revenir, sans nulle ombre et sous un ciel de fer-blanc, des cernes bleuâtres autour de ses yeux rougis par l'insomnie.

Je crois – non, je sais, lui dit Galen, que le garçon était ici. La nuit dernière.

*Pourquoi ?*

J'en sais rien, répondit Galen. Je ne comprends rien à ses allées et venues, encore moins à ce qu'il fait ici. Mais je vais trouver Harlan.

*Pourquoi ?*

Parce que j'ai besoin de savoir ce qu'il sait, pourquoi il recherche ce garçon. Parce que Harlan reviendra ici dès la prochaine chute de neige, ou celle d'après, dès qu'il y en aura assez sur le sol pour utiliser le chasse-neige, dès qu'il estimera que les chevreuils ont assez faim pour se mettre à vadrouiller dans le verger et lui faciliter le braconnage.

Il sait que je suis la gardienne...

Mais il ne sait pas que tu es *ici.* Et je ne veux pas

qu'il le découvre, surtout pas si le garçon rôde dans les parages, en laissant des traces partout. Si ça se produit, alors Harlan croira ce que le ferrailleur croit déjà.

Elle émit un bruit étranglé, porta la main à sa bouche, la laissa redescendre le long de son corps, dit d'une voix presque inaudible : Je viens avec toi.

Non. Non, tu ne viens pas.

Je ne peux pas te...

Si, tu peux. Tu restes simplement à l'intérieur. Tu restes ici, et tu attends.

Quoi ?

Tu m'attends, moi, lui dit-il.

# *Dix*

La matinée attira le garçon vers la vallée sous les nuages couleur cendre derrière lesquels le soleil demeurait caché, et lorsqu'il atteignit l'orée de la forêt au-delà de la porcherie il monta dans un arbre et s'assit immobile et insensible à l'écoulement du temps, dans ce passage indolent regarda Ada et l'homme qui était son père et celui qu'il savait nommé Harlan patauger parmi les débris calcinés de ce qui avait été la cabane. Le silence qui régnait parmi eux était seulement brisé par les grognements de la truie qui gisait entravée sur le flanc, et que les trois humains ignoraient. Les deux hommes sondaient avec des pelles les vestiges de la cabane, la femme avec un bâton, et parfois les hommes tiraient des gravats les restes d'une poutre brûlée ou une longueur de métal. S'ils y avaient trouvé des fragments d'os, le garçon l'ignorait forcément et il s'en fichait et il attendait avec la patience des indifférents tandis que les hommes pelletaient le charbon de bois et la cendre dans un vieux baril, qu'ils roulaient ensuite au bord d'une fosse peu profonde qu'ils avaient réussi à creuser dans la terre gelée, où ils en jetaient alors le contenu, la cendre humide guère volatile s'y déposant comme de la vase.

Le garçon pinça les miettes et les peluches accumulées dans la doublure usée de ses poches, il se lécha les doigts et ne fit aucun autre geste avant de descendre, obéissant alors à un instinct auquel il n'accorda aucune réflexion. Lorsqu'il atteignit un cours d'eau pas complètement gelé, il plongea dedans et trébucha sur le fond comme un animal agité désireux de ne laisser aucune trace de son odeur. De temps à autre il s'arrêtait dans la rivière glacée, regardait le trait bleu de geais criailleurs qui fuyaient devant lui. Après avoir marché un certain temps dans l'eau, il en sortit et revint vers le terrain du ferrailleur, vers la maison à bardeaux, se mit à trottiner lourdement, les oreillettes dressées, le bonnet de travers, trempé jusqu'aux genoux, il dépassa en courant le pick-up boueux de Harlan, dépassa le cerf suspendu, les cabanes de guingois. Il ralentit sur le chemin verglacé et strié de traces innombrables qui aboutissait à la cour de la maison, au milieu de laquelle le muet bavait immobile, les mains flasques au bout de ses bras, le pantalon défait, en se balançant lentement d'un pied sur l'autre. A l'intérieur de la maison, un enfant pleurait.

Le garçon brandit le poing en direction du muet et, une fois dans la maison, huma l'odeur de la pourriture et de la créosote, trouva sur le poêle éteint un fouillis de haricots coagulés autour d'un morceau de porc salé, et il mangea avec la main, ses ongles brisés grattant l'intérieur de la casserole pour ne pas perdre le moindre reste moisi. Quand il eut fini, il repoussa la vaisselle sale dans l'évier, jeta des assiettes par terre, pompa l'eau et approcha sa bouche du flot, but jusqu'à plus soif tandis que ses chaussures suintaient par terre et faisaient une flaque. Alors le garçon sema le chaos autour de lui et, donnant libre cours à une violence qui réduisit au silence les hurlements de l'enfant, il saccagea la maison, renversant les fauteuils, donnant de grands coups de pied dans les portes, arrachant aux lits des couvertures souillées et aux portemanteaux des chemises tachées, d'inutiles mors de chevaux, des lanières en cuir, des chandails troués, les patères sur le mur.

Il trouva son frère au sol attaché par une corde à un montant du lit, la bouche de l'enfant toute tordue, les yeux pleins de larmes, la morve au nez, arc-bouté dans son harnais et tirant sur la corde. Le garçon hésita alors comme s'il essayait de se rappeler quelque chose, puis il se concentra sur le harnais, il entreprit de défaire le nœud de la corde. Quand il comprit qu'il n'y arriverait pas, il souleva le pied du lit, en fit glisser la corde et tira ensuite l'enfant, dont la tête bascula violemment d'abord en arrière puis en avant lorsqu'il tomba à plat ventre avant de se remettre à quatre pattes et de ramper. Le garçon tira encore, cette fois d'un coup sec et vicieux, l'enfant se vautra de tout son long et lâcha un cri, rebondit par terre alors que le garçon le traînait hors de la pièce. Quand l'enfant se coinça contre le chambranle de la porte, le garçon souleva son frère par le dos du harnais et entre deux cris l'enfant se mit à chercher son souffle tandis que sa tête et ses membres ballaient au-dessus du sol. Le garçon traversa la maison sens dessus dessous en tirant l'enfant derrière lui sans accorder la moindre attention aux souffrances de son frère. Dehors, le muet émettait d'étranges gargouillis, il oscillait lourdement d'un pied sur l'autre et ne regardait rien, il ne suivit pas des yeux le départ du garçon ni ne tressaillit en entendant les échos du coup de feu et le couinement terrifiant de la truie à l'agonie.

# *Onze*

Galen s'arrêta pour regarder le ciel en sachant très bien qu'une neige humide et lourde allait encore tomber sur le paysage désert où il avançait avec ses raquettes, et il régla son pas autant sur l'aspect du ciel que sur les kilomètres qu'il lui restait à parcourir. L'air était humide et froid, Galen s'en réjouissait, ainsi que du parfum puissant des sapins, des épicéas et des cèdres tandis qu'il se frayait un chemin sinueux à travers des bosquets de résineux. Il suivait un sentier à peine discernable qui serpentait sans fin à travers les contreforts de la chaîne montagneuse et s'allongeait comme un fil mince, tantôt brisé, tantôt emmêlé, sur des distances inimaginables. Galen connaissait cette partie du sentier et le paysage qu'il traversait, dans un rayon équivalent à des jours et des jours de randonnée ; et bien qu'incapable d'en mesurer la longueur, il connaissait ses méandres à l'échelle du temps, combien d'heures de marche depuis certain vallon jusqu'à tel sommet déchiqueté, combien depuis un puits abandonné jusqu'à certain chêne, combien de jours pour atteindre un col entre deux cimes.

Juste en dessous d'une crête nue Galen coupa et quitta le sentier, ralentit pour franchir un éboulis de pierres cuivrées bleues enfouies sous la neige, trouva un chemin de chevreuils ondulant le long d'un interminable mur de pierre qui séparait désormais la forêt de la forêt et ne délimitait plus le moindre terrain visible, sa signification à tout jamais du ressort des pensionnaires des asiles. La journée, la lumière ressemblaient beaucoup au dernier jour que Galen avait passé avec Harlan, la dernière fois qu'il avait vu Harlan, le soleil obstinément invisible, le froid sauvage et humide, le ciel bas occupé par une couverture nuageuse qui semblait se déformer, ondoyer. Bobby Sanders était alors dans sa tombe depuis environ six mois, enterré sept semaines avant le retour définitif de Galen de son service militaire, sachant seulement au début ce que tout le monde savait, c'est-à-dire que Bobby était ivre quand il s'était tiré une balle dans la tête. Apprenant ensuite ce que Harlan lui dit, à savoir que Bobby était saoul et dingue, saoul parce qu'il était dingue et dingue parce qu'il était malade d'amour – les propres mots de Harlan, auxquels Galen ne crut pas, car il savait Bobby capable d'une obsession, d'une fixation, mais radicalement inapte à l'amour – néanmoins, qu'il ait été malade d'amour, obsédé ou en pleine fixation, il fut en tout cas incapable de brider sa lubricité pour une jeune demeurée à la corpulence voluptueuse et aux yeux de biche, que son propre père donnait à Bobby pour qu'il en fasse ce qu'il voulait chaque fois que Bobby avait quelques dollars en poche ou quelques pintes d'alcool fort à négocier. Et Bobby voulait tout, il lui faisait tout, car il n'y avait rien qu'elle refusât de faire et il n'y avait rien que Bobby ne pût l'obliger à faire contre quelques friandises, et ce fut donc seulement une question de temps avant qu'il ne pût s'en passer et seulement une question de temps avant qu'il n'outrepassât toutes les limites, qu'il ne les piétinât allégrement, convaincant la fille de lui faire des choses et de le laisser lui faire des choses à elle – parfois devant le père de la demeurée, parfois pendant que Harlan regardait, parfois encore la partageant avec Harlan – car elle était docile et ne comprenait rien, si bien qu'en aucune circonstance elle n'éprouvait la moindre honte. Si Bobby avait demandé à la moitié de la population masculine de Dyers Corner de se joindre à ses ébats, elle aurait aussitôt accepté sans rien en penser, car elle pensait uniquement aux friandises – ce fut du moins ce que Harlan rapporta à Galen. Sauf que le paternel de la fille fut le premier à le dire. Quand Bobby en eut vent, il tabassa le vieux presque à mort, non seulement en présence de la fille, mais tandis que Harlan l'avait allongée à plat ventre sur une table et la faisait miauler. Ses miaulements, dit Harlan, sauvèrent sans doute la vie du père, car Bobby cessa de lui taper dessus dès qu'elle commença d'émettre cet étrange feulement de chatte, elle qui pas une seule fois n'avait aspiré l'air entre ses dents ni poussé le moindre soupir, malgré tout ce que Bobby pouvait bien lui faire. Bobby s'arrêta net, tellement sidéré qu'il en resta bouche bée et que son œil unique s'écarquilla au point d'exhiber tout le blanc autour de l'iris, après quoi ils partirent. Ils burent comme des trous, Harlan suivant à peine le rythme infernal imposé par son compagnon de beuverie, jusqu'à ce qu'ils finissent assis l'un en face de l'autre à une table de cuisine, avec un revolver et une pinte posés entre eux, faisant pivoter la bouteille et buvant une bonne rasade chaque fois que le goulot pointait vers l'un ou vers l'autre. A la fin, Bobby fit aussi pivoter le revolver en disant *Elle m'aime elle m'aime pas* et en suivant des yeux la rotation du revolver jusqu'à ce que quelque chose se brise en lui, jusqu'à ce qu'il saisisse l'arme, sourie à Harlan et dise *Elle m'aime pas* et qu'il pointe le canon sur sa tempe et appuie sur la détente.

Voilà ce que Harlan raconta à Galen. Et puis : Je m'occupe d'elle à ma façon. Je m'occupe d'elle et je vais m'occuper d'elle. Tu vas voir.

A la fin il s'occupa d'elle une bonne fois pour toutes, elle qui n'aurait pu aimer personne et qui six mois après que Bobby fut mis en terre ne savait même plus qui il était ni qui il avait été. Elle dont Galen se souvenait vaguement, même s'il conservait l'impression d'une chair plantureuse à peine contenue à l'intérieur d'un mince manteau, d'un foulard noué sous un ample menton, de poignets potelés et de mains dodues, de mollets épais et de grands pieds boudinés dans des chaussures montantes un peu trop petites et très minces, d'une bouche ronde et généreuse, d'yeux écartés. Elle était assise dans le vieux tacot conduit par Harlan, cette première et dernière fois où Galen la rencontra, quand Harlan se gara au bord de la route où Galen l'attendait, le fusil à la main et prêt à aller chasser, à consacrer sa matinée à faire ce qu'ils avaient décidé de faire. Galen dit : Tu n'es pas sérieux.

Allez, rétorqua Harlan, mets le fusil derrière et monte.

Elle ne peut pas venir avec nous, Harlan, protesta Galen tandis que le moteur tournait au ralenti en claquant et qu'un nuage blanc nauséabond sortait du pot d'échappement, Galen faisant passer le fusil d'une main à l'autre, martelant le sol avec ses pieds à cause du froid.

Alors on fera pas trop de chasse. On va pique-niquer à la place.

Tu es cinglé. Ne compte pas sur moi.

Ooh, tu vas la vexer, gémit Harlan. Alors elle pencha la tête en avant, tordit le cou, leva vers Galen des yeux aux paupières maquillées, le mascara incurvé et trop épais, sa bouche réduite à une tache ronde et rouge; Harlan lui donna un coup de coude, elle souleva le sac en papier qu'elle tenait sur ses cuisses et sourit lentement à Galen.

Ça va, lui dit Galen, merci bien. Simplement, c'est vraiment pas un temps à pique-niquer.

Bobby t'emmenait pique-niquer par tous les temps, pas vrai? roucoula Harlan à la fille. Même en hiver, hein? Vrai ou faux?

Je sais pas, marmonna-t-elle.

Mais si, tu sais. Tu te rappelles bien?

Elle regarda longuement Galen, le sac en papier toujours levé : C'est vous, Bobby?

Harlan se plia en deux sur le volant et, quand il se redressa, il abattit ses paumes dessus. Les pique-nique – sont – sympa, dit-elle à Galen, et Harlan cria Bon Dieu de merde, mec, *monte*, alors Galen posa son fusil derrière et monta, la fille entre eux sur la banquette avant, cuisse contre cuisse avec les deux hommes et Galen se rencogna contre la portière en secouant la tête et disant : Elle va geler, mais Harlan se contentait de conduire en saisissant parfois le menton de la fille entre pouce et index et en chantant d'une voix de fausset *Je veux être la copine de Bobby, je veux être la copine de Bobby,* jusqu'à ce que Galen lui dise de la boucler, exaspéré, pas encore mal à l'aise : le dégoût vint plus tard, dans les bois qu'ils traversaient pour rejoindre ce qu'ils appelaient les vires, Galen portant le fusil – juste au cas où, mec, avait insisté Harlan, et puis tu vas pas le laisser dans la bagnole, il suffit que quelqu'un le voie et adieu – et marchant devant, Harlan sifflant *Je veux être la copine de Bobby,* avertissant de leur présence toute forme de vie animale dans un rayon de dix kilomètres ; non, l'intense malaise vint plus tard, alors qu'elle reniflait déjà, qu'elle trébuchait déjà, après que Harlan eut pris les gants de Galen pour éviter que ses mains ne gèlent chaque fois qu'il la tirait de la neige et la remettait sur ses pieds, lorsque Harlan la gifla, qu'elle pleura, que ses larmes gâchèrent son maquillage, que Harlan se mit à la pousser par-derrière tandis qu'elle pataugeait vers Galen avec quelque chose comme une lourde grâce bovine, si l'on peut parler de grâce en l'occurrence, en serrant le sac en papier entre ses mains et en gémissant : Je veux rentrer maintenant. Je veux rentrer.

J'en ai assez, dit alors Galen à Harlan, en proie à la plus grande peur de sa vie. Il lui dit : Je rentre.

Ooh merde Galen, on est presque arrivés bordel, insista Harlan en la poussant avec colère, lui-même vexé. Alors Galen repartit, les laissa derrière lui, atteignit les vires et posa le fusil en le tenant par le canon, il les attendit et bougea pour se tenir chaud, souffla dans ses mains, les coinça sous ses aisselles en se maudissant, non seulement inquiet mais aussi irrité, tellement irrité que, lorsque Harlan et la fille arrivèrent aux vires, que Harlan lui prit le sac des mains et le lança en direction de Galen, celui-ci garda ses mains là où elles étaient, n'essaya même pas d'attraper le sac, et la fille pressa le pas, ramassa le sac dans la neige, le serra contre sa poitrine et, sans la moindre raison que Galen pût comprendre, continua simplement de marcher droit devant elle jusqu'à ce que son nez bute presque contre la saillie rocheuse, après quoi elle fit demi-tour. Galen fit : Harlan, qu'est-ce que... ? car Harlan venait d'épauler soudain le fusil et il visait la fille.

Alors où est Bobby maintenant, hein? dit Harlan d'une voix moqueuse. Où est Bobby maintenant? Il fit pivoter le canon du fusil en direction de Galen quand celui-ci avança d'un pas vers lui, dit à Galen de rester à l'endroit où il était, remit la fille dans sa ligne de mire. Ni elle ni Galen ne comprenaient ce que Harlan désirait – sans parler de ce qu'il voulait dire – en haussant ainsi la voix pour répéter : Alors où est Bobby maintenant, hein ? Où est Bobby maintenant ?

Elle refoula un sanglot, bafouilla : Je connais pas de Bobby.

Je connais pas de Bobby, je connais pas de bobine, singea Harlan d'un ton haineux.

Non-on-on-on.

Non-on-on-on, imita Harlan. Non-on-on-on. Eh ben il est dans sa tombe, c'est là qu'il est ! lui hurla-t-il. Alors t'en dis quoi ?

J'en sais rien, vagit-elle, j'en sais rien, sanglota-t-elle. Je – j'aime – bien – les – pique-niques.

C'est pas un pique-nique...

Harlan, arrête...

La ferme ! *La ferme !* hurla Harlan à Galen. Elle a rendu Bobby cinglé, elle lui a fait perdre la tête, elle l'a tordu pour en faire un...

Il a toujours été tordu...

C'est toi qui le dis, s'écria Harlan, mais tu sais que dalle, t'étais pas là quand elle l'a rendu dingue, quand il arrivait pas à en avoir assez d'elle, toute cette graisse, toute cette chair, toute cette bouche et ce cul et il s'est tué parce qu'il...

Je connais pas de Bobby, gémit-elle.

Connasse, fit Harlan en appuyant sur la détente.

Le coup de feu propulsa la fille en arrière contre la saillie rocheuse et tandis qu'elle s'effondrait, Galen pensa qu'il ne s'arrêterait jamais de hurler et quand il le fit et arriva près d'elle, la fille perdit conscience, il tira sur son manteau, la neige rougissait et Galen à genoux disait *ohmondieu ohmondieu ohmondieu* et tentait d'étancher le sang, le foulard de la fille toujours noué, des caillots et une écume rosée jaillirent de sa bouche, la tache rouge sur sa poitrine grandissait tandis que la lumière fuyait de ses yeux, alors Galen fut seul avec elle, seul avec le fusil et les gants que Harlan avait jetés, sans ressentir désormais ni malaise, ni irritation ni même peur, seulement engourdi, en état de choc, allongé près d'elle, écoutant son propre pouls palpiter dans ses oreilles et jamais il n'avait eu aussi froid. Il ferma les yeux et reprit seulement conscience quand des inconnus à la voix masculine le remirent sur pieds, Galen à peine capable de tenir debout et de nouveau au bord de l'évanouissement tandis que Harlan disait : Oh là là je sais pas ce qui s'est passé, j'étais trop loin derrière. Quelqu'un d'autre s'écria : *Fils de pute !*

Lorsque Galen revint à lui, il était assis sur la banquette arrière d'une voiture entre deux hommes. Ils suivirent longtemps l'ambulance du comté avant que Galen sombre de nouveau dans un état catatonique et referme les yeux.

*

Quand Galen déboucha sur la route au-dessus du déversoir, il tombait une légère neige mouillée. Il retira les raquettes, les fixa sur son dos avec les lanières, repartit. Il ne croisa aucun véhicule sur la route, dont il ne se rappelait pas les virages et, une fois arrivé au-delà du déversoir, il commença à se demander si les rumeurs qui couraient sur l'endroit où habitait Harlan n'étaient pas simplement des rumeurs, et il continua de s'interroger jusqu'au moment où il aperçut le pick-up aux phares de braconnier, garé devant une maison à bardeaux où presque la moitié de ces derniers manquaient.

Galen posa les raquettes contre le véhicule, s'approcha de la maison, frappa à la porte branlante. Une femme débraillée lui ouvrit; d'une main elle tenait fermé à la taille un peignoir aux couleurs passées, de l'autre une bière. Galen ne la connaissait pas. Il demanda Harlan, donna son nom, et elle lui referma la porte au nez. Quelque part à l'intérieur il entendit la voix de Harlan, prit une autre profonde inspiration, fit tomber la neige de ses chaussures, la chassa de ses épaules et de sa capuche. Quand Harlan ouvrit la porte, il dit : Merde.

Harlan.

Eh ben merde, répéta Harlan. Je crois que tu ferais aussi bien d'entrer.

Ils se déplacèrent dans une cuisine exiguë, entre des placards en contreplaqué peint à la laque et un torchon bleu en lambeaux tendu devant une fenêtre sale, la seule couleur présente dans la pièce à l'exception des aimants en plastique multicolores collés à la porte du réfrigérateur, avant de suivre un étroit couloir jusqu'à une petite pièce. Harlan ramassa sur une chaise une boîte métallique contenant des cartouches, des chiffons et des burettes d'huile, puis il s'assit sur un coussin, prit le fusil qu'il nettoyait. La femme avait disparu. Assieds-toi, dit Harlan à Galen, en enfonçant un goupillon dans le canon de l'arme, vu que t'es là.

Galen s'assit, attendit, regarda Harlan finir de nettoyer le fusil, d'un déclic ouvrir la chambre, la refermer avec un claquement, essuyer la crosse en bois, il le regarda épauler le fusil, viser le mur. Galen se jura de ne pas flancher.

Alors qu'est-ce qui t'amène après tout ce temps? demanda Harlan. Il fit pivoter le fusil et le braqua sur Galen, la contraction involontaire d'un muscle lui relevant la commissure des lèvres. Il arma le chien, fit encore pivoter le canon, appuya sur la détente. Galen cligna des yeux en entendant le déclic creux.

Une idée.

Quel genre d'idée ? Qu'on est toujours potes ?

Pas question.

Alors quoi ?

Je pensais que tu saurais peut-être quelque chose sur le garçon du ferrailleur.

Harlan plissa les yeux. Tu l'as vu ?

Tu viens de te trahir.

J'ai rien dit.

Peut-être que je l'ai vu, dit Galen.

Harlan posa le fusil en travers de ses cuisses, changea de position sur le coussin.

Ça t'intéresse, Harlan ?

Peut-être.

Eh bien, fit Galen en se levant, quand tu auras décidé si, oui ou non...

Attends, dit Harlan alors que Galen avait déjà rejoint le seuil. Assieds-toi un peu. Allez, pose-toi. Raconte-moi ce que tu fabriques ces temps-ci.

Galen s'appuya au chambranle. Je suis pas ici pour une visite de politesse, dit-il.

Ooh, bon Dieu de merde, ça m'intéresse. J'ai entendu dire que tu faisais le trappeur.

Tu as bien entendu.

Où ça ?

Dans le coin.

C'est pas très précis.

Non.

Comment que t'as su où me trouver ?

Moi aussi j'entends des choses, dit Galen.

Ouais, normal. Et comment que t'as entendu parler du gamin ?

Salut, fit Galen en tournant les talons.

Attends. Attends, bordel, je te propose un marché.

Galen s'arrêta, revint vers le seuil de la porte, s'appuya de nouveau au chambranle. Je te propose un marché, répéta Harlan. Tu me dis, je te dis.

Te dire quoi ?

Si tu l'as vu.

Je l'ai vu.

T'as vu autre chose ?

Comme quoi ?

Je te demande.

Moi aussi.

Harlan renifla. Ça fait longtemps, Galen. Le passé est le passé, je suppose.

Ne suppose rien. Tu as parlé d'un marché, alors voici le marché : tu me dis ce qui se passe et je te dis où je l'ai vu.

Pas très excitant, comme marché.

C'est le seul que tu auras.

Harlan jura, céda. OK, je vais te dire une chose, fit Harlan. Le garçon a une case en moins.

Pas très surprenant, vu l'endroit d'où il vient.

Toi qui le dis.

Tu le recherches, Harlan ?

Qu'est-ce ça peut te foutre ?

Si c'est pas le cas, je perds mon temps ici, lui dit Galen en mettant sa capuche sur sa tête.

Attends un peu, protesta Harlan. D'accord. Je le recherche.

Pourquoi ?

Appelons ça un service.

T'as jamais rendu le moindre service de ta vie.

Mon cul, oui.

En tout cas, jamais à moi. Et tu m'en dois un.

Je te dois que dalle, putain. Alors Harlan se tortilla sur son coussin, dit : Et puis merde, bon, voilà : ce garçon a foutu le bordel chez le ferrailleur.

Ce qui veut dire.

Les détails te concernent pas vraiment.

Et toi, ils te concernent ?

C'est une affaire de famille, un truc privé quoi. Le sang c'est toujours plus épais que la flotte, même quand y en a pas beaucoup, et Ada est ma seule parente que je connaisse, même si c'est plutôt éloigné comme parenté.

Dis-moi ce qui se passe.

Dis-moi, dis-moi, ricana Harlan. D'accord, alors je répète : le gamin est zinzin. Et je vais te dire encore une chose : il disparaît, il revient, il saccage tout, il fout le feu un peu partout.

Mais Jake et Ada veulent quand même le récupérer.

Eh ben, disons simplement qu'ils ont pas très envie d'être en train de dormir quand il se pointera pour faire sa prochaine visite.

Tu devrais peut-être demander au shérif de les protéger, fit remarquer Galen, à moins que tu ne stockes chez eux tout ce que tu braconnes. A moins que tu ne sois plus en aussi bons termes avec le shérif qu'autrefois, si je me souviens bien. Ou à moins que tu ne préfères pas qu'il se demande pourquoi ce garçon crapahute au beau milieu de l'hiver, comme si le mauvais temps était préférable à une maison bien chaude. Ou pourquoi on l'a ligoté à un arbre et pourquoi, sans doute dès qu'il a été détaché, ce garçon a choisi de prendre la tangente et de vivre à l'écart de sa famille.

Que le diable m'emporte, lâcha Harlan, que le diable m'emporte.

Pour ça, je m'inquiète pas trop.

Alors, elle est où ?

Qui ?

La fille qui l'a détaché. Celle qui fait le ménage

chez Margaret, la seule qui ait pu t'apprendre que le gamin était ligoté. La pétasse de Damon.

Galen adressa un regard noir à Harlan, qui le remarqua et s'esclaffa. Oh doux Jésus, Galen, t'as droit à un bout toi aussi ? C'est ça ? T'as vu ce garçon parce qu'elle l'a planqué quelque part et que t'es allé renifler autour d'elle comme un chien ?

Je l'ai vu, dit Galen d'une voix égale, dans l'angle nord-ouest du lac de retenue.

Tu parles...

Alors c'est que je me suis trompé.

Sacrément, marmonna Harlan en essayant de discerner sur le visage impassible de Galen s'il disait la vérité ou pas. Puis il demanda : Quand exactement ?

Il y a deux soirs.

Harlan réfléchit. Bon Dieu, fit-il avec un haussement d'épaules, c'est pas impossible. Il est revenu dans la maison depuis.

Y a combien de temps ?

Hier matin. Il a tout bousillé, il a pris un truc qu'il aurait pas dû.

J'imagine.

Non, t'imagines pas.

Galen ferma le bouton-pression du haut de son blouson. Hé, fit Harlan.

Quoi ?

Si tu revois ce garçon, tu le chopes. Ramène-le chez le ferrailleur, ou amène-le ici. Et grouille-toi si t'as à voir avec cette fille qu'a à voir avec tout ça et qui, je le sais, habite plus chez Damon.

Donne-moi une raison valable de le faire.

Parce que ça me démange de m'offrir une bonne partie de chasse. Parce que si je mets la main sur cette petite, ça risque de vraiment pas te plaire.

*

De nouveau mal à l'aise, troublé par la malfaisance transparente de Harlan et par son propre sentiment de futilité, Galen retourna sur ses pas jusque chez Margaret, la neige tombait désormais plus dru, et il réfléchissait à ce destin inévitable qui, de lui-même et par lui-même, ne l'avait pas conduit en prison, car à l'époque du crime Galen avait fait son choix, décidant non tant de protéger Harlan comme il l'avait toujours fait, mais bien plutôt de ne pas se protéger lui-même car il n'avait pas empêché ce qui s'était passé et il était donc à ses propres yeux coupable, sinon de passivité, du moins de naïveté. Galen ne clama jamais son innocence, il ne dit jamais que le coup de feu était un accident – non que quiconque l'eût cru, car de toute évidence la fille ne s'était pas tenue à plus de cinq mètres du tireur, le fusil s'était trouvé pointé droit sur elle et l'angle de l'impact prouvait qu'il ne pouvait s'agir d'un accident – mais il soutint avec obstination qu'il ne se rappelait pas ce qui s'était passé, il dit qu'il ne pouvait plaider ni l'innocence ni la culpabilité, déclara à l'avocat commis d'office que non seulement il ne voulait pas d'un procès avec jury mais qu'il ne désirait même pas que l'avocat entame des démarches pour une libération sous caution, une somme d'argent que le père de Galen, qui séjournait déjà à l'hôpital des vétérans du comté à cause de cette phlébite qui finirait par l'emporter, n'aurait de toute façon pas pu réunir. Ainsi, le procureur, le juge et l'avocat disposaient du seul témoignage inexact, fait sous serment, de Harlan – celui-ci affirmant qu'il n'avait rien vu, mais qu'il avait son idée – et du rapport du médecin légiste. Ils se méfiaient de Harlan, mais ne pouvaient douter du médecin légiste ni, apparemment, de l'amnésie tenace de Galen. Alors ils firent ce qu'ils purent – Harlan étant suspect, Galen étant un jeune homme qui de l'avis unanime n'avait jamais enfreint la loi, qui avait fait son service militaire, était un garçon du coin, fils d'un veuf respecté – le juge très désireux de régler l'affaire à l'amiable condamna Galen non pas à un minimum de vingt-cinq ans de prison pour assassinat, mais à une peine de détention de sept années pour meurtre, le juge lui-même doutant en son for intérieur que justice ait vraiment été rendue et transgressant l'usage judiciaire en convoquant Galen dans son bureau après avoir annoncé le verdict, afin de lui dire que de sa vie il n'avait jamais autant hésité à condamner un homme et qu'une bonne conduite permettrait à Galen de sortir de prison dans cinq ans. Galen se disait maintenant que ces cinq années avaient été d'une longueur absurde et vide, il se rappelait la lenteur avec laquelle les saisons arrivaient et s'en allaient, son seul désir le portant vers l'hiver et vers chaque chute de neige dont il discernait le caractère hasardeux et unique.

Ainsi Galen avait-il attendu la fin de chaque printemps été automne en prison et en hiver reconnu les neiges différentes qui tombaient, distingué la finesse ou l'épaisseur des flocons, les motifs qu'ils dessinaient en tombant, la neige filant parfois comme une pluie gelée et parfois jaillissant du ciel en tourbillons grumeleux, en rideaux aveuglants, avec une humidité écœurante ou une clarté cristalline; chaque chute de neige tapissait la cour de la prison, ensuite piétinée par des hommes dont les pas se trouvaient alors singulièrement étouffés, dont les voix se réduisaient à des murmures tandis qu'ils déambulaient sans but pour effectuer leurs exercices quotidiens, Galen restant à l'écart, immobile, comme engourdi, la face tournée vers le ciel pour que les flocons puissent se poser sur la visière de sa casquette, sur ses cils, tandis qu'il constatait émerveillé qu'il n'y avait pas deux flocons semblables et qu'il était miraculeux qu'une chose aussi banale qu'une minuscule goutte d'eau pût se transformer en une splendeur aussi complexe et imprévue. Les hivers furent les seules saisons qui passèrent vite, Galen surtout occupé à regarder le petit pan de ciel encadré par la fenêtre de sa cellule et hachuré de barreaux, alors que chacun des mois les plus froids de l'année enchaînait ses chutes de neige, crachait ou saupoudrait des flocons qui la nuit se trouvaient parfois pris dans les faisceaux iridescents et mouchetés des projecteurs de la prison.

Toutes ces années, personne n'était jamais venu. Ni la fille que Galen avait déjà laissée derrière lui quand il partit dans le Nord après avoir fait son service militaire, et que de toute manière il ne comptait jamais revoir. Ni son père (ne viens pas, lui dit Galen, occupe-toi simplement de ta santé), ni Margaret (ne viens pas, lui dit Galen, c'est trop humiliant et puis on ne te laissera jamais entrer avec ton appareil photo), qui ne croyait pas aux destins scellés mais qui avait trop vu d'accidents mortels, son petit-fils tout jeune s'étant noyé le matin où elle ne lui avait pas interdit de partir tout seul pagayer dans un canoë, parce qu'elle croyait qu'il l'avait déjà fait, croyait qu'il savait à peu près nager. Le père de Galen écrivit à son fils, Margaret lui écrivit, mais ni l'un ni l'autre ne firent comprendre à Galen, ne l'avertirent que la santé de son père déclinait rapidement, ne lui dirent que Margaret aidait à payer les taxes foncières de cette ferme animalière qui n'en était plus une depuis le jour où Galen et son père avaient donné les derniers moutons, libéré de leur enclos les derniers chevreuils, ceux-ci suivant alors les deux hommes jusqu'au bureau, paissant devant la bicoque, sans trahir le moindre appel du monde sauvage, ni l'un ni l'autre ne mentionnant le fait que Margaret donnait un coup de main pour que Galen ait un endroit où habiter à sa sortie de prison, ni même ne sous-entendant que son père ne vivrait de toute évidence pas assez longtemps pour voir ce jour. Mais tous deux le savaient, voilà pourquoi le père de Galen conserva sa modeste police d'assurance-vie et dit à son notaire de l'utiliser après la sortie de prison de Galen pour payer les taxes foncières pendant une décennie et de mettre le reste sur un compte bancaire au nom de Galen. Quand Galen quitta la prison après y avoir passé cinq hivers à nommer les divers types de neige et cinq printemps étés automnes qui avançaient avec la lenteur de l'escargot, il n'y avait personne pour l'accueillir à la porte, ni la fille qu'il n'avait pas oubliée mais qui était à jamais perdue pour lui, ni son père qui n'aurait guère pu sortir de sa tombe, ni Margaret qui lui écrivit que le destin n'existait pas, qu'il n'y avait que des coïncidences et des accidents et la volonté têtue de chacun de persévérer dans l'existence malgré tous ses caprices. Ce qui poussa Galen à répondre : Ne viens pas. Si tu as raison, je devrais être capable de rentrer chez moi tout seul.

Ce qu'il fit. Et sans ce sentiment de malaise qui l'avait autrefois étreint, et qui de nouveau s'emparait de lui tandis que les flocons gros comme des plumes tombaient sans même un chuchotement. Plus il marchait, plus il s'éloignait de Harlan, plus Galen se convainquait d'être désespérément prisonnier de quelque toile d'araignée, empêtré dans une fatalité redoutable, dans une situation qui ne relevait ni de l'accident ni de la coïncidence, et dont il n'était certes pas responsable.

*

Galen dit ce qu'il savait à Jamie, puis ajouta qu'à son avis Harlan n'avait pas remarqué le quartier de cerf accroché à la glycine. Elle écouta et mangea un peu, parla moins encore, finit par s'étendre sur le tapis devant le feu et ferma les yeux, le chien allongé près d'elle. Assis dans un fauteuil, Galen regardait la lumière voleter sur la fille, danser sur sa charpente gracile, illuminer sa peau translucide, briller sur ses longs cheveux épais, et comprit le désir du voyeur.

Jamie, dit-il enfin. Pour la première fois il prononçait son nom à voix haute.

Elle remua et se frotta les yeux, s'assit, les traits encore adoucis par le sommeil. Galen leva un pied couvert d'une chaussette, le coinça contre l'accoudoir du fauteuil, se laissa aller en arrière, s'abandonna à la fatigue de son corps.

Je m'en irai demain, lui dit Galen, dès que Harlan aura passé le chasse-neige, dès qu'il sera reparti.

Une bûche crépita derrière elle, des étincelles jaillirent puis montèrent vers le conduit, et Jamie tourna la tête pour les voir disparaître dans le néant. Galen se leva, alla fouiller dans son sac à dos afin d'en tirer du tabac, roula une cigarette, puis rejoignit la cheminée, alluma sa cigarette avec une braise, s'assit par terre en tournant le dos aux flammes. Il tendit timidement la main, toucha le poignet de la fille.

Viens avec moi.

Elle le vit à moitié dans l'ombre, secoua la tête. Je ne peux pas.

Il réfléchit à ce qu'il pourrait dire pour la faire changer d'avis, s'aperçut qu'il la connaissait si peu qu'il ne savait absolument pas par où commencer. Elle interrompit ses pensées en disant : Je vais partir aussi.

Quand ?

Elle haussa les épaules.

Et où iras-tu ?

Ailleurs, répondit-elle.

Avec le chien.

Le chien est tout ce que j'ai.

Il détourna les yeux et le silence se mit à saigner entre eux comme d'une plaie caverneuse. Il fuma, fit tomber dans le feu la cendre de sa cigarette, soupira. Parle-moi de Damon, dit-il enfin.

*Damon.* Elle vit la voie carrossable dans la nuit, les lucioles papillonnant au-dessus de l'eau et les étoiles loin derrière, comprit qu'à cet instant elle était plus seule qu'elle ne l'avait jamais cru possible, plus seule encore à cause de l'inconnu qui au volant guidait la voiture dans l'orbe lumineux de ses phares, elle qui n'avait nulle part où aller et qui n'allait nulle part. Il n'y a rien à raconter, déclara-t-elle, gardant en elle ses souvenirs de la chambre étouffante du grenier, autrefois peinte d'un jaune éclatant pâli depuis longtemps, éclairée d'une unique ampoule électrique sans abat-jour, sous laquelle ils firent l'amour pour la première fois; elle garda tout au fond d'elle-même ses souvenirs des allées et venues de Damon, son comportement imprévisible et ces journées improvisées qui passaient l'une après l'autre, pour devenir des semaines puis des mois, Jamie se disant à part soi *Maintenant ceci arrive, maintenant cela aussi est arrivé* lorsqu'elle pensait à lui et qu'elle errait dans un monde d'étroits sentiers et de chemins depuis longtemps abandonnés, envahis d'herbes, qui menaient au bord du lac de retenue, à la recherche d'un affleurement granitique, ou qu'elle se promenait sans but au-dessus de chez Margaret, le chien sur les talons, Jamie qui marchait sans s'arrêter, allant toujours de l'avant comme si le mouvement et le mouvement seul était une raison de vivre, comme si le mouvement était la même chose que la vie. Taisant à Galen – comme elle l'avait tu à Damon – ce qu'elle ressentait parfois quand Damon la frôlait ou bien fondait sur elle alors qu'il était saoul, elle électrique dans le sillage de l'homme, le corps de Jamie modifiant et recomposant ses sensations comme si elle subissait quelque collision moléculaire, taisant à Galen – comme elle l'avait tu à Damon – ce qu'elle avait ressenti la première fois dans le lit de cet homme, Damon ralenti par la boisson, Jamie se sentant peu à peu effacée, se perdant puis n'étant qu'elle-même et dans une solitude plus incompréhensible que jamais, éveillée et seule et consciente de sa solitude en dépit de, à cause de, la présence de Damon endormi auprès d'elle, Damon qui à chaque liberté qu'il s'autorisait devenait davantage cet inconnu qu'il avait d'abord été, Jamie qui à chaque liberté s'éloignait davantage de lui qu'il ne le devinerait jamais ; gardant aussi pour elle ces libertés.

Alors parle-moi de toi.

Il n'y a rien à dire, répéta-t-elle. Puis elle le regarda, avec une telle gravité qu'il trouva sa beauté douloureuse à contempler, et il s'écarta sur le plancher, il se força à s'éloigner d'elle, pour ne pas pouvoir, ne pas vouloir tendre la main vers elle. Au même instant il se sentait à la dérive et prisonnier, et puis triste – car certaines choses étaient réglées, il allait partir, elle mettrait moins de temps à disparaître que l'obturateur de Margaret à se déclencher, à geler une fraction de seconde infinitésimale – et il ressentait aussi de la rancœur, convaincu qu'elle l'avait mal compris, que Jamie avait mal interprété ses raisons de reculer pour se mettre hors d'atteinte.

Écoute, commença-t-il d'expliquer, je me contrefiche de Damon. C'est toi...

Galen.

Il se tut. Les lueurs du feu voletaient sur le visage de Jamie, dans ses yeux, et elle hésita, pensa : *Je pourrais, je devrais aller avec lui, être avec lui, laisser cela aussi arriver.* Mais elle sentit combien ce serait injuste, elle sut que ce qui se passerait alors entre eux ne serait jamais – pour lui, peut-être même pour elle – simplement quelque chose qui se passait, et même si cela se passait seulement pour un temps. Elle désirait tout bonnement confirmer qu'elle n'avait aucune raison de rester, avant de quitter cet endroit qu'elle considérait depuis longtemps comme une simple étape sur sa route.

Je sais que ce n'est pas Damon, lui dit-elle. Et ce n'est pas toi. C'est moi.

Quel âge as-tu ?

Dix-sept ans.

Bon Dieu, lâcha-t-il. Et à la pensée de Jamie toute seule, il secoua la tête, répéta : Viens avec moi.

Tu as ta vie, Galen.

C'est pas vraiment une vie.

Ce serait pire, dit-elle, avec moi.

*

Galen dérivait de temps à autre dans le peu de sommeil que son esprit lui autorisait, et dès qu'il y glissait, les murs d'une cellule se refermaient sur lui jusqu'à ce que son corps tressaute et le réveille précipitamment pour échapper à l'écrasement final. Il finit par renoncer, s'assit, contempla le feu en le tisonnant à l'occasion.

Juste avant l'aube Galen mouilla les braises, vérifia que les volets intérieurs étaient bien fermés, attendit. Après l'aube, il entendit le chasse-neige du comté atteindre le bout du chemin, puis il attendit encore, cette fois l'arrivée du pick-up de Harlan dans l'allée. Quand il arriva, Galen tendit l'oreille vers l'étage et le chien, dont Jamie tenait le museau serré – l'animal n'émit pas un bruit – et il entendit Harlan tirer le frein à main quand il eut fini de déblayer l'allée, laisser le moteur tourner, ouvrir la portière du pick-up. Il descendit et se promena un peu, cherchant, Galen le savait, un signe, n'importe quel signe de la présence de la fille, du chien ou du garçon ; puis il entendit Harlan claquer la portière, redescendre l'allée en marche arrière, s'en aller.

Jamie trouva le mot de Galen dans la cuisine, un angle de la feuille soigneusement coincé sous le bocal à sucre, avec un billet de dix dollars fatigué. *Les raquettes t'étaient de toute façon destinées*, était-il écrit au-dessus de la carte tracée à la main – des montagnes, des cours d'eau, des crêtes, des repères – une carte traversée par un itinéraire fléché allant d'un carré marqué *chez Margaret* jusqu'à une croix. A côté de ce X, Galen avait écrit : *Le manège. Au cas où tu changerais d'avis.*

# *Douze*

Le receveur des postes regardait la laideur de la saison, les tas de neige des bas-côtés déjà éclaboussés par les voitures incrustées de sel, les routes des Quatre Coins souillées d'une neige fondante à la consistance de boue, les bois ternes et dénudés, couleur sépia. Quand il vit Jamie arriver vers le croisement, marchant vers lui, il quitta le seuil de la porte d'entrée et retourna derrière son comptoir, vérifia que la boîte à chaussures était bien à l'endroit où il l'avait rangée.

Il avait retrouvé cette boîte parmi de nombreuses autres dans son grenier, bourré d'objets inutilisés et inutiles depuis longtemps – une petite couronne de fleurs qui tombait presque en poussière, une paire de chaussures d'enfant coulées dans le bronze, son diplôme de l'école primaire, des nœuds papillons, des costumes mangés aux mites, des boules d'antimite, des flacons d'élixir au cobalt, un appareil photo Brownie – et des choses qui ne lui appartenaient même pas, des cartes postales non distribuées et non réclamées en provenance d'Irlande, de France, d'Algérie, de Grèce et d'autres lieux lointains, envoyées par des destinataires fantômes à des adresses fantômes, conservées par ses soins durant ses premières années de travail dans ce bureau de poste en ville, ou du moins ce qui passait pour une ville, un endroit qui avait au moins accueilli quelques résidents assez curieux ou assez riches pour s'aventurer plus loin que n'avaient jamais envisagé de le faire les habitants de Dyers Corner ou ceux des autres villes ouvrières situées en amont de la rivière. Car pour la plupart des gens de cet endroit, les vacances se résumaient à une ou deux semaines où chaque année ils étaient payés et où ils pouvaient faire ou finir ce qu'ils avaient attendu toute l'année de faire ou de finir ; et une fois leur tâche terminée, certains partaient parfois pour le week-end dans un motel minable (à condition que le bungalow fût équipé d'une cuisine), ils effectuaient un long trajet en voiture afin de rendre visite à des parents, ils prenaient le car et partaient quelque part, mais sans jamais aller jusqu'à l'océan (trois heures en Greyhound), et encore moins dans un pays étranger où, ils en étaient certains, ils n'avaient rien à faire, à moins qu'une guerre ne les obligeât à s'y rendre pour se battre. Et après la dernière guerre en date – que, remarquèrent le receveur des postes et au moins certains de ses concitoyens, quatre Présidents sans parler du Congrès ne prirent même pas la peine de déclarer, et que les généraux qui envoyèrent leurs troupes mourir là-bas ne prirent jamais la peine d'expliquer comment ils comptaient gagner sans avoir ne fût-ce qu'un objectif territorial en tête – la plupart des habitants de Dyers Corner et des villes situées en amont de la rivière pensaient qu'ils n'avaient aucune raison de se rendre dans un pays étranger pour le visiter, même s'ils devaient y participer à une guerre. Surtout après la manière dont leurs fils étaient revenus du Vietnam, certains dans un cercueil, d'autres en fauteuil roulant, d'autres encore sains et saufs, un nombre non négligeable avec une crête de mohawk sur le crâne, quelques-uns dotés des talents du sniper, beaucoup avec un regard lointain, certains avec des cauchemars, une tolérance zéro pour les sons un peu forts et un mépris incommensurable pour ce qui était sans doute la moitié de leur propre génération, celle qui envahissait les rues afin de protester contre la guerre et qui considérait souvent ces vétérans non pas comme des héros ni même comme des patriotes mais comme des individus gênants, des cinglés, des assassins.

Le receveur des postes avait passé au crible le monceau de toutes ces boîtes à chaussures pour trouver celle qu'il cherchait, il avait examiné tous ces objets inutiles éparpillés autour de lui sur le plancher poussiéreux du grenier. Il jeta un regard circulaire juste avant de retirer le couvercle d'une énième boîte, en comprenant soudain avec amertume : *Ce fatras est le résumé de toute ma vie.* Puis il ouvrit la boîte, découvrit des centaines d'instantanés noir et blanc – très légèrement bombés, toujours brillants, leurs bords parfaitement rognés. Certaines photos montraient des amis après leur journée de travail à l'usine, des hommes et des femmes jeunes au visage fermé et solennel devant l'entrée du bâtiment; quelques amis fêtant le 4 Juillet avec leurs enfants assis à des tables de pique-nique, les yeux des enfants trop grands pour leur visage; quelques femmes qu'il ne reconnaissait plus, en route vers une destination inconnue, l'une d'elles portant un corsage sombre au col tricoté aussi finement que de la dentelle; et puis il y avait un portrait de sa cousine Justine vue de trois quarts, la peau cireuse, les yeux sombres, les lèvres plus sombres encore, ses traits lui rappelant une ascendance gitane qu'il avait entrevue sur des cartes postales venant d'autres univers, des cartes postales de femmes aux pieds nus et aux vêtements colorés qu'il imaginait autrefois en train de danser, les bras tendus, sur les rives désertiques de lagons couverts de flamants roses. Il y avait d'autres photos aussi – celles qu'il cherchait – où on le voyait crâner en grosses chaussures d'ouvrier, affublé d'un chapeau dont le bord plongeait toujours ses yeux dans l'ombre, et puis des notes et des lettres (de gens presque oubliés, la plupart morts depuis longtemps), et un ruban de cheveux bleu passé ayant appartenu à personne dont il se souvînt. Il ne relut pas ces lettres, il tripota un moment ce ruban avant de l'écarter, tria les photographies qu'il désirait donner à la petite-fille de la seule femme qu'il eût jamais aimée – un amour non pas oublié, mais que longtemps il avait cru désormais indolore, du moins jusqu'à ce que la jeune fille nommée Jamie Hall lui fasse prendre la mesure de toute la tristesse de sa passion non déclarée et non payée de retour – et il laissa les lettres à côté du ruban posé sur le plancher, il laissa les boîtes à chaussures ouvertes, leur contenu éparpillé par terre, il prit la boîte aux souvenirs choisis, l'emporta au bureau de poste et la posa sur une étagère, puis attendit cet instant.

Jamie franchit la porte et tapa les pieds par terre pour en faire tomber la neige, se dirigea vers sa boîte aux lettres vide, l'ouvrit, fit un pas en arrière, puis un autre en avant, la referma et fit tourner la clef. Une douleur frappa le receveur à la poitrine, puis se diffusa vers son bras, lui coupa le souffle. Le courrier est-il arrivé ? demanda Jamie tandis qu'il posait la boîte à chaussures sur le comptoir et dirigeait ses mains vers le couvercle.

Oui, fit-il. Et sans savoir pourquoi, il ajouta : Désolé.

Il ouvrit la boîte à chaussures. Sur la photo du dessus, on les voyait, lui-même et ses camarades de travail, au cœur de l'hiver, sur le lac de retenue, les blocs de glace découpés et empilés derrière eux, et dans le fond un cheval qui attendait patiemment devant son traîneau chargé, puis, derrière le cheval et ce traîneau, l'eau libre du lac. Il prit la photo par un angle, l'examina, se racla la gorge et dit : J'ai quand même quelque chose pour toi.

Mais elle était déjà partie, elle avait déjà franchi la porte qui se refermait, avait déjà rejoint cette saison sordide et elle s'éloignait de lui en glissant, elle glissait à travers le froid, marchait exactement de la même manière et avec la même grâce que sa grand-mère ; et le receveur des postes cligna plusieurs fois des yeux avant de remettre ces photographies dans la boîte, de refermer le couvercle – ses mains ne frémissaient pas, elles tremblaient, sa lèvre inférieure tremblait elle aussi – et il remit la boîte à chaussures sur l'étagère. Il avait une boule dans la gorge et le souffle court, inégal, comme s'il se faisait marteler de coups de poing sur un ring de boxe, et ses yeux le brûlaient. Il n'y avait, se dit le receveur, aucune raison de se sentir humilié, désespéré. Et il ne retourna pas vers le seuil du bureau de poste : il s'en empêcha, car il savait – il se dit – qu'il n'y avait aucune raison, vraiment aucune, d'y aller.

*

Tss tss, siffla la caissière au visage grêlé quand Jamie entra dans le magasin, mais la jeune fille fit semblant de ne pas remarquer la désapprobation de la femme, demanda de la monnaie sur le billet de dix dollars, rejoignit le téléphone. Elle composa le numéro de Margaret, entendit la voix de l'opératrice, glissa la somme requise dans la fente.

Margaret ? s'enquit Jamie avec hésitation, car la voix à l'autre bout du fil n'était pas celle de Margaret. Margaret Horan, s'il vous plaît.

Qui appelle ?

Jamie Hall.

Je crains de ne pas vous connaître, dit la femme.

Je suis la gardienne de Margaret, dans le Nord. J'appelle de loin. Margaret est-elle là ?

Quelque chose ne va pas ?

Non. Non, mais il faut que je parle à Margaret, s'il vous plaît.

Eh bien, ça ne va pas être possible, lui dit la voix. Margaret est décédée.

Oh non, fit Jamie, ses jambes cédant sous elle, le combiné lui échappant soudain des mains. *Oh non*, répéta-t-elle quand elle l'eut de nouveau saisi, se fut raffermie sur ses jambes, eut remis le combiné contre son oreille.

Je suis désolée de vous avoir causé un tel choc, reprit la voix, mais son décès n'a pas été tout à fait une surprise – je veux dire, elle avait plus de quatre-vingts ans – et tout s'est passé très vite, une rupture d'anévrisme, le coma. Elle est morte en paix, il y a environ un mois. Un peu plus, en fait. J'aurais dû faire couper la ligne de téléphone, mais je ne l'ai pas fait, vous ne pouvez pas vous imaginer le désordre ici, je ne sais vraiment pas par où commencer. Peut-être devrais-je demander à la bibliothèque d'emporter tous ses livres. Vous croyez qu'ils viendraient les prendre ?

Excusez-moi ?

Vous croyez que la bibliothèque accepterait ses livres ?

Je... je n'en sais rien.

Y a-t-il encore d'autres livres dans la maison là-bas ?

Dans la maison ? Non.

Quel soulagement ! Je ne suis pas allée là-bas depuis des années. Je me souviens d'une maison plutôt vide, même si je serais incapable de vous dire quand j'ai vu cet endroit pour la dernière fois. Elle l'est ?

Pardon ?

La maison est-elle vide ? Au fait, est-ce que vous pourriez parler un peu plus fort ?

Oui, dit Jamie en augmentant un peu le volume de sa voix. Non, la maison n'est pas vide.

Que contient-elle ?

Eh bien, des photographies. Et puis des meubles, de la vaisselle, des tapis – *des choses.* Margaret venait souvent dans cette maison.

Mais y a-t-il des livres ?

Pas vraiment. Quelques-uns, tout au plus.

Dieu merci ! Ma tante parlait rarement de cette maison et pour vous dire toute la vérité nous n'étions pas vraiment liées. En fait, elle évitait carrément la famille. Et personne ne lui en tenait rigueur, car elle était, comme on disait toujours, une *artiste.* Même si je ne sais pas ce que ça veut dire, ou justifie.

Jamie ne trouvait rien à dire. L'opératrice intervint pour réclamer de nouvelles pièces, que Jamie glissa dans la fente. J'espère que vous n'êtes pas locataire, poursuivit la nièce de Margaret. Je veux dire, vous ne vivez pas dans cette maison, n'est-ce pas ?

Non.

Bon, quel soulagement !

Que dois-je faire ? demanda Jamie.

A quel sujet ?

Jamie ferma les yeux, les rouvrit. A propos de la maison.

Je ne sais pas – oh, je déteste devoir m'occuper de toute cette situation. C'est affreusement compliqué. Je crois que le mieux, ce serait de fermer la maison et de mettre la clef dans une enveloppe – de l'adresser à Margaret, de l'envoyer ici, je veux dire, c'est vraiment incroyable tout ce courrier qui continue d'arriver, les factures et le reste. Vous pouvez faire ça ?

Jamie regarda les taches autour de la fente métallique du support, elle les essuya avec la manche de son blouson. Pas aujourd'hui, dit-elle. Et raccrocha. La caissière lui adressa un regard noir, croisa les bras, fit claquer ses lèvres. Pas de chèque, pas de crédit, fit-elle alors que Jamie passait devant elle avec des larmes plein les yeux, avançait dans les rayons flous.

La caissière enregistra les boîtes d'aliment pour chien que Jamie venait de poser sur le comptoir, fit mine de ne pas remarquer les yeux rougis de la jeune fille, regarda avec mépris le sac à dos de Jamie. Je mets pas ces conserves dans un sac si tu comptes les en retirer pour les fourrer dans ce machin, dit-elle.

*

La neige était inégale sur le lac de retenue, çà et là des plaques de glace nue brillaient d'un gris ardoise ; vers le centre du lac, l'eau se couvrait de rides sombres le long de petits canaux. Jamie traversa la voie carrossable d'un pas machinal, sans remarquer que les bretelles de son sac à dos lui lacéraient le haut du buste, sans rentrer la tête dans les épaules face aux violentes bourrasques qui chassaient la neige au ras du lac, puis sur la route, tandis qu'elle avançait à travers le paysage uniformément désolé de l'hiver, convaincue que la seule chose qu'elle pouvait faire désormais c'était ce qu'elle avait déjà fait après le décès de sa mère, tout laisser dans l'état où la morte l'aurait souhaité : le plancher récuré et ciré, les meubles dépoussiérés et encaustiqués, la salle de bains et la cuisine immaculées, le réfrigérateur vide, débranché, la porte grande ouverte, les fenêtres fermées, les placards nettoyés, la porte verrouillée. Tandis que sa mère agonisait – elle mit vingt-trois jours à mourir, une fois que le cancer qui l'avait lentement rongée durant plus d'un an s'attaqua très vite et voracement au foie – la solitude devint la seule compagne de Jamie, l'incrédulité son seul ancrage. Jusqu'à ce que le râle de sa mère commence – un halètement rauque que Jamie n'était nullement préparée à entendre, car sa mère ne décéda pas aisément – et s'achève sur l'ultime expiration, le dernier souffle, emportant avec lui, s'il faut croire les poètes, l'âme de sa mère, Jamie était restée ébahie, n'arrivant pas à croire que sa mère allait vraiment mourir. Alors sa mère prit une teinte cendreuse, elle bleuit, devint froide ; et sa chair – pas encore frappée de rigidité, pas telle qu'elle serait au salon funéraire, dure comme du béton – perdit sa souplesse : et quand Jamie se laissa enfin convaincre de quitter le chevet de la morte, après qu'on eut défait les doigts de la jeune fille enlacés à ceux de sa mère, la main sans vie garda la trace de leur pression.

L'assistante sociale de l'hôpital insista pour que Jamie devînt pupille de l'État deux jours seulement après l'enterrement de sa mère ; ainsi, après que la première pelletée de terre eut résonné sur le cercueil, Jamie retourna à l'appartement – déjà parfaitement rangé et nettoyé –, mit le sac à dos sur ses épaules, attacha la laisse du chien, ferma la porte à clef derrière elle, glissa la clef dans une enveloppe, qu'elle fixa sur la porte avec du ruban adhésif, et laissa derrière elle toutes les choses et tous les gens qu'elle avait connus. Elle gardait dans une poche le reliquat, après les frais funéraires, de la modeste somme d'argent qu'on aurait difficilement pu appeler leurs économies et qui était pourtant bien cela ; et elle partit vers le seul autre endroit où elle fût jamais allée, sans savoir si elle retrouverait jamais certain affleurement granitique situé au bord du lac de retenue, ni si Dyers Corner se révélerait plus petit, voire plus mesquin que la seule ville où Jamie eût jamais vécu. Elle pensait que partout les gens ressembleraient beaucoup à ceux qu'elle laissait derrière elle, des gens qui tenaient mordicus à ignorer combien ils étaient misérables, ou qui étaient trop sots pour s'en douter, le plus souvent hébétés par l'indigence triviale de la vie quotidienne ; des gens qui chaque jour se retrouvaient confrontés à une myriade de choix dépourvus de sens – comment joindre les deux bouts, survivre, aller de l'avant, quelle chose convoiter et laquelle désirer, une fois ces buts insidieusement gravés dans leur cerveau comme un élément indispensable du très vorace rêve américain – et à une autre journée à tirer. Jamie croyait aussi que personne à Dyers Corner ne la connaîtrait, que les gens remarqueraient à peine sa présence, et qu'elle poursuivrait ensuite son chemin, n'importe où. Au lieu de quoi elle se retrouva avec un toit, tout près du lac de retenue, et elle s'abandonna à la coïncidence, à l'inertie, aux mains stupéfiantes de Damon. En croyant tout du long qu'elle grandissait et que, ce faisant, elle parviendrait à émousser la douleur.

Margaret, réfléchit-elle, est morte quelque part.

Margaret, réfléchit-elle, est dans un trou quelque part, là où elle ne devrait pas être. Car Margaret avait désiré être enterrée dans le verger – elle n'avait même pas voulu d'un cercueil en pin grossièrement taillé, elle disait qu'un drap ferait l'affaire et que, si on l'enveloppait simplement dans un tel suaire, la tombe pourrait être peu profonde, moyennant quoi personne ne se donnerait trop de mal pour la creuser – mais elle ne réussit pas à obtenir l'autorisation légale aujourd'hui requise pour être enterrée sur son propre terrain. Non que les morts se soucient du lieu de leur dernier repos, dit-elle à Jamie, mais je tiens à ce drap alors qu'il n'y a pas un seul cimetière sur ce continent qui n'exige un cercueil. Ce qui m'irait très bien s'il existait des cercueils en carton, mais il n'y en a pas. Elle observa la réaction de Jamie avec ces yeux intelligents au regard appréciateur, et elle rit en constatant la stupéfaction momentanée de la jeune fille qui n'arrivait pas à concevoir qu'on pût même rêver d'un cercueil en carton.

La mère de Jamie, Margaret : parties, mortes, se dit la jeune fille, en réussissant à entendre les paroles de Margaret, ces mots dépourvus de tout jugement; et elle continua de marcher parmi les bourrasques de plus en plus fortes, ses chaussures trop grandes lui brûlant les pieds. Au croisement, elle envisagea de filer droit vers la maison de Margaret, hésita, et sans savoir pourquoi elle bifurqua vers chez Damon. Devant la maison était garé un break qu'elle ne reconnut pas, le hayon ouvert, des cartons entassés dans le coffre; elle hésita encore, puis se décida à poursuivre, contourna le véhicule, traversa la cour, poussa la porte. Elle entra. Des chaises, les fauteuils et la table de la cuisine, un matelas et une table de nuit étaient poussés d'un côté de la pièce comme le lest inégal d'un navire, et dans un angle éloigné les spires orangées d'un radiateur électrique luisaient. Le robinet gouttait toujours.

Damon descendit l'escalier, jeta un coup d'œil au-dessus du carton qu'il portait et sursauta comme s'il venait de découvrir une apparition. Il reprit ses esprits, posa le carton à terre, regarda Jamie s'approcher d'un radiateur électrique qu'il avait installé dans un coin, retirer le sac à dos de ses épaules, le laisser tomber sur le plancher. Quand elle se retourna pour lui faire face, elle sentit la chaleur sur ses mollets, mit les mains dans ses poches.

Tiens tiens, fit Damon, mais qui voilà.

*Mais qui voilà.*

Elle n'avait pas de réponse à cette question, elle ne pouvait rien répliquer, sinon dire : Tu déménages.

Damon l'observa un moment, glissa la main dans une poche intérieure, en sortit une flasque, dévissa le bouchon, lui proposa du whisky. Elle refusa d'un signe de tête. Il but une gorgée, grimaça, reprit une gorgée, laissa l'alcool l'encourager.

Ma femme est enceinte, annonça-t-il.

Quelque chose se défit en elle et Jamie vacilla, sentit l'axe de la terre basculer d'un angle infinitésimal, pensa qu'elle allait perdre l'équilibre, elle qui était tombée maintes et maintes fois entre les mains de Damon et dans son corps, et qui tombait maintenant dans le néant comme projetée en tournoyant dans un vide immense. Elle prit une profonde inspiration, lutta contre le vertige, pensa : Et maintenant la fin, un achèvement, maintenant cela aussi est arrivé.

Félicitations, lui dit-elle.

Tu ne le penses pas.

C'est ce qu'on dit en pareil cas, je crois.

Ouais, bon. Alors voilà, je vais devenir père, je change de vie. Je suis un homme neuf.

*Menteur* : le mot lui vint à l'esprit, mais elle ne le

prononça pas. Elle regarda l'homme porter la flasque à sa bouche. Il me semble que tu es le même qu'avant, lui dit-elle.

Ne te fais pas d'illusions, rétorqua-t-il en buvant une autre rasade.

Elle s'écarta du chauffage, ramassa son sac à dos, le remit sur ses épaules.

Oh là, fit Damon alors qu'elle rejoignait la porte, attrapant la fille par la manche de son blouson, s'y accrochant. Oh là, répéta-t-il lorsqu'elle s'écarta, pas si vite.

Laisse-moi, lui dit-elle.

Non non. Pas avant que tu m'aies expliqué pourquoi t'es revenue.

Je ne suis pas revenue.

Tu parles… Alors tu peux peut-être rester un peu, en souvenir du bon vieux temps.

Jamie se débattit pour se libérer, claqua la porte derrière elle. Il la suivit, s'arrêta avant le seuil, posa le front contre le panneau de bois, ferma les yeux et se maudit en silence, puis sa main trouva la poignée et il ouvrit la porte, cria le nom de Jamie. Quand il eut mis son blouson et rejoint la voiture, elle avait déjà atteint le virage sur la route du lac de retenue. Il ferma le hayon du break, monta, posa la flasque sur le tableau de bord, fit démarrer le moteur, baissa la fenêtre côté passager, rattrapa la fille. Elle refusa de le regarder ou de s'arrêter. Il ralentit, roula à sa hauteur.

Laisse-moi tranquille, lui dit-elle enfin.

Tu vas chez Margaret ?

Ça ne te regarde pas.

Je peux t'y emmener. Je suis désolé. Vraiment désolé. C'est vrai. Nom de Dieu, Jamie...

Elle monta. Chez Margaret, dit-il, et elle acquiesça. La voiture penchait un peu, le chauffage diffusait seulement de l'air froid. Elle regardait le paysage hivernal saigner en un solennel ciel hivernal et ne prononça pas un seul mot. Les cartons remuèrent quand la voiture quitta la route du lac de retenue, ils glissèrent en arrière quand elle monta le chemin. Damon conduisit sans parler jusqu'à ce qu'ils atteignent les sumacs qui bordaient l'allée de Margaret, où il freina en sifflotant doucement.

Margaret paie quelqu'un pour déblayer la neige ?

Margaret, pensa-t-elle, est un fantôme.

Il se mit au point mort, regarda le profil ciselé de Jamie, sa peau parfaite, ses cheveux ébouriffés par le vent, regretta que ses meilleures années soient derrière lui. Il tendit la main vers la flasque, en dévissa le bouchon.

Non, dit-elle alors. Quelqu'un la déblaie.

Quelqu'un ?

Un braconnier.

Damon but une rasade.

Eh bien, lui dit-il, tu vas t'en tirer sans problème. Des trappeurs, des braconniers.

Elle descendit de voiture avec son sac à dos, fit mine de refermer la portière, se ravisa, se pencha vers l'intérieur. Tu n'as pas du tout changé, lui dit-elle. Et sur ce, elle claqua la portière et s'éloigna, entendit Damon faire demi-tour et s'en aller, lutta contre une humiliation qu'elle n'avait jamais connue, contre une solitude qu'elle ne connaissait que trop, contre un épuisement qu'elle n'avait plus la force de maîtriser. Quand elle ouvrit la porte de chez Margaret, elle tomba à genoux, serra le chien dans ses bras, sanglota à cause de toute cette tristesse violente et irrémédiable qui l'étreignait, à cause de cette compréhension douloureuse que tant d'amour en elle avait déjà été étouffé et resterait peut-être à jamais enfoui.

*

Jamie resta cette nuit-là, et la suivante, sans savoir si elle imaginait la présence de Margaret ou si elle seule la croyait toujours vivante, elle rêva de Margaret et de sa mère et du garçon au cours du peu de sommeil qui la terrassa dans le fauteuil ou sur le tapis devant les flambées tardives qu'elle s'autorisa. Elle ne pouvait pas faire grand-chose sinon attendre et endurer le temps, qui l'oppressait avec toute la force implacable de la gravité, qui la condamnait à une immobilité où elle semblait enracinée, bien qu'elle fût sans racines, sans foyer. Elle se promena en tenant le chien en laisse, lui interdisant ainsi sa liberté, elle restait dans l'allée, redoutant que les traces de l'animal ou ses propres marques de pas dans le verger, n'importe où, signalent peut-être leur présence à Harlan, s'il arrivait là avant la neige suivante. Elle craignait aussi que, si elle ne promenait pas le chien en le tenant en laisse, il ne disparût, comme l'avaient fait toutes les choses et tous les êtres qu'elle avait aimés. Elle se retrancha à l'intérieur de la maison comme dans un cocon, rangea les penderies et les placards, balaya, passa la serpillière, cira et épousseta, pour finir nettoya le réfrigérateur et le débrancha, veilla à ce que tout fût à sa place. Sauf les raquettes. Qui n'étaient pas à leur place chez Margaret, pas plus qu'elles ne lui appartenaient, et Jamie ne pouvait pas les abandonner là, elle comptait les rendre à Galen. A qui elle apprendrait la nouvelle du décès de Margaret, avant de partir pour de bon.

Elle attendit l'inévitable, la neige qui dissimulerait toute trace de leur départ. Le matin où elle commença de tomber, Jamie se leva avant l'aube et constata l'obscurité du monde, elle prépara du café, attendit sombrement le jour. A l'aube elle nourrit le chien, lava, essuya puis rangea la tasse, la gamelle, rassembla les cendres froides de l'âtre dans la couverture qu'elle avait utilisée pour transporter du petit bois, elle la replia avec grand soin pour qu'aucune cendre ne s'en échappe. Puis elle sortit dans l'éclat gris de l'hiver et, serrant le paquet contre elle, accompagnée du chien qui marchait librement à ses côtés, elle partit en direction du verger.

Quelque part dans cet enclos, peut-être tout près de la tombe d'un des petits-enfants de Margaret et peut-être même à l'endroit précis où Margaret avait brûlé le drapeau qui avait recouvert le cercueil de son autre petit-fils, Jamie dispersa le contenu de la couverture comme si elle accomplissait un rituel ancestral – tu es poussière et tu retourneras en poussière – les menus fragments de charbon de bois roulant au loin comme des petits bouts d'os calcinés, les cendres les plus légères se posant sur le manteau neigeux, avant de disparaître presque aussitôt sous une pluie de flocons cristallins. Elle secoua une dernière fois la couverture, regarda tout autour d'elle comme pour mémoriser la configuration du paysage, regarda avec attention les pommiers dans l'air glacé, la couche blanche qui ondulait sur la terre inégale, les sumacs aux généreux plumets rouge sang saupoudrés d'une bruine gelée, les montagnes en partie obscurcies par les précipitations, puis elle plia la couverture et retourna vers la maison, qu'elle vit comme pour la première fois, insolite et désolée au bout d'une allée qui ne menait nulle part ailleurs. Elle laissa le chien dehors et vérifia une dernière fois l'état de chaque pièce, ferma les volets intérieurs, éteignit les lampes. Elle régla le thermostat au minimum, emporta les raquettes et son sac à dos sur la véranda, verrouilla la porte et posa la clef sur le linteau, glissa dans ses chaussettes le bas des jambes de son jean, resserra ses lacets, se redressa.

Le chien n'était nulle part visible.

Elle siffla, attendit, siffla encore. Elle lutta contre sa peur, écouta l'infime grésillement de la neige gelée qui tombait sur le sol, elle tendit l'oreille pour entendre autre chose, siffla de nouveau. Alors elle entendit, comme venant de très loin, les jappements du chien en proie à une pure panique animale, son sang se figea dans ses veines, Jamie cria le nom du chien et elle l'entendit alors plus clairement, elle le vit franchir non sans mal le muret du verger, jappant toujours, puis patauger vers elle dans la neige, avec quelque chose enroulé autour du cou, du poitrail et d'une patte. Quand le chien la rejoignit, elle se démena pour libérer du harnais l'animal qui paniquait de plus belle, refusait de tenir en place et gémissait, jusqu'à ce qu'elle réussît enfin à retirer le fouillis des bandes de tissu. Alors le chien s'assit, leva le museau, puis poussa un long et déchirant et lugubre hurlement.

Elle lâcha le harnais dans l'allée, mit son sac à dos, glissa ses chaussures dans les raquettes, puis, les mains tremblantes, elle noua les lanières tandis que le chien lui léchait le visage, et quand elle crut que les raquettes étaient solidement ajustées à ses chaussures, elle poussa le chien devant elle, puis tout en haut de l'allée elle s'engagea sur les traces de Galen, se dirigea vers la cabane de la pompe en peinant déjà, incapable d'ajuster ses pas à ceux de l'homme, le bout de ses raquettes accrochant la neige à chaque enjambée. Quand elle comprit qu'il lui fallait marcher sur la neige fraîche, à côté des traces laissées par Galen, même si les raquettes semblaient encombrantes, même si elle n'avait pas l'habitude d'avancer avec ces accessoires aux pieds, elle dépassa la cabane de la pompe et adopta une allure décidée. Le chien caracolait devant elle.

Jamie ne se retourna pas, elle avait peur. Elle ignorait l'identité de celui qui avait lancé ce harnais sur le chien, elle ignorait pourquoi il l'avait fait, et jusqu'au moment où elle fut certaine que personne ne les suivait – ne pouvait ni ne désirait les suivre, car le chemin était rude et la route peut-être, se dit-elle, longue, et le temps allait s'aggraver sans aucun doute possible – elle ne lança pas le moindre regard par-dessus son épaule. Quand elle le fit enfin, il n'y avait personne, rien, et elle alla de l'avant, sans comprendre la folie du garçon, sans deviner que cet après-midi-là Harlan dégagerait la neige dans l'allée de Margaret et découvrirait le harnais, arrêterait le moteur du pick-up et en descendrait, marcherait jusqu'en haut de l'allée, suivrait les traces de Jamie au-delà de la cabane de la pompe, lâcherait un juron en découvrant la présence d'autres traces humaines, qui seraient celles du garçon. Cette découverte pousserait Harlan à faire demi-tour jusqu'à son pick-up pour y prendre son bonnet, ses gants, le fusil, des cartouches, le pousserait à calculer le peu de lumière diurne qui lui restait, l'avance inévitable prise par la fille, le garçon, le chien, et il bouillonnerait alors de rage. Puis s'élancerait à leur poursuite.

## *Treize*

Le garçon ne pensait pas en termes de vie et de mort, car bien qu'il fût capable de distinguer d'une certaine façon entre ces deux états, il n'avait aucune conception de leur différence sinon en rapport avec l'immobilité, et ce dans une mesure très variable. Il ne savait donc pas si l'enfant qu'il traînait par son harnais dans l'éternité du jour et de la nuit s'était simplement calmé et vivait toujours, ou était simplement mort et silencieux, car le garçon se concentrait seulement sur le poids de son frère, sur la difficulté de sa progression, et rien d'autre ne comptait pour lui. Il erra inlassablement, décrivant parfois des cercles, et ne s'arrêta jamais nulle part plus de quelques heures, avant de déboucher sur la rive du lac de retenue pris dans les glaces, où la neige était curieusement moins épaisse, et il s'y engagea, plié en deux et marchant en crabe, un bras tordu devant lui et l'autre tendu derrière pour tirer, l'enfant face contre terre labourant le sol, et le garçon se frayant lentement un chemin vers la rangée des cabanes montées sur patins et perchées le long d'un promontoire bas et saillant, un alignement de formes noires dressées dans le jour déclinant. Même quand il les eut atteintes, il ne libéra pas l'enfant, mais le tira d'une cabane à l'autre, démolissant à coups de pied les serrures rouillées fixées sur des portes pourries et mal ajustées, entrant dans chacune par effraction. Dans l'une d'elles il trouva une boîte en fer-blanc contenant des biscuits salés, dans une autre une lampe à pétrole, dans une troisième deux conserves de haricots ; puis, tenant la lampe non allumée dans sa main libre, la boîte en fer-blanc et les conserves déjà fourrées dans sa gibecière, il poussa enfin son fardeau dans une cabane et l'y abandonna, après quoi il revint sur ses pas et fut pris de folie, dans les autres cabanes il lança des hameçons en tous sens, emmêla et brisa des lignes de pêche, jeta contre le plancher des racloirs à glace jusqu'à ce qu'ils plient et se brisent, il piétina et écrasa des nasses sous ses chaussures. Lorsqu'il en eut assez de semer le chaos, il retourna à la cabane où son frère gisait immobile par terre. Il fouilla dans ses poches à la recherche du briquet puis alluma la lampe à pétrole, ferma la porte, installa l'enfant allongé sur le trou ménagé dans le plancher pour la pêche, ouvrit la boîte des biscuits salés et mangea goulûment, avec son couteau il ouvrit une conserve de haricots et en gratta le contenu gelé, faisant fondre dans sa bouche les morceaux qu'il réussissait à en extraire. Plus tard il essaya de défaire le harnais de l'enfant, dont les membres désormais raidis étaient si difficiles à manipuler qu'il réussit seulement à dégager le harnais après avoir brisé un bras du garçon sous son propre poids. Il roula en boule la corde et le harnais, glissa le tout dans la gibecière, puis s'allongea par terre à côté de son frère et observa le visage de l'enfant, car dans la lueur vacillante de la lampe, des ombres trompeuses accordaient un semblant d'expression à ses yeux mi-clos, même si les pupilles sombres étaient dilatées et aveugles. Le garçon resta longtemps immobile, puis il se leva, alla chercher un biscuit salé et le fourra dans la bouche ouverte et figée de l'enfant, qui pourtant ne bougea pas, ne mâcha pas ; alors le garçon constata stupéfait que de la lumière filtrait dans la cabane à travers les fentes des planches. Il resta encore quelque temps allongé comme en un vide dépourvu de rêve, puis il roula sur le ventre, se mit à quatre pattes, haussa les fesses, poussa de petits aboiements presque inaudibles qui n'avaient pas grand-chose de canin et rappelaient encore moins l'humanité. Quand il se releva, il resta un moment à côté de l'enfant paisible au biscuit salé coincé dans la bouche, il enfonça doucement le bout de sa chaussure dans le torse de l'enfant, puis marcha franchement dessus, attendit un mouvement ou un cri, enfin n'attendit plus rien.

Lors de son réveil suivant, la lumière du jour était la lumière de tous les jours et de n'importe quel jour, mais si indistincte que le garçon ne sut pas si c'était l'aube ou le crépuscule. Il s'adossa contre un mur, prit son couteau, ouvrit l'autre conserve de haricots et il fut tellement sidéré quand un gargouillis monta de l'enfant qu'il lâcha la conserve et la rattrapa en l'air, le couvercle de la boîte lui entaillant alors la base du pouce jusqu'à l'os et pénétrant profondément dans la paume. Le garçon hurla en voyant son sang gicler, il cria jusqu'à ce que le sang coule moins fort, puis il se recroquevilla sur lui-même, s'éloigna de son frère, craignant qu'il n'émette un nouveau bruit explosif, entendant seulement et durant très longtemps : *ploc. ploc. ploc. ploc.* Le garçon ressentit alors une douleur telle qu'il n'en avait jamais connu auparavant, une souffrance aussi constante qu'une grêle de coups, mais en plus violent, il suça la plaie, tenta d'en réunir les deux côtés fendus, pressa ensuite sa main contre son blouson. Il gémit de douleur, dormit parfois, veilla parfois. Quand il ne trouvait pas le sommeil, il donnait des coups de pied au buste de l'enfant, à ses membres, et parce que son frère n'émettait plus aucun son, le garçon finit par le toucher, par déchirer sur son corps la chemise sale à demi gelée, pour en nouer les lambeaux le plus serré possible autour de sa propre main, avant de tendre une fois encore le bras vers la conserve, en arracher le couvercle, y dégager de petits morceaux de haricots gelés et se les fourrer dans la bouche.

Il gémissait tout du long, mais son frère était silencieux, resta silencieux même quand le garçon lança la conserve vide contre le mur, même quand il enfonça l'enfant, la tête la première, dans le trou découpé au milieu du plancher de la cabane. Une fois le harnais mis dans la gibecière et la gibecière sur son épaule, le bonnet à oreillettes lui tombant sur les yeux et la main entourée d'un bandage ridicule, il partit vers l'endroit où il savait pouvoir trouver le chien ; et dans la bruine argentée il regarda le chien fouiller du museau la surface de la neige tandis que la fille dispersait des cendres dans le verger, le garçon ne s'étonnant de rien, demeurant accroupi et impassible, sinon pour plonger profondément dans la neige sa main blessée, le froid engourdissant alors la douleur mais ne dissipant pas la fièvre qui montait déjà en lui. Il resta là jusqu'à ce que la fille tourne les talons et se dirige vers la maison, jusqu'à ce que le chien vienne à lui, alors il rebroussa chemin en pataugeant dans la neige, en tombant et en roulant, en agitant les bras pour que l'animal bondisse autour de lui, pour l'éloigner de la maison. Après avoir sorti le harnais de la gibecière, il se jeta en arrière sur le dos, attendit que le chien se dresse au-dessus de lui, le renifle et le lèche, avant de s'emparer de l'animal, de l'obliger à se coucher sur le flanc et de le chevaucher à califourchon. Il serra la corde entre ses dents et réussit à lui enfiler à demi le harnais, mais alors le chien paniqua, se débattit, jappa, lutta pour se libérer, les lambeaux de tissu se défirent sur la main du garçon et la blessure se remit à saigner. Alors le chien partit, à demi entravé et courant vers la maison, il disparut derrière la neige qui tombait toujours. Le goût du cuir dans la bouche du garçon, amer.

## *Quatorze*

Jamie s'arrêta à une carrière abandonnée qui rompait la monotonie du versant boisé, sa masse oblongue évoquant une escarre, aussi déchiquetée qu'une vieille blessure non cicatrisée au flanc de la terre. Non soignée et insoignable, car ni buisson ni arbre ni broussailles n'avaient pris racine dans le fouillis de blocs de roc, d'excavations et de pierriers en contrebas des fronts de coupe lisses qui se dressaient et saillaient, sombres et géométriques, à travers la chute de neige, hachurés de longues stalactites glacées semblables à des crocs. Le chemin se révélait pénible, elle avait les chevilles à vif, les raquettes étaient si encombrantes qu'à un moment elle les retira, mais aussitôt ses jambes s'enfoncèrent jusqu'au genou dans la neige et elle s'épuisa vite en essayant d'avancer ainsi. Elle les renoua donc à ses chaussures et continua de suivre les traces de Galen.

Lesquelles se remplissaient peu à peu d'une neige fine qui tombait désormais très dru, plus dru que Jamie n'avait jamais vu aucun grésil, et bien qu'elle hésitât à s'arrêter – craignant de perdre la trace de Galen dès la fin de la journée si elle mettait si longtemps, craignant aussi que sa trace ne se poursuive des jours et des jours – elle avait besoin de reprendre haleine, de se reposer. Elle marcha jusqu'à la paroi rocheuse et y brisa une longue stalactite de glace pour la sucer, car la neige qu'elle avait mangée en chemin n'avait nullement étanché sa soif. Elle prit un morceau de glace dans sa bouche, regarda derrière elle pour la première fois, vit l'ancienne route de la carrière dessiner une longue ligne blanche sinueuse, se remémora avec étonnement qu'à n'importe quelle heure du jour Galen apparaissait ou disparaissait derrière la cabane de la pompe comme s'il vivait à un jet de pierre de la maison. Ce qui n'était vraiment pas le cas.

Ni Galen ni Margaret n'avaient jamais fait la moindre allusion à la distance ni à l'endroit où habitait Galen. Margaret dit seulement à Jamie que Galen était un homme qui, pour des raisons qu'elle ne divulguerait pas, était bien décidé à vivre seul et en autarcie, comme si – avait ajouté Margaret – il n'avait jamais entendu dire que les hommes ne sont pas des îles, comme s'il ne se doutait pas une seconde que ce qui rend les humains vraiment humains et pas seulement en partie, c'est leur sociabilité, leur conception du bien public et la foi qui l'accompagne. L'autarcie est une idée vraiment ridicule, poursuivit Margaret sans se moquer mais avec une légère exaspération, je croyais que c'était une lubie du passé, mais non; Galen a sans doute ses raisons et ce sont peut-être même de bonnes raisons, mais elles ne sont pas assez bonnes, même si elles sont probablement beaucoup plus valables que celles avancées par d'autres gens pour justifier ce mode de vie : l'individualisme. Farouche ou pas. Le problème de ce pays – Margaret secoua alors la tête, fit un grand geste du bras en direction du verger, de la forêt, des montagnes – c'est son arrière-pays, ou plutôt non, le problème de cet arrière-pays c'est le pays, et toute sa grandeur vient du fait que chacun de nous jusqu'au dernier jouit d'une liberté unique. Sauf qu'il est difficile d'accorder la liberté des individus avec un pays qui n'a jamais voulu supporter les différences ni ouvrir les bras à des formes de patriotisme qui n'ont rien à voir avec le fait de payer l'échéance du crédit ou du loyer, et de posséder des biens matériels, et de vouloir en posséder encore plus. Tu vois, dit Margaret à Jamie, la vérité de l'Amérique c'est que l'individualisme y est à peine toléré, à moins qu'il ne soit synonyme de conformisme ou qu'il ne se déguise en autarcie. Un pour tous et tous pour un, mais surtout chacun pour soi. Ainsi, Galen a choisi, non, rectifia Margaret, il croit qu'il a été forcé de choisir, qu'il n'avait qu'un seul choix possible. Mais à mon avis il sait ce qui vaut mieux.

Quoi ? demanda Jamie, Margaret percevant pour la première fois chez elle une curiosité que Jamie dissimula aussitôt en portant une main nonchalante vers une mèche de cheveux pour la repousser derrière son oreille avant de regarder l'endroit où le chien était couché dans l'ombre du verger.

Ne pas vivre tout seul, dit Margaret.

Jamie se demandait maintenant si ce que Margaret avait appelé l'autarcie solitaire de Galen ne s'expliquait pas tout bonnement par ce fait très simple que la solitude était le meilleur moyen de se prémunir des souffrances et des coups, le monde étant – du moins Jamie croyait-elle l'avoir appris en peu de temps – un lieu plus ou moins inhospitalier, la plupart des gens qui y vivaient manifestant mesquinerie, méchanceté, fourberie, égoïsme ou indifférence, quand en fin de compte ils n'étaient pas (comme sa mère, son père, Margaret, Damon) morts ou quasiment morts. Elle se demanda aussi si elle avait fait un tel choix, ou si elle le ferait. Car il lui semblait qu'elle n'avait pas eu d'autre choix que de s'éloigner de la tombe de sa mère, s'éloigner de la ville où elle avait grandi ; et pourtant elle avait choisi, de rejoindre Dyers Corner, le lac de retenue et peut-être certain affleurement granitique, avant de continuer sa route, et puis elle avait choisi de rester mais seulement pour découvrir qu'elle n'avait pas d'autre choix que de partir. Et elle avait échoué quelque part en chemin, pensa-t-elle, non pas avec les honneurs mais radicalement, misérablement, comme le prouvait le fait qu'elle était là, au milieu de nulle part et au cœur de l'hiver, sans la moindre route en vue et avec moins de choses sur le dos qu'elle n'en avait porté jadis, et rien dans les poches. Au moins, se consola Jamie, elle était debout et elle marchait sur ses deux jambes, même si ce choix ne lui revenait pas. Elle brisa un autre morceau de glace, la neige lui piquetant le visage, et elle frissonna, la pellicule de sueur sur sa peau déjà poisseuse et froide, puis elle baissa les yeux vers les raquettes et faillit sauter en l'air quand le chien bondit derrière elle en poussant un grondement sauvage.

Le garçon était minuscule au loin, rapetissé par le paysage et obscurci par la neige ; bien qu'incapable de distinguer l'angle de son bonnet incliné, la posture bizarre d'un bras, sa main bandée, son regard vide, elle sut qu'il chancelait dans la neige profonde. Le chien avançait d'un air menaçant vers le garçon, en grondant toujours, le poil hérissé. *Viens*, cria-t-elle en lâchant le morceau de glace, en se concentrant sur la surface de la neige, sur sa vitesse, pour échapper au garçon, car le chien la suivrait, elle le savait, le chien allait accourir vers elle. Alors le garçon se mit à hurler, un bruit qui lui fit grincer des dents et l'arrêta net, qui l'obligea à se retourner pour voir le chien qui filait vers elle et le garçon immobile, assis, tombé dans la neige. Il continua de hurler, de brailler : Jamie l'entendit longtemps après que le chien et elle eurent dépassé l'extrémité de la carrière, où il n'y avait pas de route et seulement la forêt, se hâtant dans ce qu'elle croyait être les traces de Galen, avant de ne plus être sûre de rien. Quand elle n'entendit plus le garçon, elle ne sut plus si le chien et elle suivaient autre chose qu'une sente de cerfs, et sans s'arrêter elle prit l'étrange carte dessinée à la main par Galen, regarda autour d'elle, ne vit rien que des bois et quelque part derrière la cime des arbres le ciel qui se déversait sur la terre. Derrière elle, ses propres traces aboutissaient à la carrière, au garçon qui – elle ne pouvait le savoir – était toujours assis là-bas, sa main blessée plongée dans la neige, la bouche grande ouverte, en train de regarder les montagnes griffer le ciel au-dessus de lui.

*

Le vent se leva et murmura parmi la cime des épicéas que Jamie apercevait à peine, qui lui demeuraient cachés à cause du dense entrelacs des branches basses qui gommaient la neige aussi bien et assombrissaient tout. Le chien ralentit et elle attendit qu'il reprenne la tête; car même si elle ne savait pas s'il avait repéré l'odeur de Galen, pas plus qu'elle ne pouvait deviner quelle distance il leur restait à parcourir, elle ne pouvait se fier à rien d'autre. Sous les arbres le sol était presque dépourvu de neige et pendant un moment Jamie tint les raquettes à la main et marcha sur la terre, surprise par son impression de légèreté et par la joie de foulées agiles malgré ses chevilles douloureuses. Lorsque les épicéas se clairsemèrent, elle renoua les lanières des raquettes et reprit son allure avec détermination, suivit le chien, sans vraiment remarquer le monde qu'elle traversait, sinon qu'il paraissait sans fin.

Ainsi ne vit-elle pas le chasseur. Il se tenait sans bouger, la crosse du fusil calée au creux de l'épaule, le canon posé sur l'affût, écoutant les branches agitées dans la forêt. Il arma le percuteur en étouffant ce bruit avec son pouce, il se déplaça très légèrement, essaya d'anticiper sur ce qui allait sans doute se matérialiser devant lui, certain que même un ours arraché à son hibernation par la faim ne se montrerait pas aussi téméraire. Il se prépara, l'index posé sur la détente, le froid du canon imprégnant sa main, et attendit. Quand le chien et la fille apparurent dans sa ligne de mire, ce fut son haleine qui explosa en un nuage de vapeur blanche tandis qu'il relevait violemment le canon du fusil. Il éructa un juron, l'adrénaline saturant tout à coup ses cellules, le buste soudain trempé de sueur ; au même instant le chien broncha, fit un bond de côté tandis que Jamie découvrait le chasseur et s'arrêtait net, avec un hoquet de stupéfaction.

Je vous jure, lança le chasseur, je déteste les surprises en forêt.

Jamie baissa la main vers le chien.

Y a pas de mal de fait et j'en suis vraiment reconnaissant, poursuivit-il en portant la main à son chapeau. Y en a qui tirent sur n'importe quel bruit avant de voir ce que c'est qu'ils visent. Y a des années que j'ai arrêté de faire ça, après avoir tué un chien par accident. J'en ai presque eu le cœur brisé. Moi aussi j'ai des chiens. Le seul animal au monde qui soit naturellement bon, vous êtes pas d'accord ?

Jamie acquiesça d'un signe de tête.

Ce chien, il est gentil ?

Elle acquiesça encore, dit : Oui.

Bon, venez, ça sert à rien de rester plantés là. C'est un bel animal. A moitié loup, si je ne m'abuse. Ou peut-être un de ces chiens de traîneau.

Il est à moitié quelque chose, dit Jamie en avançant vers lui. L'homme se détourna pour que sa cicatrice dont le trait violacé descendait d'une pommette jusqu'au cou n'effrayât pas la jeune fille, demeurât invisible.

Vous devriez nouer un foulard rouge autour du cou de votre chien. Vous-même vous devriez porter du rouge. Tout de même, en forêt c'est déjà assez dur pour quelqu'un de voir ce qui lui arrive dessus : vaut mieux porter une couleur que les animaux n'ont pas.

Le chien renifla les chaussures du chasseur, ses mains, agita la queue.

Un vraiment beau chien, répéta-t-il en la regardant de biais, remarquant alors le foulard mi-gelé mi-mouillé noué autour de sa tête et de son cou, ses cheveux recouverts de glace, ses épaules trempées, le blouson trop mince, le sac à dos, les raquettes.

On dirait que vous avez besoin de vous réchauffer, fit-il. J'ai ici une vieille thermos où il reste un peu de café.

Merci.

Il posa le fusil contre l'affût, prit la thermos,

versa le restant de café dans le bouchon. Elle saisit le bouchon à deux mains, remercia encore l'homme.

J'imagine que vous avez pas l'intention d'aller beaucoup plus loin par ce temps, dit-il.

Je ne sais pas.

Perdue ?

Je ne sais pas non plus. J'ai suivi un sentier et puis il a disparu. J'essaie de rejoindre une ancienne ferme animalière.

Vous n'êtes pas tout près, mais pas très loin non plus. Elle se trouve dans cette direction, dit-il en tendant le bras. Y a pas grand-chose là-bas, juste un trappeur. Un ami à vous ?

Elle acquiesça, essaya de ne pas remarquer la cicatrice, visible maintenant que le chasseur la regardait bien en face, avant de détourner encore le visage. Bah, fit-il, je dois dire que j'ai jamais beaucoup aimé les trappeurs. C'est pas comme la chasse. Y a aucun risque à poser des pièges, à mettre des appâts et à s'en aller, pour seulement revenir et découvrir un animal exsangue ou mort d'une crise cardiaque, quand il s'est pas brisé la nuque ou fait attraper par une patte. Un jour j'ai trouvé une patte de lynx dans un piège, mais pas de lynx. Il s'était rongé la patte au point de s'amputer. Mais le pire avec les pièges, c'est qu'ils se referment sur n'importe quoi. Un chien, un humain.

Elle le regarda au-dessus du bouchon de la thermos, sans rien dire.

Mais vous méprenez pas, je dis pas que votre ami n'est pas un type bien. Un peu bizarre sans doute, une espèce de solitaire. C'est sans importance. En plus il m'a donné un coup de main récemment, il m'a aidé à traîner un cerf derrière son terrain, et il a rien voulu accepter en échange de son temps et de ses efforts. Je lui ai donné un joli cuissot. Un service en appelle un autre.

Elle s'accroupit sur ses raquettes, nettoya le bouchon de la thermos avec une poignée de neige, se redressa, le tendit au chasseur.

Alors, vous venez de loin ? s'enquit-il.

D'assez loin. Il me reste beaucoup de chemin à faire ?

Eh bien, continuez d'aller par là en suivant mes traces, dans une demi-heure environ vous trouverez un sentier sur la gauche. Les traces de raquettes sont recouvertes, mais elles sont là, vous remarquerez de petites dépressions. Suivez-les. Et vous arriverez là où vous voulez aller. Et puis gardez ce chien près de vous si vous tenez à ce qu'il se fasse pas prendre dans un piège.

Je ferai attention. Merci encore pour le café.

C'est rien du tout. Au fait, vous avez pas vu de cerf en venant jusqu'ici ?

Non, répondit Jamie. Elle hésita, puis ajouta : Mais il y avait un garçon.

Un garçon ?

Loin derrière. A la carrière.

Il chassait ?

Elle secoua la tête.

Comme je disais, je déteste vraiment les surprises dans les bois. Ça peut flanquer une trouille bleue. S'il chassait pas, qu'est-ce qu'il faisait ?

La dernière fois que je l'ai vu, il était simplement debout.

Le chasseur se rembrunit, garda le visage détourné. Bah, ça n'a pas grand sens. Enfin, y a plein de choses qu'ont pas beaucoup de sens.

*

Alors que les arbres se clairsemaient et que Jamie quittait la forêt pour atteindre l'orée d'une vaste clairière, Harlan – très loin de la carrière, sans même se douter de l'existence d'une telle carrière, car il ignorait tout d'un territoire que Galen connaissait intimement, où il aurait pu se repérer par la plus noire des nuits sans lune – renonça à cause de l'heure tardive, du peu de jour qui restait et de la douleur dans ses genoux. Il mit sur son épaule le fusil qu'il avait jusque-là tenu à la main et, abandonnant sa poursuite, revint sur ses pas, traqueur solitaire inquiet et inquiétant dans le crépuscule grandissant. Ses chaussures s'enfonçaient dans la neige même lorsqu'il marchait dans les traces des raquettes de la fille, à chaque fois il jurait à voix haute, il la maudissait parce qu'elle lui échappait, il maudissait le garçon qui lui échappait aussi, il maudissait le chien de la fille parce qu'il détestait les chiens, il maudissait le temps, il maudissait Galen – parce qu'il avait menti, parce qu'il l'avait lancé sur une mauvaise piste, parce qu'il protégeait cette fille. Laquelle, se promit Harlan, ne pouvait plus désormais être protégée, pas plus que le garçon. Ni par Galen, ni par personne.

Jamie traversa la clairière avec difficulté, car la neige – qui n'était plus poudreuse, mais épaisse et humide – collait à ses raquettes et les alourdissait. Le chien se démenait lui aussi, dans cette mollesse profonde; épuisé, il s'arrêtait de temps à autre, le ventre dans la neige, avant de se remettre à bondir lentement à travers l'immensité blanche qui descendait d'un ciel de viscères. A l'extrémité opposée de la clairière, elle arriva devant une rangée de poteaux inclinés selon des angles bizarres, posés à ce qui avait autrefois été des intervalles réguliers, et à l'endroit où ils touchaient presque terre elle enjamba le fouillis de ce qui avait été le fil de fer supérieur de la clôture, entra dans ce qui avait été une pâture. Elle discerna à peine les traces de Galen, gravit une pente douce, puis le vit : non pas le chemin emprunté par Galen, mais le toit circulaire et pointu du manège, le plancher incliné qui dominait l'épaisse couche de neige, les chevaux de bois. Elle s'en approcha, fit halte, admira les coursiers figés malgré leur peinture passée, leurs yeux jadis féroces qui s'écaillaient comme des pétales desséchés ; s'arrêta puis repartit, dépassa un dédale d'étables, d'enclos et de cabanes effondrés, dépassa un moulin miniature construit sur une rivière, le toit du moulin dépassant au-dessus de la neige et le flot noir du cours d'eau étréci par les congères, puis elle s'arrêta encore, cria le nom de Galen. Le chien partit devant elle comme s'il savait où aller, il rejoignit un chalet et monta sur la véranda, renifla la porte et se coucha, le souffle court, contre le panneau de bois. Elle dénoua les lanières de ses raquettes au bord de la véranda, puis les quitta, gravit les marches, posa ses raquettes contre le mur, retira son sac à dos, frappa à la porte, prononça encore le nom de Galen.

La porte ne céda pas. Jamie passa la main au-dessus du chambranle en espérant y trouver une clef, ne trouva rien, puis mit les mains autour de son visage pour regarder par les fenêtres situées de part et d'autre de la porte, constata seulement la pénombre qui régnait à l'intérieur. Elle se mit à frissonner violemment, ne sut pas quoi faire, s'assit contre le mur en une posture d'épuisement absolu, retira le foulard mouillé qui lui ceignait la tête, ôta les petites stalactites prises dans ses cheveux, puis elle se leva, vida son sac à dos, en sortit les boîtes de nourriture pour chien au contenu gelé – mais elle n'avait pas d'ouvre-boîte – puis les quelques vêtements qui s'y trouvaient, elle retira son blouson, son chandail, son maillot de corps trempé de sueur, et elle mit tout ce qu'elle pouvait mettre, puis elle enfila de nouveau son blouson et elle s'allongea sur le flanc à côté du chien, sentit le froid l'engourdir. Elle se réveilla dans la nuit, frigorifiée et affamée, trop faible pour faire autre chose que de glisser les mains sous l'animal ; et à un certain moment du lendemain l'éclat hivernal du soleil sur la neige se mit à briller d'une lueur rouge derrière ses paupières closes comme un mur compact de sang.

## *Quinze*

*Oh Dieu,* entendit-elle Galen lâcher. Jamie essaya de se lever mais elle eut l'impression que sa tête était lestée d'une pierre. Elle n'avait plus la moindre sensation dans les mains ni dans les pieds, elle était incapable d'ouvrir les yeux, elle entendit une clef tourner dans une serrure, elle sentit qu'on la soulevait, qu'on la portait, puis qu'on la posait sur une surface douce, inégale. Le chien, voilà tout ce qu'elle réussit à dire. Elle sentit une main sur son front, sa gorge, entendit la voix de Galen lui dire : Le chien est là. Puis elle comprit qu'on l'enterrait sous un monceau de couvertures, et elle se laissa sombrer, sombrer.

Galen ne perdit pas de temps, il alluma le poêle à bois, laissa la grille ouverte en grand pour que le feu rugît, puis il souleva une extrémité des couvertures, défit les chaussures de Jamie, lui retira ses chaussettes, découvrit les plaies à vif autour de ses chevilles, s'assit et prit les pieds nus de la jeune fille l'un après l'autre entre ses mains pour les réchauffer. Elle avait une peau couleur d'albâtre, des paupières violacées et des cernes bleuâtres sous les yeux. Le chien agaça du museau le coude de Jamie, mais elle ne bougea pas. Quand il fit chaud dans le chalet et que le sang se fut remis à circuler dans les pieds de la jeune fille, Galen alla récupérer sur la véranda le sac à dos et les vêtements qu'elle y avait laissés, il prit aussi les boîtes gelées de nourriture pour chien, il rangea les raquettes à l'intérieur, donna au chien une demi-miche de pain et une gamelle d'eau, prépara du thé d'achillée avec du sucre et du whisky, la réveilla. Bois ça, dit-il en lui relevant la tête sur un oreiller, en tenant la chope pour elle, alors elle ouvrit les yeux et lui adressa un regard fiévreux, tourna la tête en humant l'odeur du thé. Il toucha la peau sèche comme du papier, effleura la brûlure. J'ai bien cru que tu ne viendrais jamais, fit-elle d'une voix rauque.

Je pourrais dire la même chose.

Ne te rendors pas tout de suite, lui dit Galen lorsqu'elle ferma les yeux après la deuxième gorgée. Elle rouvrit les yeux, s'efforça de s'asseoir, retomba en arrière, dit : Margaret est morte, oh Galen, Margaret est morte. Alors il comprit, il comprit pourquoi elle était venue, il connut à son tour une perte qui le fit vaciller, lui coupa le souffle, le rendit incapable de dire autre chose que *chuuuut*. Chuuuut, répéta-t-il en l'aidant à s'asseoir, Jamie sentant chaque os, chaque cellule de son corps, tandis qu'il lui ôtait les chandails et la chemise mouillée, avant de lui mettre les bras dans les manches d'une de ses chemises en flanelle puis de lui passer un épais gilet, de la rallonger, de lui enfiler aux pieds de grosses chaussettes de laine et de reborder les couvertures autour de son corps.

Elle s'évanouit et se réveilla plusieurs fois, trembla de fièvre, perdit la trace des jours. Parfois elle l'entendait se déplacer doucement dans le chalet ; d'autres fois, les craquements secs des bûches qui brûlaient se répercutaient douloureusement en elle ; parfois elle sentait le museau du chien contre sa main, la langue de l'animal sur ses doigts. Quand elle réussissait à se réveiller, Galen l'aidait à rejoindre la salle d'eau et à en revenir ; il prépara du bouillon d'os de cerf, du thé infusé avec du bois d'aulne et de la sauge sauvage, la nourrit à la cuiller. Jamie rejetait parfois la couverture, elle arrachait des vêtements trempés de sueur, devinait la proximité de Galen, ouvrait les yeux et ne voyait personne ; et d'autres fois, elle ne sentait personne auprès d'elle et découvrait Galen à son chevet. Alors elle le regardait fixement, elle l'apercevait à travers une épaisseur opaque que seuls les noyés ont la chance d'entrevoir à leur dernier instant, essayait de se concentrer, de trouver des mots, de parler, puis elle se rendormait sans même savoir si elle s'était réveillée pour de bon. Parfois la radio jouait en sourdine, mais c'était peut-être Galen qui chantonnait d'une voix étonnamment douce; elle n'aurait su en décider et n'en était pas troublée.

Où étais-tu? demanda-t-elle un jour à Galen, à moins qu'elle ne rêvât lui avoir posé cette question, et elle crut qu'il répondit : Je posais des pièges, je campais, puis elle crut ou rêva qu'il entrait dans de gros igloos neigeux et qu'il en sortait sous des arbres décorés de pièges dont les formes rappelaient celles des anges et des étoiles dessinés par les enfants. A Dyers Corner, pour faire des courses, fut ce qu'il lui dit en réalité, et c'était la vérité mais pas toute la vérité : car il y était allé dans l'espoir de la voir, d'apprendre ce qu'elle était devenue. Il avait passé la nuit allongé sur le plancher de l'arrière-salle d'un bar, déambulé dans la ville où il était impossible de ne pas croiser tous les habitants en l'espace de quatre heures, le matin ou l'après-midi, et passé là un après-midi, une soirée et un matin. Il ne la vit pas et n'apprit rien, il acheta des agrafes, rentra en auto-stop, les imagina elle et son chien marchant par cette saison implacable, allant quelque part, n'importe où, loin de lui. Convaincu de l'avoir ratée et regrettant amèrement les lignes de faille de son existence, qui telles d'inexplicables secousses sismiques et avec une fatalité déconcertante l'entraînaient toujours et aujourd'hui encore vers le mauvais endroit au mauvais moment. Si seulement, s'était-il dit avec remords, si seulement il était tombé par hasard sur elle, il aurait pu aller là où elle allait. Si seulement il n'était pas parti avec Harlan et la copine de Bobby. Si seulement il n'avait pas perdu toutes ces années.

Si seulement elle acceptait de rester, se disait-il maintenant. Si seulement il pouvait supporter le départ de Jamie.

Il la veillait. Elle chuchotait fiévreusement dans son sommeil, elle se réveillait à demi aphasique après un cauchemar. Galen ne comprenait pas ce qui était réel, ce qui était irréel. Elle lui répéta plusieurs fois que Margaret était morte, que sa mère était morte, tout en s'adressant de temps à autre tant à Margaret qu'à sa mère; une fois, au milieu de la nuit, elle appela le chien, puis poussa un cri de panique lorsque Galen la réveilla. Elle sanglota sans pleurer, essaya désespérément de se mettre debout, lutta contre Galen jusqu'à ce qu'il la calme en la serrant contre lui, en l'enveloppant, en pressant sa joue contre ses cheveux, en attendant que le cauchemar reflue. C'était juste un mauvais rêve, répéta-t-il encore et encore. Tu es réveillée maintenant, c'est fini, tu es réveillée.

*Un jeu de va chercher, avec des os à la place des bâtons. Le chien mort,* et Galen murmurant : C'est fini. Raconte-moi. Raconte-le-moi. Mais Jamie ne trouvait pas les mots pour dire *Un jeu de va chercher, avec des os à la place des bâtons, le garçon porte un sac plein d'os, les os de ma mère et les os de Margaret et les os des petits-fils morts de Margaret, et je suis le chien ou le chien est moi ou le chien est juste le chien et le garçon lance ces os pour que je les rapporte mais je n'arrive pas à les attraper, impossible d'aller les chercher parce qu'il les lance trop loin, pas de fin à cette glace qui n'est même pas solide mais une succession d'icebergs, et j'ai beau courir sans arrêt après ces os ils s'éloignent en flottant bien qu'en me retournant je découvre le garçon encore plus près de moi qu'il ne l'était et voilà qu'il en lance un autre et un autre, et puis te voilà, sur la glace et en train de rire mais tu n'es pas debout, tu rampes et tu ris, les os de tes jambes ont disparu et ensuite je rampe aussi car le garçon tient dans ses mains mes côtes et peut-être mes tibias, et maintenant le chien n'est pas moi et je ne suis pas le chien parce que le chien fait partie du jeu, le chien joue à va chercher et il saute au-dessus de nous, jusqu'à ce que le garçon lance un os boomerang et que le chien file vers l'endroit où l'os commence à faire demi-tour, et le chien bondit, glisse, sa colonne vertébrale violemment brisée dans un craquement de glace, alors les icebergs partent à la dérive et le garçon disparaît en riant, en riant aux éclats.*

Raconte-moi, répéta Galen.

Le chien est mort.

Le chien est ici, Jamie, il va bien.

Le chien est mort. Le garçon a pris nos os.

Chuuuut.

Il m'a suivie.

Maintenant tu es ici.

Il était à la carrière.

C'est juste un rêve, lui dit Galen en la berçant, en percevant la chaleur terrifiante du corps qu'il tenait dans ses bras. Il resta longtemps ainsi, somnola, se réveilla, se dégagea délicatement, remit la couverture en place, tisonna le feu dans le poêle avant de grimper au grenier et de s'allonger sur le matelas pour attendre sans dormir une aube lointaine.

La fièvre de Jamie ne tomba pas, même si en cette première matinée fétide de brusque dégel hivernal, elle était plus fraîche – chaude, brûlante, mais non plus bouillante – au toucher. Galen sortit dans cette fausse matinée printanière, observa le brouillard qui montait de la neige et l'eau de fonte qui dégouttait des stalactites fantastiques accrochées au bout des branches des conifères, siffla doucement le chien, laissa la porte du chalet entrebâillée. Il se rendit à la cabane où il accrochait ses peaux et vérifia leur tension, procéda à quelques ajustements, remarqua le chien qui levait la tête pour examiner ces peaux séchées pendues à autant de crochets, se dressa sur ses pattes arrière pour en mordiller une ; et Galen pensa aux pionniers enfermés au cœur de l'hiver, leurs provisions depuis longtemps épuisées, il pensa aux peaux sur lesquelles leurs enfants s'asseyaient, ces peaux qui diminuaient centimètre après centimètre, à mesure qu'ils en coupaient de petits morceaux, brûlaient la fourrure, faisaient griller le restant sur de petits feux, puis mastiquaient sans énergie ces bandes, la suie leur noircissant la langue, leurs dents réduites à des chicots, tandis qu'ils mouraient. Il pensa : comme ils devaient être faibles quand le faux printemps arrivait, comme la neige devait être profonde et traîtresse la saison – traîtresse ici aussi, Galen le savait, ce dégel éphémère mais suffisant pour permettre à la sève de couler à nouveau dans les arbres, avant que l'hiver la fige encore, engloutisse tout, gèle la terre et la recouvre de ses strates de grésil, d'une neige à nouveau sans fin. Il y a encore du temps, dit-il au chien en le chassant de la cabane, l'animal le suivant alors vers le tas de bois. Galen coupa d'abord du petit bois, fendant les bûches les plus tendres, le bouleau et le pin, jusqu'à ce que ses muscles soient bien chauds, avant d'attaquer la vieille réserve de frêne, de chêne et de noyer pour alimenter le poêle, en se servant du dos de sa hache pour fendre les bûches le long des fissures gelées avant d'abattre le tranchant de la lame dans le sens de la fibre. Quand il eut fini, il transporta le bois et le rangea en pile, constata qu'elle était réveillée et assise, qu'elle regardait autour d'elle : une chaise à côté du poêle et du gros tube coudé, les raquettes posées contre le mur, deux malles et un bureau à cylindre en chêne, le blouson et les vêtements de Jamie accrochés à une patère à côté de la porte du placard, la table couverte d'une toile cirée, et derrière, le comptoir et les rangements, un petit buffet installé contre le mur du fond, la porte de la salle de bains sous le grenier.

Tu vas mieux, dit Galen pour la saluer en lui touchant le front du dos de la main.

Elle acquiesça, essaya de déglutir. Elle avait la gorge sèche, douloureuse.

Je vais faire du café, dit-il. Tu peux essayer de prendre une douche si tu as envie.

Elle acquiesça encore. Galen lui apporta une autre de ses chemises et un jean usé trop grand pour elle, une ceinture, il l'aida à rejoindre la salle de bains, referma la porte. Debout dans le petit bac à douche, elle laissa l'eau lui fouetter la peau, s'appuya contre le mur sec, sentit s'écouler hors d'elle le peu de force qu'il lui restait. Elle eut l'impression de mettre un temps infini à s'habiller, à se sécher les cheveux, avant d'ouvrir la porte pour découvrir la cafetière et les chopes posées sur la table, le pain qui grillait sur le poêle. Galen servit le café. Elle traversa la pièce, s'assit, refusa d'un geste le pain grillé. Je ne crois pas que je pourrais, dit-elle à Galen. Du dehors arriva l'odeur du dégel, le brouillard se glissa par la porte ouverte quand le chien poussa le panneau pour entrer et s'approcher de Jamie. Elle toucha la tête de l'animal, regarda autour d'elle.

C'était le bureau, expliqua Galen. Il y a très longtemps.

Et maintenant? demanda-t-elle d'une voix rauque.

Maintenant c'est chez moi. Une sorte de chez moi en tout cas. C'était beaucoup plus encombré avant que je construise le grenier. Il faisait plus froid aussi, avant l'isolation.

Et la maison?

Il n'y en avait pas. Il y avait une plate-forme, où nous plantions la tente pour y passer la saison. Le restant de l'année, nous habitions en ville.

Dyers Corner?

Galen secoua la tête. Goffston. Loin de la rivière, du lac de retenue, dans l'autre direction. A quatre kilomètres du début du chemin de terre, et vingt autres vers le nord-ouest.

Je me sens perdue, dit Jamie. J'ai l'impression de ne rien comprendre.

C'est la fièvre. Elle va tomber. As-tu une idée du temps que tu as déjà passé ici ?

Elle secoua la tête, demanda : Combien de temps es-tu parti ?

J'ai passé la nuit là-bas. Un jour entier et la matinée du lendemain. C'était il y a une semaine.

*

Elle resta éveillée presque toute la journée, peu solide sur ses jambes et encore affaiblie, le plus souvent assise sur le canapé, une couverture enroulée autour des jambes. Galen fit chauffer de l'eau et dans un tub lava les vêtements de Jamie, certains des siens, les rinça et les essora à la main, les mit à sécher sur une corde à linge derrière le chalet. Quand le jour déclina, il les rentra à l'intérieur, étendit sur une corde tendue à travers la pièce leurs formes plates d'épouvantails gelés. Jamie lui rapporta avec solennité sa conversation avec la nièce de Margaret, dont Galen n'avait jamais entendu parler. Il n'évoqua pas les délires fiévreux de Jamie ni ses réveils cauchemardeux. Quand elle se mit à somnoler, il la secoua, dit : Tu vas dormir au grenier.

Elle protesta, mais il l'arrêta d'un geste, la mit debout. Le grenier est à toi, lui dit-il. Tu y seras seule et il y fait plus chaud. Il la suivit dans l'escalier et elle attendit dans la partie la plus élevée du grenier pendant qu'il mettait un drap propre sur le matelas et pliait deux couvertures au pied du lit, avant de la laisser s'allonger, se glisser sous le drap, s'endormir, puis il redescendit, donna à manger au chien et entreprit de faire du rangement, les bruits de ses déplacements s'intégrant au cours fiévreux du sang de Jamie. Ensuite, il ouvrit la porte en tournant le dos à l'atmosphère étouffante du chalet et resta sur le seuil, à l'orée du brouillard; et quand il se retourna face à la pièce, il fut frappé comme s'il la voyait pour la première fois, à travers le regard d'un autre, un endroit non pas spartiate, mais incolore, défait.

En prison Galen avait appris que pour survivre un homme a besoin de peu de choses. Un endroit où dormir, un endroit où se soulager, des vêtements de rechange, de quoi manger, un endroit où se laver. *Ce que la prison t'apprend vraiment*, lui dit un jour son compagnon de cellule, *c'est que tu n'as pas besoin de grand-chose. Pas de beaucoup de choses matérielles en tout cas. Tu es réduit à l'indispensable.*

Galen regarda autour de lui, vit le tissu élimé du canapé, le tuyau de poêle penché, la table usée et les chaises éraflées, les vêtements qui séchaient sur la corde, la porte de la salle de bains qui n'avait jamais été d'aplomb, les châssis de fenêtre jamais peints, les murs couverts de suie. Il pensa : Cet endroit est misérable. Puis se perdit dans sa contemplation.

# *Seize*

Le chasseur était assis à sa table, dans la lueur parcimonieuse d'une lampe à pétrole. Il se passait volontiers de l'électricité, tout comme il se passait de l'eau courante ; quand son frère et lui achetèrent cet endroit, il n'y avait aucun confort et, plus d'un demi-siècle plus tard, la pompe à main de l'évier était comme neuve (le seul problème étant qu'elle toussait parfois à cause des souriceaux assez stupides pour réussir à s'y noyer) et les lampes à pétrole diffusaient toujours assez de lumière pour quiconque se couchait d'habitude juste après la tombée de la nuit et se levait en même temps que le soleil. Le chasseur feuilleta un grand carnet qui lui tenait lieu de calendrier – il n'avait cure de ceux qu'on achetait en magasin et qui duraient seulement un an – où il gardait la trace des jours en y notant quotidiennement ses propres commentaires laconiques, la plupart des entrées ne dépassant pas une ligne ou deux, la plupart anodines sinon pour quelque météorologue futur qui s'intéresserait seulement à l'histoire du climat au nord du lac de retenue.

Depuis belle lurette le chasseur ne notait plus les dates et même s'il se demandait parfois s'il ne se trompait pas en écrivant *lundi* ou *jeudi* ou tout autre jour de la semaine, il se disait aussi que c'était sans importance à ses propres yeux ou au regard du temps omniscient. Il examina avec satisfaction sa calligraphie ronde et vaguement enfantine, inchangée depuis la dernière classe qu'il avait terminée, la sixième, il fit tourner les pages du grand carnet, s'arrêta pour lire ici *Mardi. Il a plu toute la journée, ai abattu une biche et son faon,* et là *Lundi. Ciel uniformément couvert qui crache de la neige,* tourna quelques pages écornées, s'assura qu'aucun événement majeur ne s'était produit depuis très longtemps. Même si, dans le coffre en bois poussé contre un mur, d'autres grands carnets – de tailles diverses, aux reliures encore plus variées, dont certaines cousues main, tous remplis des remarques du chasseur relatives à la pluie, à la neige et à l'humidité, au soleil, aux lentes et aux cerfs tués – abritaient des notations hâtives concernant à la fois des drames personnels et le climat, le chasseur ne les avait pas relues depuis maintes années et il ne ressentait aucun besoin de le faire, car tout restait gravé dans sa mémoire; par ailleurs, étant un homme solitaire depuis le décès de son jeune frère plusieurs décennies auparavant, il n'était guère tenté de convoquer un passé qu'il aurait seulement pu mépriser, ou de risquer de mettre à mal sa propre retenue, si grande que le jour de la mort de son frère le chasseur avait simplement noté ceci : *Dimanche. Mon Jordan bien-aimé est mort aujourd'hui, en début de matinée, puisse Dieu accueillir son âme. Rideaux de pluie poussés à l'horizontale par un vent violent, nuages bas, couleur silex.* Et le lendemain : *Lundi. Soleil rare.*

Le chasseur ne songeait maintenant ni au coffre ni au passé, il feuilleta le volume posé devant lui et relut ses notations relatives au temps, aux mites et aux moucherons, aux aiguilles de porc-épic retirées du museau d'un de ses chiens, il relut les détails météorologiques de son quotidien, arriva à l'entrée de la veille, en fut satisfait. Il écrivit *Jeudi.* sous ces mots, mordilla le bout de son petit crayon, regarda la pièce et se demanda s'il lui faudrait plus tard se déshabiller dans le noir, pudique comme il l'était – et l'avait toujours été depuis cet accident qui lui avait valu une cicatrice allant de la pommette jusqu'à l'aine – à cause de cette boursouflure violacée qui lui labourait le visage, le torse et le ventre. Après ce drame, même son frère n'avait plus eu le droit de le voir sans chemise, et le chasseur n'avait jamais cherché à se marier ; et puis il gardait un simple éclat de miroir près de l'évier, suffisant pour se raser, même s'il n'avait pas beaucoup de barbe et préférait ne pas se raser plutôt que de devoir se rappeler cette cicatrice, où il lisait le signe indubitable du déplaisir de Dieu, la marque de la punition divine, car dans sa jeunesse il avait beaucoup péché et s'était montré faible face à la tentation. Et après avoir été frappé – il préférait dire *terrassé* – le chasseur s'était cloîtré et avait vécu ainsi durant tant d'années qu'il n'y avait désormais presque plus aucun survivant pour se rappeler les circonstances de son accident, quand il était parti tout seul en forêt, s'était endormi adossé au tronc d'un chêne monstrueux, son fusil à côté de lui, un homme pointé du doigt à cause de ses innombrables transgressions guère suivies de remords – son amour de l'alcool de contrebande, sa fréquentation des femmes faciles, ces mêmes femmes qui avaient causé la perte de son seul frère – choisi par ce que le chasseur croyait être le Seigneur vigilant du châtiment divin et sans pitié. Car comment expliquer autrement ce cerf venu le taquiner du museau, cet animal qu'à son réveil il découvrit devant lui, attendant avec patience que l'homme fît ce que Dieu savait qu'il ferait, d'une main attraper le cerf par une patte et de l'autre s'emparer de son fusil, si bien que le cerf fit ce que Dieu avait choisi qu'il fît, de son sabot tranchant comme un rasoir il fendit l'homme en deux, à partir de la pommette et jusqu'au bas-ventre, il lui infligea une marque dont même Caïn avait été exempté. Le chasseur lança alors ses imprécations au Tout-Puissant, le cerf venait de détaler, le fusil du chasseur gisait par terre et l'homme se tenait les entrailles à deux mains pour les empêcher de tomber ; il survécut, renonça à ses mauvaises habitudes, porta sur la peau le signe du courroux divin, connut toute la profondeur qui accompagne la punition du Seigneur, cet abîme de pure humiliation. Il survécut, purifié et néanmoins pollué, vécut en reclus et chassa. Uniquement le cerf et le chevreuil, avec une rigueur sans faille.

Maintenant, le chasseur ne pensait pas aux cerfs ; il réfléchissait seulement à la manière de se dévêtir. Il serra les dents autour du crayon, cracha une écharde minuscule, se mit à écrire. *Grand froid et grésil humide virant à la neige mouillée*, nota-t-il. *Ai trouvé un garçon.*

*

Les voies du Seigneur sont impénétrables, se dit le chasseur quand le garçon, après être entré en trébuchant et de son plein gré dans l'affût, se mit à le suivre en silence, sans préméditation ni arrière-pensée, à travers bois. Le tissu crasseux et sanguinolent qui enveloppait la main du garçon attira l'attention du chasseur et il surveillait cette main, ce pansement infect chaque fois qu'il jetait un coup d'œil derrière lui pour voir comment avançait ce garçon qui chancelait dans la neige. Ils progressaient lentement, n'atteignirent pas le logement du chasseur avant la nuit noire. Et là, les deux chiens du chasseur aboyèrent dans l'enclos du chenil, bondirent très haut le long du grillage avant d'effectuer un saut périlleux maladroit et raide tandis que le chasseur ouvrait la porte de la cabane, y entrait, posait son fusil sur le râtelier, allumait deux lampes à pétrole et ressortait, découvrant alors le garçon figé et comme hypnotisé devant les chiens surexcités.

Ce sont de bons chiens, lui dit le chasseur, maintenant entre. Mais le garçon resta là où il était, si bien que le chasseur dut le faire entrer de force, l'installer debout devant le peu de chaleur dégagée par le poêle à bois, un endroit que le garçon ne quitta pas, même lorsque le chasseur s'activa pour que les rares braises qui rougeoyaient encore enflamment le petit bois, soufflant dessus jusqu'à ce qu'il prenne, puis le chasseur ajouta des bûches et régla correctement la grille.

Le garçon regardait dans le vide, il restait là

comme un idiot, sans retirer son blouson, si bien que le chasseur finit par le lui ôter en faisant bien attention de ne pas heurter la main blessée, puis il accrocha le blouson sur un portemanteau et sortit donner à manger aux chiens, à son retour découvrit le garçon assis par terre dans un coin, en train de tripoter son pansement, de dérouler le tissu répugnant dont chaque couche collait à la précédente comme du vieux papier tue-mouches, le bonnet à oreillettes du garçon – trop grand pour lui d'une demi-taille, remarqua le chasseur – incliné sur les yeux. Le chasseur approcha quand le garçon lâcha cette saleté par terre à côté de lui, vit que la peau retroussée de sa main avait déjà viré au noir, avisa la chair blanchâtre et l'os du pouce à nu, dit : Faut nettoyer ça. Il posa sur le poêle une bouilloire remplie d'eau et, avant qu'elle ne fume, prit un bout de corde, remonta la manche du garçon et noua la corde bien serré au-dessus du coude du garçon, celui-ci ne le regardant pas, ne regardant rien, puis il versa sur un chiffon propre l'eau qui ne bouillait pas encore, et fit de son mieux pour laver la plaie, dégager et retirer les caillots noirs qui l'encombraient.

Tu dis pas grand-chose, fit remarquer le chasseur, car le garçon n'accordait aucune attention aux soins qu'on lui prodiguait, son regard restait vague sous le bord incliné du bonnet, mais peut-être que tu te montreras plus bavard quand je cautériserai ça. Il prit alors une petite poêle à frire, y mit une cuillerée de graisse de bacon, posa le tout à la place de la bouilloire sur le poêle, attendit que la graisse fonde et crépite. Le garçon parut ne rien remarquer quand le chasseur s'approcha de lui, la poêle en main. Tu ferais sans doute bien de serrer les dents, fit le chasseur en se penchant au-dessus de lui, puis, d'un coup de poignet vif comme l'éclair il versa la graisse bouillante dans la plaie. Alors le garçon hurla et bondit sur ses pieds, cria et saisit sa main, arracha la corde toujours nouée autour de son bras, chargea et lança des coups de pied, le chasseur se déplaçant plus vite qu'il ne l'avait fait depuis des années, pour échapper à la fureur aveugle du garçon.

Fallait que je le fasse, expliqua le chasseur quand le garçon finit par se jeter à terre dans son coin, bercer sa main et se balancer d'avant en arrière, tout en gémissant continûment. Le chasseur le laissa tranquille, remit de la graisse de bacon dans la poêle. Il fit griller un peu de viande de cerf et prépara une sauce avec de la farine, servit le tout dans deux assiettes en fer-blanc, qu'il posa sur la table. Le garçon ne quitta pas le recoin où il se tenait assis, continua de se balancer, gémit plus fort, tandis que le chasseur mangeait lentement et l'observait.

Tu ferais mieux de manger pendant que c'est chaud, lui dit le chasseur, et bien que le garçon finît par humer l'air comme un chien et se mît à baver, il ne quitta pas son coin et se recroquevilla si violemment dès qu'on l'approchait, que le chasseur craignant un nouvel assaut posa l'assiette par terre près des pieds du garçon. Mais quand le chasseur ouvrit son grand carnet, le blessé avait déjà tendu sa main valide vers l'assiette, ses doigts touchèrent la viande avec hésitation pour en tester la chaleur, puis il l'engloutit voracement.

Enlève ton bonnet, car on dirait bien que le Seigneur a décidé de te faire passer un petit moment ici, fit le chasseur après avoir consigné ses remarques pour la journée. Le garçon fit comme s'il n'avait rien entendu, le chasseur souffla la flamme de la lampe à pétrole, réfléchit à la providence divine, se déshabilla dans le noir et abandonna le garçon à lui-même.

## *Dix-sept*

Les pluies de l'hiver commencèrent. Galen dormit sur le canapé, entretint le feu, regarda Jamie, toujours pâle de fièvre et les yeux sombrement cernés, aller et venir entre le grenier et la pièce du bas. Le second jour de l'averse, en milieu de matinée, le chien se leva devant le poêle à bois, gronda férocement. Galen ouvrit la porte et scruta le déluge, caressa le museau du chien et lui tapota la tête, lui dit de rester là, de se tenir tranquille, l'enferma dans le chalet et marcha jusqu'au bout de la véranda. Harlan avança vers lui, la tête baissée sous un chapeau et prenant garde à ses pas tandis qu'il pataugeait dans la couche de neige fondue qui lui montait à mi-mollet au milieu de l'allée non déblayée par un chasse-neige ou par une pelle, le fusil à la main. Quand il fut assez près, il leva les yeux vers Galen, jura, maugréa : J'aurais dû m'en douter.

De quoi ?

Que t'étais là.

Il monta sur la véranda et Galen se posta devant la porte. Foutu temps, lâcha Harlan en retirant son chapeau de cuir taché à large bord, le secouant un peu avant de le remettre, puis faisant un signe avec le fusil. Rien n'a changé, pas vrai, fit remarquer Harlan sans la moindre nuance interrogatrice. J'ai mis un certain temps à piger, j'ai posé quelques questions à droite et à gauche. Bon Dieu, ça rappelle pas mal de souvenirs, non ?

Galen croisa les bras.

Le bon vieux temps, mon pote.

Quelque chose me dit que tu n'es pas venu ici pour évoquer le passer, Harlan.

Le chien gratta la porte à l'intérieur, gronda. Harlan eut un sourire mauvais, secoua la tête. T'es vraiment un malin, espèce de fils de pute. T'as déjà compris pourquoi je suis là, alors entre et amène-le-moi.

Qui ?

Harlan lâcha un rire bref et rauque. Pas mal, reconnut-il. Tu joues bien la comédie.

Je ne joue pas.

Me fais pas perdre mon temps, Galen. Je suis venu chercher le garçon.

Il n'y a pas de garçon ici.

Ah ouais ? Pourtant, le clebs est là.

Il y a un chien à l'intérieur. Et alors ?

Son chien à elle, je parie. Ce qui veut dire qu'elle est là. Ce qui veut dire que le garçon aussi est là. Ou bien, Harlan fit de nouveau pivoter le canon de l'arme en regardant autour de lui, quelque part dans le coin.

Tu te trompes.

Et toi tu mens. Parce que j'ai vu les traces au-dessus du terrain de Margaret, trois paires de traces. Les tiennes, celles de la fille, celles du chien, celles du garçon.

Ça fait quatre.

Je suis pas venu ici pour faire des additions. Ouvre la porte.

Galen ne broncha pas, regarda l'expression de Harlan s'assombrir, ses phalanges se crisper et blanchir sur le fusil. La fille et le chien sont arrivés ici tout seuls, dit Galen, sans le garçon.

Soit t'ouvres la porte, soit je te fais sauter le caisson. A toi de choisir.

Galen se retourna et entrouvrit la porte, parla au chien, se faufila pour se saisir de l'animal, puis il le prit par le collier et l'emmena vers le comptoir. Harlan entra dans le chalet, dit : Je te conseille de bien tenir ce clebs.

Laisse le fusil dehors, fit Galen d'une voix tendue. Le chien se tortillait, se débattait, luttait pour se libérer. Jamie, troublée par tout ce bruit, regarda au-dessus de la balustrade du grenier, pâlit davantage que Galen n'aurait jamais cru possible car le sang se retira de son visage dès qu'elle vit Harlan.

Le fusil, répéta Galen. Harlan fit la sourde oreille, traversa la pièce d'un pas décidé, regarda dans la petite salle de bains, ouvrit violemment la porte du placard, monta l'escalier du grenier, constata que la fille était seule. Descends, fit-il. Tiens bien ce chien ! cria-t-il à Galen alors qu'elle descendait d'un pas vacillant, et toi, fit-il à Jamie, va près du canapé. Elle obtempéra, en tremblant non pas de fièvre ni de froid mais d'une terreur qui l'étranglait, Harlan leva le fusil à hauteur de la taille pour viser Galen ainsi que le chien, et l'arme compromit l'innocence de Jamie – car cette innocence d'où naît le désir juvénile d'expérimenter et de survivre à chaque instant et à chaque émotion dix fois, cent fois ou mille fois magnifiée, se voyait maintenant garrottée, morte en elle, supplantée par la connaissance effrayante et criante d'une pure vulnérabilité.

Ils sont morts si tu me donnes pas quelques réponses, lui dit sèchement Harlan. Où est le garçon ?

Harlan, fit Galen, elle va venir ici tenir le chien,

ensuite toi et moi on va sortir. Nous allons explorer chaque centimètre carré de terrain. Tu regarderas dans les écuries et les cabanes, tu regarderas partout. Et quand tu n'auras rien trouvé, nous retournerons sur leurs pas, et s'il reste encore des traces dans cette neige fondue nous les suivrons, alors tu trouveras celles de Jamie et celles du chien et peut-être les miennes aussi, mais rien d'autre. Car je suis venu ici en raquettes, plusieurs jours avant elle, et quand elle est arrivée ici, il n'y avait que son chien avec elle.

Tu ferais mieux de lâcher le morceau en vitesse, aboya Harlan à Jamie, le fusil toujours tenu à hauteur de la taille et pointé sur Galen et le chien.

Elle n'a pas vu le garçon, insista Galen. Je n'ai pas vu le garçon. Et il n'est pas ici.

Dis quelque chose, salope.

Jamie, viens ici, ordonna Galen, viens tenir le chien. Galen lui adressa un simple signe de tête, faillit lui reparler avant qu'elle bouge, les jambes chancelantes, avant qu'elle parcoure sans même s'en apercevoir la distance qui la séparait d'eux, tombe à genoux et prenne le chien dans ses bras, le serre étroitement contre elle.

Je prends mon blouson, dit Galen à Harlan, puis Harlan recula, regarda Galen jeter son blouson sur une épaule, ouvrir la porte. Tu viens ou pas? demanda Galen.

Après leur départ Jamie lâcha le chien et, tremblant toujours, se releva, rejoignit d'un pas chancelant les fenêtres sales et regarda les deux hommes aller et venir, depuis une écurie effondrée vers une cabane en ruine, et ainsi de suite. Ils se dirigèrent enfin vers le manège, disparurent par-derrière, tandis qu'il pleuvait toujours des cordes. Le chien marchait de long en large devant la porte, inquiet et gémissant. Jamie attendit longtemps – le temps n'apaisait pas sa terreur, mais au bout d'un moment il lui permit de souffrir seulement de frissons sporadiques – à la fenêtre avant que l'épuisement la pousse vers le canapé, où elle resta inerte, remarquant à peine le chien qui finit par se coucher à ses pieds, et si hébétée qu'elle avait à peine conscience d'être assise là, tendant l'oreille pour entendre un son, n'importe quel son, dans la terreur du coup de feu.

Galen finit par revenir, seul, dégoulinant, il verrouilla la porte derrière lui, ôta son blouson et retira ses chaussures trempées, rejoignit Jamie, s'accroupit, lui posa la main sur le front.

Où est-il ? demanda-t-elle.

Parti, répondit Galen.

Il la regardait d'un air si pensif et curieux que durant une fraction de seconde elle se rappela la photographie que Margaret avait prise de lui enfant, son bras tendrement serré autour du cou d'un agneau, la gravité de son regard sombre, indéchiffrable. Il fit bouillir de l'eau, prépara du thé, roula une cigarette.

Il ne reviendra pas, lui dit-il.

Comment le sais-tu ?

Parce qu'il n'y a aucun signe du garçon. Il a renoncé avant moi à patauger dans la gadoue. Il n'a aucune raison de revenir dans le coin.

Il me fait peur.

N'aie pas peur, dit Galen avant de penser au coup de feu dont les échos s'étaient répercutés sans fin, à la manière dont la copine de Bobby s'était écroulée, à ses propres efforts pour endiguer le flot de sang qui jaillissait de la poitrine de la fille dont les doigts avaient frémi avant de s'immobiliser, dont les yeux s'étaient soudain obscurcis. Galen se passa la main sur le visage, il se rappela le soudain engourdissement qui l'avait alors envahi, se rappela qu'il était allongé auprès de cette fille comme si sa propre vie s'en allait aussi.

Le garçon est là dehors, dit Jamie.

Galen secoua la tête. Il n'y a personne dehors.

Il est là dehors, Galen. Il a essayé de passer une espèce de harnais au chien. Je sais que c'était lui, c'était forcément lui. Le chien s'est échappé et il est revenu vers moi, je lui ai ôté le harnais et puis nous sommes partis de chez Margaret. Mais le garçon m'a suivie, il a suivi le chien. Jusqu'à la carrière, au moins jusque-là.

Tu l'as rêvé.

Ce n'était pas un rêve.

Galen alluma la cigarette, s'adossa au comptoir, croisa le regard de Jamie. Écoute, dit-il enfin, si le garçon est là dehors, il a froid, il est trempé et malheureux. Et puis loin d'ici. Loin de tous les endroits où Harlan le cherchera.

Mais si jamais...

Arrête, la coupa Galen. Il n'avait pas envie de dire ce qui n'avait pas besoin d'être dit. Les gouttes de pluie frappaient durement les vitres, tel un assaut de larmes.

*

Jamie se tourna et se retourna sous la pluie qui martelait le toit et elle dormit par intermittence, rêvant d'une eau qui coulait sur des herbes aussi douces que du vison, pliées sous les ruisselets, rêvant de poissons qui ondulaient dans la sinuosité du courant, de cascades traversées d'arcs-en-ciel. Parfois la fièvre montait et Jamie revenait à elle en sueur, elle écoutait l'averse diminuer puis tambouriner encore, puis elle se laissait dériver au fil de l'eau, elle se disait que deux générations plus tôt c'était la pluie qui détermina la crue météorique du lac de retenue, la pluie qui hiver après hiver faisait fondre la neige et la glace afin de gonfler des vestiges de l'hiver ces torrents furieux qui alimentaient la rivière, laquelle débouchait dans la vallée pour que ses eaux refluent contre l'obstacle du barrage surmonté par la voie carrossable, avant de repartir en arrière et de submerger lentement les dernières traces du village de la vallée, aujourd'hui aussi irrécupérables que les restes de chair dans les tombes de ceux qui assistèrent à la montée des eaux. Parfois, lorsque la fièvre diminuait, Jamie sombrait dans un sommeil irréel et crépusculaire, consciente des variations incessantes de la pluie qui obligeaient ses propres os à en répercuter les rythmes sur le toit supérieur – tantôt un tapotis à peine audible, tantôt une pulsation assourdissante – et elle se prenait alors pour un animal niché dans sa tanière, qui attendait avec patience et impatience l'arrêt de la pluie, la révélation ultime de la forme des choses.

Alors sa fièvre tomba, Jamie se réveilla à l'aube sans se rendre compte qu'elle venait de se réveiller, car les derniers lambeaux de rêve – sa grand-mère dont les vêtements mouillés lui collaient au corps, assise sur un affleurement granitique à côté de sa mère sortant d'un panier de pique-nique des rubans multicolores qui, mis bout à bout, n'auraient pu rejoindre le fond du lac – furent lents à se dissiper. Elle jeta un coup d'œil dans la pièce du bas, avisa avec une certaine surprise le canapé désert, regarda la faible lueur lutter contre la crasse des vitres l'espace d'un instant insupportable, que le temps et la nature alliés interrompirent avant de permettre au jour de poursuivre sa course et d'advenir. Elle était déjà descendue quand Galen franchit la porte avec une brassée de bois. Elle lui dit : Laisse ouvert, l'air frais me fait du bien.

Debout sur le seuil, elle avança un pied nu pour tester l'humidité et le froid des planches, contempla un monde très changé : la neige était trempée et plus guère épaisse, les eaux gonflées du torrent envahissaient les berges et formaient un étang peu profond qui allait presque jusqu'au manège, les appentis et les cabanes luisantes, les rails et les clôtures écroulés, et puis la longue pente montante de ce qui avait autrefois été une prairie et qui était maintenant couvert de broussailles scintillantes, la forêt ruisselante au-delà. Elle inspira à pleins poumons et regarda le chien patauger dans sa direction, elle inspira à pleins poumons et scruta la douceur du ciel couvert.

Je meurs de faim, murmura-t-elle. Galen prépara le petit déjeuner, puis elle dévora tout ce qu'il présenta devant elle, assise et vêtue des mêmes habits qu'elle avait portés pour dormir durant ce qui semblait une éternité, les cheveux en bataille, tout emmêlés. Galen remonta un genou, posa un coude dessus, la considéra en silence et elle remarqua avec stupéfaction que c'était un homme à l'aise avec le silence, à l'aise avec l'écoute. Chez Margaret il était resté le plus souvent silencieux, il avait toujours écouté, Margaret monologuant tandis qu'il réparait un côté de la cabane de la pompe, qu'il retournait la terre dans le jardin ou décapait portes et fenêtres ; le plus souvent silencieux même lorsque Margaret et lui parlaient ensemble, même lorsqu'ils étaient assis ensemble sur la véranda, Galen manifestant sa constante attention en inclinant légèrement la tête, en regardant de temps à autre Margaret avec naturel et nonchalance, mais aussi concentration ; le plus souvent silencieux non parce qu'il était timide – il ne l'était pas – mais parce qu'il pesait chaque fois au trébuchet le moindre des mots qu'il comptait prononcer et la balance penchait presque toujours en faveur d'un silence qu'il décidait alors de ne pas rompre.

Jamie finit de manger, elle s'essuya les doigts, repoussa une mèche de cheveux derrière son oreille en se moquant d'elle-même, leva sa chope de café vers Galen, dit : Je dois être affreuse.

Très, répondit-il. En pensant que de sa vie il n'avait jamais vu personne ni rien d'aussi beau.

*

La facilité avec laquelle ils adoptèrent peu à peu l'intimité paisible de la domesticité étonna Galen, avant de le déconcerter : car ils étaient là, le chien couché devant le poêle à bois rugissant, les jours s'écoulant sans interruption notable en cette saison d'hiver, le dit et le non-dit ne troublant rien entre eux. Non qu'il ne fût pas intensément conscient de tout ce qu'elle faisait ou de la forme de ses épaules et du creux situé juste au-dessus de la clavicule, de la manière dont ses mains graciles écartaient les cheveux de son visage, la manière dont elle se déplaçait en glissant, dont les choses se transformaient dans son sillage – sur la table maintenant un vase en porcelaine ébréchée accueillait des branches de genévrier, les bocaux étaient disposés sur le comptoir comme une nature morte, elle ouvrait les malles, fouillait dedans et trouvait une fine pièce de mousseline, accrochée à la balustrade du grenier, une couverture de bébé aux rouges, aux jaunes et aux bleus vibrants, punaisée à un mur du rez-de-chaussée, Jamie s'attardant parfois devant ce rectangle comme si elle lisait une carte, comme si ce labyrinthe multicolore illustrait ces futurs passages qui un jour la réclameraient. Ainsi qu'elle le faisait maintenant, Galen de l'autre côté de la pièce et appuyé au comptoir, regardant le dos de Jamie.

Tu ne m'as jamais dit, hasarda-t-il, d'où tu étais.

Elle ne se retourna pas. Le nommer ne signifierait rien, ne décrirait en rien ces instants majeurs et décisifs qui tinrent lieu de précédent dans le vide du passage du temps, ces souvenirs en elle qui donnèrent à la ville, et lui donnèrent à elle aussi bien, un sens : une fillette solitaire avec des couettes et une robe déchirée sautillant sur un trottoir à côté d'un canal jonché d'ordures et couvert d'algues; les copeaux de glace scintillante dans les patins de la charrette du marchand de glace; sa mère lui donnant la main pour traverser une rue, sa mère éclatant de rire parce que Jamie venait de lui demander de tendre le bras vers le ciel pour toucher un nuage; l'ours debout au bord du trottoir, qui attendait patiemment que Jamie et sa mère retraversent la rue pour retrouver cette créature imaginaire; le premier baiser dans un coin écarté de la cour de l'école et les taches de rousseur sur le nez du garçon; son déjeuner, de minces sandwiches au beurre de cacahuètes, dans la boîte en métal; la génisse qui s'échappa de l'abattoir et passa au galop devant la fenêtre au moment précis où Jamie, qui dessinait une carte du

Chili, leva les yeux ; à l'école les cours d'économie domestique tous les vendredis pendant deux années, dont Jamie se rappelle seulement l'odeur et le goût des hot-dogs fendus et fourrés au fromage, enroulés dans du bacon ; les gradins en bois autour du terrain de football, les garçons dégingandés qui emballaient le moteur de leur vieille guimbarde rafistolée, les filles qui voulaient devenir reines de beauté ; la douceur éclatante des clams grillés ; le spectacle des amies de sa mère, leurs coiffures alambiquées et décolorées, leur mascara à la Cléopâtre, et chacune mal fichue, trop maigre ou trop ronde, au bord de la tombe. Voilà d'où Jamie se sentait originaire : un lieu aux souvenirs discordants. Et elle repensa à la dernière usine qui ferma durant son enfance, aux magasins de Main Street qui, les uns après les autres, virent leur porte et leur vitrine clouées de planches, sauf les boutiques d'occasions et les brocantes ; à la grand-route qui évitait la ville et fut bientôt bordée de centres commerciaux et de grands magasins qui signèrent l'arrêt de mort du centre-ville. A tous ces gens qui tentèrent de s'en sortir et y réussirent presque tous, comme sa mère, mais à peine.

Jamie haussa les épaules, répondit : Juste une ville, sans doute semblable à n'importe quelle autre. Une sorte de nulle part.

Où ? s'enquit Galen.

Dans un autre État.

Prenant son temps, il demanda : Tu penses y retourner ?

Elle pivota, lui fit face, secoua la tête. Il changea légèrement de position, lui dit avec désinvolture : La première fois où je suis parti d'ici, pour mon service militaire, je croyais que je ne reviendrais jamais. Je croyais que je m'installerais ailleurs, que je repartirais de zéro.

Et puis ?

Mon père vivait ici. Ici, c'était à cet endroit. A la fin, j'y pensais tout le temps.

Tu avais quelqu'un, un endroit où retourner, fit-elle remarquer. Ça fait une sacrée différence.

Et toi, tu n'as pas tout ça ?

Jamie marqua une pause. Sans baisser les yeux ni regarder ailleurs, mais ce silence faillit couper le souffle à Galen. Et puis elle dit : Ma mère est morte.

Je sais, lui rappela-t-il. Et ton père ?

Elle marqua une nouvelle pause, haussa encore les épaules. Juste parti, je crois. Je ne sais même pas comment nous avons atterri là-bas, dans cette ville. Je ne sais pas d'où ils venaient, comment ils se sont connus. Tout ce que je sais, c'est ce que ma mère m'a dit.

C'est-à-dire ?

Un jour il est parti, sans dire qu'il ne reviendrait pas. Ma mère ne m'en a jamais parlé, mais je sais qu'elle pensait qu'en restant là, il serait en mesure de nous retrouver si jamais il le décidait, en avait besoin, le désirait. Alors elle – nous sommes restées là, au même endroit. Et puis elle est tombée malade. J'ai quitté l'école, essayé de joindre les deux bouts. Et elle est morte.

Et tu es partie.

Si j'étais restée, ils m'auraient pris le chien. Je serais allée dans un orphelinat. J'ai donc décidé de partir pour Dyers Corner.

Curieuse destination.

C'était le seul autre endroit où j'étais jamais allée. Juste une étape sur la route.

Eh bien, dit Galen après un silence et avec une nonchalance étudiée, le monde est vaste.

Oui, fit-elle en haussant les épaules et en marchant vers la porte. Elle fit sortir le chien, vit les stalactites accrochées en une longue rangée au toit de la véranda, les branches argentées des pins au loin, le torrent qui, après avoir inondé ses berges, occupait une vaste étendue gelée et scintillante devant le manège. Galen, dit-elle, sortons, et sans l'attendre elle mit ses chaussures, son blouson. Il la suivit, la regarda tester la glace de ce nouvel étang, s'élancer en faisant semblant de patiner en direction du manège. Quand elle l'atteignit, elle y monta et se promena parmi les chevaux sculptés arrêtés dans leur galop de somnambules. Le chien s'en donnait à cœur joie, il courait entre le manège et Galen, bondissait sur le manège tandis que Galen s'installait sur un cheval, puis l'animal lécha les naseaux dilatés de cette monture.

Un vaste monde, répéta Jamie comme en écho.

Il paraît, dit Galen. Parfois constitué de petits endroits. Surtout de petits endroits, peut-être. Mais aucun sans doute n'est aussi petit que celui-ci.

Et cet endroit est – elle étendit les bras, décrivit un cercle lent – beau.

C'est la lumière, Jamie. L'hiver adoucit tout ce qui tombe en ruine.

Et en été, au clair de lune ?

Alors peut-être que c'est beau, reconnut Galen. Sûrement plus morne.

Elle continua de déambuler sur le manège, touchant ici une crinière sculptée, là une croupe compacte, revint vers le cheval où Galen était perché. Elle suivit du doigt les oreilles de la monture, observa la peinture écaillée des yeux sauvages et écarquillés.

Il y avait de la musique quand il marchait ? Des lumières ?

Galen acquiesça. Et des anneaux à attraper.

Des anneaux ?

Là-bas, sur cette perche. Les enfants installés au bord du manège essayaient toujours de les avoir, de les faire glisser de ce crochet.

Pourquoi ?

Parce que c'étaient des anneaux à vœux.

Quand on en attrapait un, on pouvait faire un vœu ?

Galen acquiesça.

Et le vœu se réalisait ?

Presque jamais.

Elle marcha, glissa jusqu'à la perche, vit l'endroit où le crochet avait jadis été fixé. Dommage qu'il ne reste aucun anneau.

Tu n'as qu'à poser les mains sur la perche et fermer les yeux, lui dit Galen. Désire fort quelque chose. N'importe quoi. Mais une seule chose.

Jamie posa les mains sur la perche, rejeta la tête en arrière, ferma les yeux, puis retira ses mains, regarda Galen d'un air plein d'espoir.

Tu veux connaître mon vœu ?

Je ne crois pas que tu sois censée le dire.

Alors devine.

La paix sur terre. Des légumes frais dans ton assiette.

Arrête de blaguer.

Je ne blague pas.

J'ai fait le vœu – Galen leva les mains pour l'interrompre – de devenir quelqu'un.

Tu es déjà quelqu'un.

Elle secoua la tête. Je ne suis personne en ce moment. Même pas une gardienne.

Alors, lui dit Galen, le moment est peut-être venu pour toi d'être une écuyère.

Cette phrase étonna tant Jamie qu'elle éclata de rire, émit un profond bruit de gorge, en s'éloignant de la perche. Elle tourna sur le manège, touchant d'un doigt la tête des chevaux comme avec une baguette magique, et Galen, s'émerveillant de cette merveille, se rendit compte qu'il ne l'avait jamais entendue rire jusque-là, jamais vue vivre un moment avec autant de légèreté; et puis elle fut de retour auprès de lui, amusée, étonnée, charmante et trop proche. Il se laissa glisser du cheval, en gardant entre elle et lui la longueur d'un bras, s'appuya contre un autre cheval. Jamie lança une jambe au-dessus du dos de la monture de Galen, s'assit, releva les genoux comme si elle était un jockey, se pencha en avant, tourna la tête et le regarda de ses yeux toujours rieurs.

C'est peut-être bien ce que je vais faire, dit-elle. En l'honneur de Margaret.

*Reste*, faillit dire Galen, ne dit pas Galen. Le

chien les quitta, fit quelques bonds dans la neige, se figea, se mit en arrêt. Alors ils virent le chasseur, un morceau de toile posé sur son blouson et une pièce de cerf tenue par un crochet, jetée sur l'épaule. S'il s'était recouvert la tête avec ce morceau de toile, le chasseur aurait ressemblé à quelque messager avant-coureur de la mort venu d'une autre époque – un fossoyeur mendiant, un mécréant pilleur de tombes – plutôt qu'à ce qu'il paraissait être, un vieux pionnier solitaire sans peau de daim ni franges. Le chasseur ne les vit pas jusqu'à ce que Galen l'appelle, il leva alors une main en signe de salut courtois et poursuivit sa trajectoire têtue en direction du chalet.

Ils le retrouvèrent sur la véranda, le chasseur donnant à Galen la viande, le crochet et le reste, ôtant la toile de ses épaules, inclinant la tête selon un angle inélégant et se voûtant pour dissimuler autant que possible la cicatrice. Il porta un doigt à son chapeau, dit : Heureux de constater que votre chien et vous êtes arrivés à bon port.

Grâce à vous, répondit Jamie, Galen les regardant tous deux avec surprise.

J'ai pensé que vous sauriez en faire bon usage, dit le chasseur à Galen.

J'apprécie beaucoup, rétorqua Galen. Entrez donc boire une tasse de café.

Inutile, dit le chasseur, mais il les suivit à

l'intérieur et s'installa sur une chaise. Je ne compte pas rester, alors ne vous mettez pas en quatre, protesta-t-il tandis que Jamie s'occupait de la cafetière. En fait, j'espérais que vous auriez quelque chose sous la main pour un de mes chiens qui s'est coupé quelque part sur du fil de fer barbelé. La blessure s'est infectée. J'avais bien un bocal avec un crâne et des tibias entrecroisés sur l'étiquette, mais je dois reconnaître que j'arrive pas à savoir où il est passé.

Tout ce que je peux vous donner, lui répondit Galen, c'est un restant de whisky. Ça fera peut-être l'affaire comme antiseptique.

En tout cas c'est mieux que rien, réfléchit le chasseur. Galen ouvrit un placard, en sortit une bouteille de whisky, la posa sur la table. Alors ils parlèrent de la meilleure façon de nettoyer, de désinfecter et de panser une plaie, se demandant s'il fallait découper la chair morte et jusqu'où creuser, et quand le café fut prêt, Jamie posa deux tasses sur la table puis retourna au comptoir, où elle sirota son café en leur tournant le dos. Le chasseur souffla sur le sien et garda le visage caché. Galen s'enquit de l'état de la glace sur le lac de retenue.

Ça dépend où vous marchez, comme toujours, répondit le chasseur. Je n'ai jamais connu ce lac entièrement gelé, il y a beaucoup d'eau à l'air libre.

Faut savoir ce qu'on fait quand on est là-bas. Vous avez l'intention de pêcher à travers la glace ?

Je l'ai déjà fait, répondit Galen.

Eh bien, mieux vaut être prudent, avertit le chasseur avant de boire son café en trois ou quatre gorgées et de se lever brusquement. Merci bien. Maintenant faut que je retourne m'occuper de ce chien.

Jamie, toujours debout au comptoir, demanda par-dessus l'épaule : Au fait, est-ce que vous auriez vu ce garçon ?

Garçon ? répéta le chasseur.

Celui dont je vous ai parlé. Qui était à la carrière.

Non m'dame, répondit le chasseur en empochant la bouteille de whisky, puis il dit à Galen : Je vous suis reconnaissant de ça.

Ce n'est rien. En comparaison de la viande, l'échange est inégal.

Ce chien compte beaucoup pour moi, lui assura le chasseur. Inutile de vous lever.

Pas de problème, fit Galen, laissez-moi vous raccompagner dehors. Ils partirent donc, dépassèrent les cabanes et les écuries, Galen s'accordant au pas du chasseur. Pas la peine de faire un bout de chemin avec moi, dit le chasseur, à moins que vous ayez quelque chose en tête.

A vrai dire, oui. Voyez-vous, je n'avais pas compris que vous aviez croisé la route de cette fille. Elle ne m'en a jamais parlé.

Bah, sans doute parce qu'il n'y a pas grand-chose à en dire. Mais elle a eu de la chance de tomber sur mon affût. Il neigeait très fort et elle n'était pas vraiment sûre de son chemin.

Elle vous a dit qu'elle avait vu un garçon ?

Elle a dit quelque chose dans ce sens.

Galen s'arrêta, le chasseur l'imita. Ce garçon est le fils du ferrailleur de La Courbe, lui dit Galen. Il a disparu de chez lui il y a un moment.

C'est une mauvaise saison pour fuguer.

Oui. Je vous serais très reconnaissant de me prévenir au cas où vous le verriez.

Comptez sur moi, répondit le chasseur avant d'échanger une poignée de main avec Galen et de s'éloigner seul. En se demandant tout le long du chemin qui le ramena jusqu'à sa cahute quel châtiment céleste allait le punir de tous ces mensonges.

*

Galen poussa Jamie à lui raconter comment le chien et elle avaient découvert l'affût du chasseur, ne dit rien pendant un long moment, prit une décision.

A quoi penses-tu ? demanda-t-elle.

Je crois que je ferais mieux d'aller jeter un coup d'œil, lui dit-il. La pluie a probablement tout effacé, mais dans le cas contraire je pourrai peut-être savoir quelle direction a pris le garçon.

Et dans ce cas ?

Alors la journée sera longue. Plus longue encore si je croise son chemin.

J'y vais avec toi.

Non. Tu restes ici, tu continues à te reposer, tu entretiens le feu dans le poêle. J'emmène le chien, si tu veux.

Je suis reposée.

Tu n'es pas assez bien pour aller à pied jusqu'à La Courbe. Et c'est là que j'atterrirai si jamais je le trouve.

Tu le ramèneras là-bas ?

Je suis prêt à le ramener n'importe où, pour que nous puissions mettre toute cette histoire derrière nous.

Nous, répéta Jamie comme si de sa vie elle n'avait jamais entendu ce mot. Nous, répéta-t-elle encore, comme si ce mot était une amande amère dans sa bouche.

Toi, précisa Galen, le chien, moi. Pluriel : nous.

*

La carrière avait été ravinée par la pluie et Galen ne trouva aucune trace du garçon, même si derrière l'affût il crut discerner les traces de pas du chasseur, curieusement piétinées, qu'il suivit un moment avant de les perdre tout simplement. Alors Galen rebroussa chemin dans l'après-midi lugubre, incapable de s'ôter de l'esprit ce ton précautionneux avec lequel Jamie avait répété *Nous* et butant durement sur cette évidence : il ne devait pas – jamais – supposer ou même imaginer un *nous*, entretenir le moindre espoir justifié par les circonstances hasardeuses ou le besoin abject qui avait conduit Jamie vers lui. Il essaya de s'armer de courage pour affronter l'inévitable, se dit qu'elle ne resterait pas, qu'elle ne pouvait pas rester, il tenta de se convaincre qu'elle ne pouvait pas, qu'elle ne devait pas choisir de vivre sa vie avec un homme exactement deux fois plus âgé qu'elle, un homme dont les émotions et les expériences n'étaient pas les siennes, étaient sans commune mesure avec les siennes. Galen marchait vite, les mains enfoncées dans les poches et le chien – son chien à elle, se souvint-il – devant lui, Galen désirant arrêter le temps, débouter l'avenir, pour que ni lui ni Jamie n'aient jamais à affronter ni à définir – c'est-à-dire à anéantir – ce *nous.* Et à chaque pas il se révoltait contre la perspective de la perdre, contre la pensée du départ de Jamie.

Il se demanda s'il devrait lui dire ce qu'il avait appris en prison, à savoir que le monde se divisait entre les solitaires et les êtres qui étaient seuls, et que lui-même appartenait à ces deux catégories ; se demanda aussi comment lui expliquer qu'il détestait ces deux états, qu'en prison puis à l'extérieur il avait simplement appris à supporter la corvée irritante de la solitude, à vivre dans un vide désolé semé de solitude, et qu'il ne s'était jamais réconcilié avec aucun de ces deux états. Et maintenant plus que jamais, il n'en avait pas la moindre envie.

*Ce qui s'en va revient*, disait toujours le compagnon de cellule de Galen, *tout s'inscrit dans un grand dessein.* Et trouvant en Galen un non-croyant, son compagnon de cellule se moquait de lui, parlait de vies passées et méconnaissables dans leur représentation d'aujourd'hui, leur réincarnation immédiate. *Nous nous sommes déjà connus, nous nous sommes tous déjà connus, tous les gens de ta vie tu les as déjà rencontrés, tu te contentes de vivre selon le livre de comptes de ce que tu dois et de ce qu'on te doit, un point c'est tout*, disait-il toujours, *nous sommes simplement ici pour équilibrer les comptes.* Des jours et des soirées et des semaines et des mois et des années s'écoulèrent, et Galen écouta son compagnon, lui répondit par son silence, nomma les chutes de neige. Durant ces hivers Galen rêvait de forêts et de l'espace sans fin de la chaîne montagneuse, et en toutes saisons jugeait futile d'affronter l'inconnaissable, tout ce que l'on ne pouvait déterminer. Écoute, dit un jour Galen à son compagnon de cellule, assez tôt et parfaitement exaspéré, la ferme. Tout ce que je désire c'est oublier.

Pourquoi es-tu ici? s'enquit alors son compagnon.

Un accident, répondit Galen.

Ça n'existe pas, lui rétorqua-t-on.

Le chien gambadait devant Galen, tantôt reniflant le sol, tantôt trottant, la tête et la queue dressées, le poil couvert d'un givre argenté. Lorsque Galen atteignit la butte en pente douce, le chien partit en courant, Galen prit une profonde inspiration, puis une autre, il essaya de rassembler ses esprits, de décider comment amener ce qu'il désirait, ce qu'il voulait à tout prix lui dire, il passa près des chevaux figés au-dessus du plancher gauchi du manège, dépassa son passé. Décida qu'il ne pouvait rien lui dire, qu'il ne lui dirait rien.

Ainsi ouvrit-il la porte sans un mot, puis il avança et vit le chien rejoindre Jamie qui, le dos tourné vers la porte, rinçait la vaisselle, il vit qu'elle ne prenait pas un torchon pour s'essuyer les mains, s'accroupir et caresser le chien, lui faire bon accueil. Jamie ne se retourna pas et sa posture semblait étrangement raide. Alors elle dit d'une voix si basse que Galen crut ne pas l'avoir entendue du tout : Harlan est venu.

Galen regarda le dos de Jamie, demanda après un silence : Que voulait-il ?

Le garçon, répondit-elle d'une voix toujours aussi basse, égale, contrôlée. Tu n'étais pas là, le chien n'était pas là. Il en a conclu que tu étais avec le garçon, il en a conclu que nous le cachions.

Il est cinglé.

Il a dit qu'il allait revenir. Et que le garçon avait intérêt à être ici à son retour, sinon...

Sinon quoi ?

Il a dit que tu poserais cette question, remarqua-t-elle. Et se tourna alors vers lui, sa lèvre fendue, l'œil noirci déjà presque fermé, la pommette coupée, violacée.

## *Dix-huit*

Le garçon ne se considérait pas comme étant perdu ou retrouvé, sauvé ou condamné, ni ne considérait davantage que son environnement immédiat, l'obscurité qui régnait dans la cahute et la palpitation horriblement douloureuse de sa main qui envahissait maintenant son poignet et son avant-bras, et jusqu'à son aisselle. Il écouta sans les comprendre les paroles du chasseur, car les mots n'avaient aucun sens pour lui qui n'y voyait qu'un bruit rythmé indistinct; en revanche, les mouvements du chasseur étaient une chose qui tenait le garçon sur ses gardes. Il se recroquevillait sur lui-même chaque fois que le chasseur cuisinait, il montrait les dents lorsque le chasseur s'approchait un peu trop près, il remontait violemment les genoux et les gardait devant le buste, il protégeait sa main blessée et il abaissait le bonnet déjà enfoncé très bas et de travers sur son front. Le chasseur devait lui lancer des morceaux de pain ou bien laisser par terre à proximité du garçon une assiette du plat qu'il venait de préparer.

Le garçon ne considérait pas le monde situé à l'extérieur de la cahute, sauf quand le chasseur sortait et laissait la porte ouverte, car le garçon se levait alors et rejoignait le seuil en chancelant, humait l'air, retenu là par le vacarme des chiens et par leur spectacle dans l'enclos, les chiens bondissant vers le chasseur et déchirant les pièces de viande crue qu'il laissait choir à terre. Le chasseur restait immobile tandis que les chiens goulus dévoraient leur repas, après quoi ils se remettaient à sauter en tous sens, à hurler comme des fauves, et l'homme devait toujours s'agenouiller et leur décocher des coups de pied en sortant de l'enclos à reculons. Alors le garçon reculait lui aussi, comme si un fil invisible le reliait au chasseur, il ignorait le signe du chasseur qui tentait de l'attirer au-dehors, qui l'appelait, il le regardait rejoindre le fumoir où des pattes, des côtes et des épaules étaient accrochées aux poutres. Enfin, le garçon se désintéressait des chiens – sa main, le poignet, l'avant-bras et l'aisselle le brûlaient – il battait en retraite dans la cahute et sans la moindre raison que le chasseur pût imaginer il sortait les tiroirs, fouillait dans les placards, les vidait de leur fatras. Un jour le garçon brisa une fiole sous sa chaussure et remarqua de petites billes d'argent étincelant qui tremblaient et roulaient. Il s'accroupit, fasciné par le mercure, puis de sa main valide rassembla les gouttes, d'un doigt les éparpilla de nouveau, les fit encore rouler les unes vers les autres ; avant que le chasseur fût revenu du fumoir, le garçon avait mis tout le mercure qu'il pouvait dans la plaie de sa main blessée et rejoint son coin. En entrant, le chasseur découvrit la fiole brisée, le mercure par terre, il regarda le garçon en secouant la tête, faillit invoquer en vain le nom du Seigneur, puis avec une balayette de fortune poussa hors de la cahute le mercure restant, les gouttes cascadant follement de marche en marche. Ensuite, le chasseur tenta de s'approcher du garçon, s'arrêta quand le blessé gronda, le regarda contempler la plaie de sa main et le mercure qu'elle contenait.

Ce truc-là c'est pour les hommes qui sont tombés malades d'une femme, fit remarquer le chasseur, et je doute que tu saches de quoi il retourne.

Le garçon ouvrit, ferma la bouche, avec les doigts de sa main valide enfonça le mercure dans la plaie. Le chasseur ne savait pas si c'était la froideur du liquide visqueux ou son éclat qui plaisait tant au garçon. Quand il te rentrera dans le sang, tu écumeras de la bouche comme un chien enragé, le prévint-il. Avant de secouer la tête face à l'incompréhension du garçon.

*

*Température en dessous de zéro, neige pourrie et glacée*, nota le chasseur. Il porta le crayon à ses lèvres, mordit dedans, d'un doigt toucha la cicatrice sur sa joue, leva les yeux. Le garçon, toujours assis dans son coin, bavait, le regard dans le vague, le teint blême et grisâtre, la tête contre le mur, sa main qui suintait posée sur les genoux, la paume tournée vers le haut. Des bulles éclataient à la commissure de ses lèvres.

Dans le temps, dit le chasseur en montrant la main du garçon, Doc Busard faisait sa tournée pour s'occuper de trucs comme ça. Il avait la plus grosse pomme d'Adam et le cou le plus long que j'aie jamais vus, et puis des yeux d'oiseau, il écoutait ton cœur, il te tapotait les articulations avec un petit marteau et il te saignait avec des sangsues pour certains troubles, avec des coupelles pour d'autres, il te débarrassait de la chevrotine aux endroits qu'il fallait, il mettait les bébés au monde, arrachait les dents, vendait des élixirs, des baumes et des onguents, en se faisant payer quand c'était possible, en espèces ou en nature. Quant à nous, on le payait toujours en gnôle, et il posait le pichet à côté de sa sacoche noire au fond de sa barque, puis il repartait, davantage semblable à un vautour qu'à un être humain, ses longs bras battant comme des ailes tandis qu'il ramait et s'éloignait. Je ne lui ai jamais connu d'autre nom, et si jamais il en avait eu un autre, sûr qu'il l'avait renié, car Doc Busard ça lui allait comme un gant.

La tête du garçon roula d'une épaule à l'autre. Aujourd'hui faudrait se lever de bonne heure pour dégoter un type comme lui, poursuivit le chasseur. Ce poignet est sacrément marbré. Doc Busard aurait fait quelque chose pour toi, j'en suis certain. Sans lui, je serais mort. J'avais les tripes à l'air.

Alors le chasseur détourna le visage, soudain conscient d'avoir regardé le garçon droit dans les yeux. Il tendit la main vers la lampe à pétrole et en baissa la flamme, ferma le grand carnet devant lui, posa son crayon. Doc disait que de sa vie il n'avait jamais vu une chose pareille, il disait qu'il n'avait même jamais entendu parler d'un cerf faisant une chose pareille à un homme, il jurait que depuis toutes ces années il n'avait jamais posé autant de points de suture sur un seul corps. Il a longtemps travaillé sur moi, il m'a cautérisé comme je l'ai fait avec toi, il a fait fondre de la graisse de porc sur ce même poêle en déclarant que n'importe quelle graisse faisait l'affaire, ajoutant même que dans le temps les pionniers utilisaient la graisse des Indiens morts pour ça. J'ai trouvé ça vraiment dur, je dois dire. Écorcher un homme, même s'il est mort, est une chose terrible. Presque aussi terrible que cette douleur quand Doc a versé la graisse bouillante sur la blessure et entrepris de me recoudre. Des points de suture, c'est sans doute de ça que t'as besoin, mais je suis navré de te dire que je peux pas faire ça pour toi.

Le garçon demeurait un modèle de vacuité, sa mâchoire bougeait et il régurgitait une écume qui ressemblait à des blancs d'œufs longtemps battus en neige. C'est le mercure, commenta le chasseur. Comme je t'ai dit, c'est pas pour ton mal à toi, c'est pour soigner la maladie qu'on attrape des femmes. Mon frère en souffrait et Doc Busard l'a soigné. Il disait toujours qu'il faut traiter le mal par le mal, le poison par le poison.

De sa main valide le garçon remit en place le bonnet sur sa tête, ferma les yeux. Je sais pas avec quoi tu t'es battu, fit le chasseur, mais le fait est que ce mercure te fera aucun bien.

# *Dix-neuf*

Jamie regarda Galen fourrer dans son sac à dos un couteau à parer, du tabac, des allumettes, des pièges, une petite casserole en aluminium, des provisions de bouche, des chaussettes et des chandails. A côté de son sac il plaça une hachette, une corde – car il avait décidé qu'il faudrait peut-être ligoter à nouveau le garçon jadis ligoté, qu'il ne les accompagnerait peut-être pas de son plein gré –, une pièce de moleskine, les deux sacs de couchage, qu'il déroula, secoua et roula. Il entreprit de remplacer une lanière usée sur l'une des raquettes. Nous n'en aurons pas besoin tout de suite, mais plus tard, lui dit-il quand il eut terminé, puis il prépara le sac à dos de Jamie en y mettant ce qu'il voulait lui faire porter.

Tu devrais dormir un peu, dit-il plus tard, mais elle ne pouvait pas trouver le sommeil car elle avait une peur panique que Harlan ne réapparût dans la nuit, et longtemps avant l'aube elle descendit du grenier et trouva Galen éveillé lui aussi, assis sur le canapé. Elle s'assit à côté de lui sans dire un mot et sans allumer la moindre lumière, car elle ne voulait pas qu'il revît son visage : il avait déjà beaucoup de mal à contenir sa fureur. Elle ne lui demanda pas combien de temps, selon lui, ils seraient partis – le temps qu'il faudrait, conclut-elle, pour retrouver le garçon ou décider qu'il resterait introuvable.

Jamie ne demanda pas ce qui arriverait si jamais ils ne le retrouvaient pas, et Galen ne le dit pas. Elle croyait le savoir déjà : elle quitterait ce lieu, elle sortirait de la vie de Galen où elle était à peine entrée, elle partirait à pied et sans le sou, avec le chien et un sac à dos contenant ses maigres biens. Elle ignorait que Galen le sentait – c'était en effet le cas – et qu'intérieurement il enrageait et désespérait, son accablement renforcé par la certitude que Jamie partirait aussi s'ils retrouvaient le garçon, sa rage décuplée par sa haine pour Harlan. Qui une fois encore était entré en scène pour défaire – détruire – la vie de Galen. Et Galen détestait tout aussi violemment ce qu'il ne pouvait se sortir de l'esprit, les paroles de son compagnon de cellule : *Nous décrivons simplement des cercles concentriques de plus en plus restreints. Nos vies se répètent absurdement à l'intérieur d'elles-mêmes, encore et encore.*

Juste avant l'aube et sans parler, Galen se leva et alluma les lumières, vérifia le sac à dos de Jamie, puis le sien, y fixa leurs sacs de couchage. Quand le ciel commença de miroiter il mouilla les braises dans le poêle à bois et roula une cigarette, ouvrit la porte, resta sur le seuil, appuyé contre le chambranle, fuma. Elle le rejoignit, grave, concentrée. Désolée, dit-elle, c'est moi qui suis à l'origine de tout ça. Il l'observa d'un regard impassible, attendit qu'elle ajoute : Quand tout sera fini, chacun reprendra sa vie normale, toi la tienne, moi la mienne. Mais elle n'ajouta rien et il remarqua les traces de coups sur le visage de Jamie, la lèvre fendue, la joue coupée et violacée, l'œil tuméfié, désira uniquement qu'elle dise qu'en aucun cas elle ne s'en irait loin de lui, désira l'impossible. Puis il renonça. Il sentit quelque chose se rompre en lui et son cœur se serrer et il renonça, il accepta le fait qu'elle allait disparaître, qu'elle pouvait seulement disparaître. Il laissa tomber la cigarette sur la véranda, l'écrasa sous sa semelle, dit : Tu as fait ce que tu as cru bon de faire. Dit : Maintenant il faut t'envelopper les chevilles.

Ils refermèrent la porte derrière eux, le chien leva la tête et regarda tandis qu'elle s'asseyait et que Galen s'agenouillait devant elle, entourait avec soin la moleskine autour des chevilles de Jamie pour éviter toute irritation de la peau, ses mains s'immobilisant soudain alors qu'il venait de finir car Jamie – émue par cette intimité, cette douceur inattendues – se pencha vers lui, mit la main sous le menton de Galen en pensant *Je vais laisser cette chose arriver car elle doit arriver, elle devait arriver depuis longtemps, elle doit se passer maintenant avant qu'il ne soit trop tard et qu'elle ne puisse plus arriver du tout*, et approcha ses lèvres enflées de celles de Galen, l'embrassa. Un baiser timide, tendre, insupportable. Et il dit : Oh Dieu Jamie non.

Il s'écarta, puis tous deux mirent leurs chaussures et leur blouson. Il l'aida à hisser le sac à dos sur ses épaules, en vérifia le poids et le réglage des bretelles, glissa la hachette dans une poche latérale, fixa une paire de raquettes derrière le sac, envoya la fille dehors. Puis il prit son propre sac avec l'autre paire de raquettes, jeta un coup d'œil au-dehors, vit Jamie immobile, le dos tourné, ferma les yeux et se passa une main sur la bouche en s'efforçant de chasser la présence des lèvres de Jamie sur les siennes, prit une profonde inspiration, sortit. Il ferma la porte à clef derrière lui, dépassa la jeune fille à l'endroit où elle se tenait, les mains dans les poches, sans le regarder. Le chien le suivit en remuant la queue. Galen adopta aussitôt une allure régulière. Jamie lui emboîta le pas et au-delà du manège s'arrêta, la mélancolie la submergeant soudain –

comme au moment où Galen avait eu cette étrange réaction à son baiser – et grandissant encore au spectacle de ces magnifiques chevaux vaincus par l'usure du temps.

*

Galen avait l'intention de sillonner le versant de la montagne situé au-dessus du lac de retenue, de le patrouiller de long en large tout en montant de plus en plus haut, à la fois dans l'espoir de trouver un signe du garçon et en escomptant que celui-ci apercevrait le chien et se montrerait. Galen ne se dirigea ni vers l'affût ni vers la carrière, mais contourna ces deux endroits par l'amont en suivant une sente de cerfs qu'il trouva aisément à travers une dense forêt de sapins dont les branches rebondissaient et oscillaient lorsqu'il en faisait tomber la neige sur son passage. Jamie se réglait sur l'allure de Galen, observait la grâce et l'attention de l'homme, essayait de voir ce qu'il voyait, s'arrêtait quand il s'arrêtait, regardait là où il regardait, puis ils repartaient l'un derrière l'autre, tous deux aussi silencieux que des traqueurs. La neige croûtée était parfois traîtresse et Jamie gardait alors la tête baissée, elle se concentrait sur les endroits où elle marchait, se penchait en avant pour compenser le poids de son sac à dos, assurer son équilibre ; et dès que ces difficultés s'estompaient, elle admirait l'immensité sauvage qui s'étendait autour d'eux dans toutes les directions et apparemment sans fin. Galen ne se retourna pas vers elle avant qu'ils ne commencent à contourner une vire aux anfractuosités couvertes d'une mousse à l'invraisemblable couleur émeraude sous un fin vernis glacé, alors il s'arrêta, observa le pas de la jeune fille, lui demanda si le poids du sac s'était déplacé sur son dos – c'était le cas – et rajusta les bretelles sans croiser son regard, puis repartit. Ils montèrent vers la rangée d'arbres supérieure au-dessus de laquelle le plafond nuageux s'ourlait en un bourrelet cendreux sur les montagnes, avant de redescendre en empruntant ce qui ressemblait à un sentier où nulle créature n'avait marché depuis plusieurs chutes de neige. Ils arrivèrent enfin à une clairière d'où ils virent la forêt, la pente de la montagne à leurs pieds, sur une distance incalculable, puis, tout en bas, le lac de retenue, sa surface d'albâtre sombrement veinée des chenaux d'eau libre d'un noir charbonneux. Le chien creusa la neige, mastiqua des aliments qu'il réussit à déloger, puis Galen fit quelques pas dans la profonde et à coups de pied détacha de minces plaques de neige croûtée qu'ils tinrent dans leurs mains et sucèrent.

Où sommes-nous ?

Assez loin au-dessus de la carrière, répondit Galen sans la regarder. Elle est derrière nous.

Où allons-nous ?

Nous allons faire des allers-retours. Au-dessus de La Courbe dans cette direction – il tendit le bras – et vers mon chalet dans l'autre – il montra un autre lieu dans le paysage – en montant un peu plus haut à chaque passage.

Bien, rétorqua-t-elle, la réponse de Jamie le surprenant au point qu'il tourna la tête, constata qu'elle parlait sérieusement, remarqua aussi la couleur de ses joues, la clarté stupéfiante de son regard ; et elle lui adressa un petit sourire, baissa les yeux vers ses pieds, sans faire attention à son visage tuméfié, sans même faire attention au froid. Bien, répéta-t-elle, avant de lui adresser un regard assuré, car elle était heureuse de cette marche, aussi peu inquiète qu'un jeune animal inconscient et ravi de son propre corps, de la simple joie du mouvement. Alors Galen comprit qu'elle était soulagée – non, heureuse – d'être loin du chalet, en paix avec – non, subjuguée par – le paysage sauvage, car ici elle se croyait au-delà des règles humaines, au-delà même de la nécessité de s'en remettre à la gentillesse des inconnus (la réplique préférée de Margaret d'une pièce de théâtre qu'elle avait vue jadis, et qu'elle citait sans relâche à Galen), une contrainte à laquelle

Jamie devrait se plier à nouveau dès qu'elle repartirait sur la route. Mais ici, maintenant, Jamie se croyait libre, car elle ne comprenait rien à l'hostilité de la montagne, rien aux pièges et aux dangers de la nature. Telle était donc la raison de ce baiser, se dit Galen, conclut follement Galen : elle savait qu'elle allait oublier qui elle était et qui elle risquait de devenir, elle savait qu'elle pourrait ignorer du moins pendant un certain temps le fait que demain ou après-demain ou dans trois jours elle serait une fois encore confrontée à la réalité immédiate et très concrète de la route. Et Galen s'aperçut aussi, toujours aussi follement, qu'il lui pardonnait ce sourire, cette joie – s'il s'agissait bien de joie –, qu'il ne lui en voulait de rien sinon de ce baiser et de tout ce que ce contact avait libéré, affranchi, en lui.

Prête ? demanda-t-il, et elle acquiesça. Ils repartirent et le jour suivit son cours, les nuages devinrent encore plus denses, le froid plus intense. Ils décrivaient de longs zigzags, montaient en serpentant vers la crête, faisant des pauses mais pas très longues, sans discerner le moindre signe du garçon. Jamie essayait de deviner leur position, tentait de comprendre ce que Galen concluait des accidents du terrain, comment il interprétait le paysage pour s'y frayer un chemin, prévoyait les passages difficiles qu'il valait mieux éviter plutôt que de les affronter, tout en continuant de marcher de ce même pas déterminé et dépourvu de hâte. Une fois, elle aperçut leurs traces loin en contrebas, dirigées en sens contraire, et elle en resta bouche bée : car elle n'avait jamais eu l'impression qu'ils aient effectué le moindre virage, fait autre chose que monter. Et une autre fois, alors que fatiguée elle était loin derrière, elle demanda si c'était là le seul chemin qui menait à l'endroit où ils allaient.

Non, lui dit Galen, c'est le chemin le plus long.

Alors elle regarda autour d'elle, secoua la tête, dit : C'est de la folie.

Quoi donc ? Toutes nos épingles à cheveux ?

Non. Que tu réussisses à te repérer, à savoir où aller.

Nous suivons des sentiers. Il y en a presque partout ; il s'agit simplement de les reconnaître. Après tout, des gens sillonnaient autrefois ces montagnes, ils y chassaient, ils les traversaient. Il y a même eu une époque où ils y vivaient. Ou du moins quelques-uns.

Et maintenant ?

Maintenant il y a seulement ce qu'ils y ont laissé. Des sentiers. Un abri çà et là, parfois une cabane. Des appentis.

Et personne.

Pas que je sache, dit-il sèchement, mais nous

avons encore du chemin à faire. Et il reprit la marche, comme avant, et vers la fin du jour ils longèrent des bosquets de pins et de genévriers avant de déboucher sur une vaste étendue d'étangs gelés, livrés aux castors, autour desquels des troncs dépourvus d'écorce et des souches rognées dépassaient de la glace. Galen fit signe à Jamie de le suivre, puis il repartit, la jeune fille marchant dans les pas de l'homme, tous deux avançant rapidement sur les surfaces planes des marais contigus, chacun plus élevé que le suivant, les arbres morts et les souches déchiquetées prenant des formes fantomatiques dans la lumière mourante. Elle entendit l'eau couler sous les barrages, vit Galen atteindre le monticule d'une tanière de castors, du pied en tapoter la base, regarda le chien le rejoindre, renifler les alentours de la tanière. Est-ce qu'ils hibernent ? demanda-t-elle quand elle l'eut rejoint. Peut-être pas, dit-il. Elle examina le monticule, regarda autour d'elle, déclara : Nous sommes au milieu de nulle part.

En fait, répondit Galen, nous sommes presque arrivés. Puis il repartit, traversa le dernier étang, gravit une pente et franchit la crête, disparut si brusquement que Jamie retint son souffle, sentit sa gorge se serrer ; alors elle aussi franchit la crête et de l'autre côté descendit une pente abrupte qui allait s'adoucissant pour rejoindre ce qu'elle aurait seulement pu décrire comme un champ en forme de chaudron, un espace ouvert et enfoui sous la neige qui aboutissait à une forêt de pins, et elle marcha vers ces pins, les chevilles enfin douloureuses, les jambes lourdes. Quand elle atteignit l'orée de la forêt, elle vit Galen et le chien, mais pas la cabane, du moins pas tout de suite, car elle était cachée par les arbres qui l'entouraient de toute part, leurs branches reposant presque sur son toit.

Personne n'est venu ici, dit Galen à Jamie en lui ôtant des épaules son sac à dos. Elle entra à l'intérieur, avisa le baril de pétrole dressé sur des pierres plates posées à même le sol en terre battue, l'ouverture carrée grossièrement découpée au milieu du baril et la fente tout aussi approximative plus proche de la base, vit le court tuyau qui sortait du haut du baril et aboutissait à un trou ménagé dans le toit. Il y a du bois, s'écria-t-elle stupéfaite, Galen derrière elle. J'ai été trappeur, lui rappela-t-il sur un ton qui la poussa à se demander s'il voulait dire qu'il avait renoncé à poser des pièges ou qu'il n'en poserait plus jamais, qui la poussa à s'interroger longuement alors qu'il plaçait des aiguilles et des pommes de pin séchées, quelques brindilles puis de vraies bûches dans le baril et grattait une allumette, soufflait dessus pour faire prendre le feu, puis décrochait du mur une lampe à pétrole et l'allumait à son tour. La lampe à pétrole et la flambée dissipèrent l'obscurité. Galen alla chercher un seau dans un recoin et demanda à Jamie de le remplir de neige – tasse-la bien, lui recommanda-t-il – pour qu'elle fonde et qu'ils puissent boire, il lui dit de bouger sans arrêt jusqu'à ce qu'il fasse un peu plus chaud dans la cabane, puis il rentra leurs sacs à dos, prit deux pièges et la hachette, dit : Je reviens tout de suite.

Le chien dormait déjà près du feu quand Galen revint sans les pièges, les bras chargés de branches de pin. Jamie faisait fondre la neige, mais elle s'écarta et sortit pour qu'il pût se déplacer à son aise dans l'espace exigu de la cabane, ranger les branches, dérouler les sacs de couchage. Elle regarda la nuit se solidifier jusqu'à ce que Galen glisse près d'elle, la casserole en aluminium à la main, et dise : Tu as peut-être envie d'enfiler des vêtements secs pendant que je retourne chercher de la neige. Elle rentra dans la cabane tiède, enleva son blouson, son pull et sa chemise, mit des vêtements secs et accrocha à un clou ceux trempés de sueur, s'assit sur un sac de couchage, ôta ses chaussures et ses chaussettes, retira la moleskine de ses chevilles. Lorsque Galen revint, il rajouta de la neige dans le seau d'eau, puis mit de la viande de cerf à bouillir dans la casserole en aluminium. Tu ferais mieux de te changer aussi, lui dit-elle, et il s'aperçut qu'elle était pieds nus, qu'elle ne sortirait pas de la cabane pendant qu'il se changerait, et il lui tourna le dos. Quand il fut torse nu, Jamie regarda la forme des épaules de l'homme, l'aspect soyeux de sa peau, la finesse de ses bras, son dos, puis il mit un pull, un autre pull. Quand il s'assit sur son sac de couchage – comme celui de Jamie, étendu sur une litière de branchages, mais en face du sien – Galen dit : Il n'y a aucun signe de lui.

J'ai faim, répondit-elle.

Galen ne dit rien, une fois encore étonné par cette jeune fille qui semblait vivre – de manière délirante – au-delà de toutes les limites qu'il croyait infranchissables, qui semblait vivre dans l'instant, sans penser ni au passé ni à l'avenir ni même à la moindre raison d'être ici, comme si le chien et elle – ainsi que lui-même par inadvertance ou par erreur – faisaient cette randonnée pour le seul plaisir de la balade. La viande de cerf cuisait, il en donna un peu au chien. Jamie et lui mangèrent avec les doigts, assis en tailleur, leurs genoux se touchant presque, face à face. A un moment leurs mains s'effleurèrent et Galen retira vivement la sienne, agacé, il attendit qu'elle eût pris un autre morceau de viande et qu'elle l'eût porté à ses lèvres, avant de tendre de nouveau la main vers la casserole, car il se méfiait de lui-même, ses sens toujours aiguisés par le trouble durable de ce baiser, échauffés par la proximité de Jamie et par l'exiguïté de la cabane. Quand ils eurent fini, il prépara un bouillon avec les restes, puis du thé, et ils burent l'un après l'autre ces deux breuvages dans une tasse en fer-blanc, la partageant, la faisant circuler entre eux, Galen tendu et épuisé à cause de la trop grande proximité de la jeune fille, à cause de ce baiser, soulagé lorsqu'elle décroisa enfin les jambes, ramena les genoux vers le buste et les prit entre ses bras, posa une joue dessus, contempla le chien, le baril où le feu rugissait, en se désintéressant de lui. Alors il s'écarta d'elle, il s'installa sur son sac de couchage, s'y allongea, glissa les mains sous sa nuque, contraignit son corps à se détendre, à céder, à oublier. Tandis qu'il sombrait dans le sommeil, elle dit d'une voix paisible : Bon, Galen, si nous ne faisons pas l'amour, raconte-moi une histoire.

Il se tendit, ouvrit les yeux. Une histoire?

De ton choix, fit-elle, sans se moquer ni le tenter, mais sur un ton sans réplique.

Je ne suis pas sûr de connaître la moindre histoire.

Parle-moi de Harlan.

Et après tu dormiras.

Et après je dormirai.

Il ne bougea pas, ne respira pas. Puis il soupira, dit : Au début, nous étions enfants – et elle ferma les yeux, se vit toute petite et seule dans les cours miteuses situées derrière les maisons des ouvriers –, nous jouions dans le cimetière où ma mère était enterrée. Tous les trois : Bobby Sanders, Harlan, moi. Je ne me rappelle pas un seul jour de mon enfance sans eux. Le père de Bobby Sanders nous préparait toujours des pancakes s'il était assez tôt dans la journée, s'il n'était pas encore trop saoul, et nous étions toujours fourrés chez Bobby quand nous n'étions pas au cimetière ou que nous ne faisions pas les fous ailleurs, car le foyer de Harlan partait à vau-l'eau, ses parents se battaient sans arrêt quand ils ne lui tapaient pas dessus, et chez nous – avant que mon père s'occupe de cette ferme animalière – c'était juste un appartement, tout petit, au milieu de Goffston, et nous n'avions rien à faire à Goffston. Alors un jour Bobby Sanders s'est énucléé, il a perdu un œil, et son père gardait cet œil à la cave, où il entreposait tout ce qu'on peut imaginer et des choses parfaitement inimaginables – c'était une sorte de taxidermiste amateur, il gardait dans sa cave des oiseaux empaillés, des castors, des fouines, des renards, des pattes d'ours et des têtes d'ours, sans parler des fœtus qu'il conservait dans des bocaux, des trucs qui venaient de femelles tuées et qui exhibaient toutes sortes de malformations, parfois des bestioles à deux têtes ou des animaux soudés par une hanche – nous on jouait donc dans cette cave parmi ce capharnaüm, les étagères des murs couvertes de monstres, quand il pleuvait et que le père de Bobby avait perdu conscience, chose qui arrivait presque tous les jours vers midi. Mais quand nous avons grandi, quand nous sommes devenus plus vieux, cet endroit s'est mis à me faire peur, je n'arrivais plus à y aller aussi souvent, et au bout d'un moment Harlan et Bobby s'y sont retrouvés plus ou moins seuls. Sans moi. Et ils ont eu des tas d'ennuis ensemble, le genre de bêtises qu'affectionnent les garçons, jusqu'à ce qu'ils se mettent à torturer et à tuer des chats domestiques, des chiots abandonnés, des lapins ou des poulets, Bobby affublé de son bandeau qui cachait son orbite vide et arrachant les yeux de tous les animaux qui lui tombaient sous la main, Harlan se contentant de suivre l'exemple de son copain, de faire ce que Bobby faisait, l'aimant davantage pour cette raison, et moi – sur la touche – aimant toujours plus Harlan : tu sais comment sont les enfants, ils ont des amitiés insondables, des fidélités incroyables. Ces deux-là étaient liés l'un à l'autre comme le sont parfois les garçons, ou comme ils l'étaient autrefois :

ils étaient frères de sang, ils partageaient quelque chose de plus profond, de plus intime que des frères biologiques, et moi j'étais exclu mais attaché à Harlan comme Harlan était attaché à Bobby et Bobby sans doute attaché à personne d'autre que lui-même. Je ne sais pas. Je voyais beaucoup moins Bobby, et après que mon père a acheté la ferme animalière, nous y avons passé tous les étés et je n'ai plus beaucoup vu Harlan non plus. Mais ils y venaient parfois en vélo, alors nous jouions un peu partout, je surveillais Bobby qui plissait son œil unique en reluquant ces chevreuils et ces moutons, les poules, les chèvres, et puis les poneys, les canards et les oies, jusqu'à ce que je ne supporte plus son désir d'arracher les yeux aux animaux : alors je finissais par lui flanquer une bonne raclée, je l'immobilisais à terre jusqu'à ce qu'il demande grâce, je lui faisais promettre de laisser les animaux tranquille. Harlan s'asseyait et nous regardait nous battre, peut-être qu'il attendait simplement le jour où Bobby aurait le dessus. Mais ce jour n'est jamais arrivé. Quand ça aurait pu se faire, nous étions presque adolescents, et Bobby découvrit qu'il était beaucoup plus drôle de s'en prendre aux faibles et aux petits – les filles et les gamins qui livraient les journaux, les gosses à lunettes ou à appareil dentaire, mais jamais Harlan, qui pourtant était plus petit et moins costaud que nous deux, Bobby n'a jamais tenté de dérouiller Harlan – que de torturer des animaux. Ainsi, Bobby Sanders est devenu le mauvais garçon de la ville. Aussi vicieux et ennuyeux qu'un autre.

Et Harlan ? Il était comment ?

Galen marqua une pause, répondit : Un clown. Un farceur. Pas aussi violent que Bobby, et plus drôle, mais peut-être qu'à cette époque déjà il y avait en lui une méchanceté que Bobby a fait ressortir, et que je ne distinguais pas vraiment dans son caractère. Je ne l'ai même pas sentie quand nous avons grandi. Car nous avons bientôt eu d'autres centres d'intérêt. Je veux dire, à un certain moment – impossible de préciser exactement quand – les filles sont soudain devenues autre chose. Même Bobby l'a remarqué. Nous changions et elles changeaient. Dieu, grandir c'était comme de tomber de l'autre côté du monde, encore et encore. Tu te réveilles un beau jour et tout est différent, tout est terrifiant, le monde ne ressemble plus ni à tes souvenirs de la veille au soir ni à ce que tu croyais qu'il était. Les corps deviennent mystérieux, et le mien a soudain été insupportable, impardonnable : la chaleur estivale me rendait fou de désir, le froid de l'hiver suscitait en moi un horrible sentiment de solitude, les choses se réduisaient à une douleur palpitante et sans fin. Toutes les choses. Nous avions été des enfants inséparables, mais ce n'était plus le cas, chacun de nous devenait étrangement unique, devait affronter le fait que nous ne faisions plus partie d'un tout comme autrefois, mais chacun était trop jeune encore pour faire partie d'un autre être, nous nous accrochions aux choses, à n'importe quoi – aux chiens, aux voitures, aux vêtements, tout ce que tu voudras – mais presque rien ne nous satisfaisait, rien ne contentait notre âme, aucune de ces choses ne nous apaisait. Et alors que nous nous éloignions toujours davantage les uns des autres, une démangeaison, un besoin, une urgence s'est emparée de chacun ; dans mon cas cette démangeaison ce besoin cette urgence c'était de devenir un autre, de basculer dans une autre personnalité, d'être n'importe qui sauf moi. Être toi-même est la chose la plus difficile du monde quand tu n'as pas la moindre idée de la personne que tu es. Et c'était douloureux, terrible, fondamental – peut-être primitif – et inattendu, ce passage de l'enfance à l'adolescence à l'âge adulte, sans jamais avoir voulu autre chose que de rester dans l'enfance.

Mais c'est arrivé. Et je suis devenu une espèce de solitaire, car même si je n'avais pas la moindre idée de qui j'étais – et je n'en avais pas la moindre – il se trouve que je savais très bien qui je n'étais pas. Je voyais toujours Harlan, mon seul ami, mais presque plus Bobby, sinon dans les récits que me faisait Harlan. Je vivais pour ces récits, et Harlan me racontait toutes leurs frasques, les ennuis qu'ils s'attiraient – les bagarres à coups de poing, les bitures qu'ils prenaient, la voiture qu'ils piquaient au père de Bobby dès qu'il avait tourné de l'œil, les balades qu'ils faisaient avec, leur braconnage, les chiens qu'ils accrochaient à des grillages et écorchaient vif, les filles cinglées qu'ils ramassaient parfois et baisaient : j'étais au courant de tout ça et de bien davantage, et peut-être même que je les enviais, bien sûr que je les enviais quand ils couraient ainsi la gueuse.

Tu n'avais pas de petite amie.

Pas à l'époque. J'avais les histoires de Harlan. D'une certaine manière, il me semblait plus facile de vivre à travers ces histoires, du moins pendant que j'étais encore au lycée.

Et plus tard ?

Plus tard, répéta Galen. Plus tard, il y a eu quelqu'un, pendant un certain temps. Après la conscription, quand j'étais à l'armée, tout seul – Bobby a été réformé et Harlan aussi, sans doute parce que nous n'étions pas en guerre à cette époque-là et les militaires n'avaient pas encore l'habitude d'accepter les analphabètes qui se débrouillaient pour tricher à l'examen du permis de conduire – j'ai eu une petite amie, pendant un moment. Pas très loin de ma garnison. Mais même alors, chaque fois que j'avais une permission un peu longue, je m'arrangeais pour revenir ici et traîner avec Harlan sous prétexte que j'essayais de lui apprendre à pister le gibier en toute saison, en réalité pour écouter les histoires qu'il avait à raconter. Des histoires dont je ne me lassais jamais, car elles étaient incroyables, sinistres, perverses. D'autant qu'à ce moment-là, Bobby Sanders était – pour reprendre les mots de Harlan – amoureux.

Amoureux, répéta Galen. Quelle notion frelatée, quelle imposture – Jamie releva alors la tête, faillit protester, se retint de s'approcher de Galen –, car je ne sais pas ce que Bobby Sanders ressentait, si même il était capable de sentiments, mais ce n'était pas de l'amour. Avant que Bobby rencontre ce qu'il croyait être le grand amour, aucune fille de ma connaissance n'avait jamais supporté longtemps ce qui allait avec lui : sa sauvagerie, ses beuveries, sa violence, sa cruauté, son besoin de domination. Et son grand amour était une fille docile qui avait beaucoup trop de kilos et si peu de jugeote que Bobby n'arrivait même pas à l'émoustiller, une fille qui faisait tout ce qu'il lui disait de faire et qui le laissait lui faire tout ce qu'il avait envie de lui faire, *tout.* Et ç'a été la perte de Bobby. Il s'est montré insatiable, incapable de s'arrêter. Il a fait des choses affreuses et il y est retourné, encore et encore, pour recommencer. Il la louait au père de cette fille, il l'emmenait quelque part et il la gardait là jusqu'à ce qu'elle trouve le moyen de retourner chez son père, de même qu'un chien battu retourne toujours à l'endroit où on le nourrit et le bat, et Bobby la récupérait une fois de plus là-bas. Parfois, le père de la fille et Bobby la dérouillaient, parfois Bobby voulait que Harlan et le père regardent, parfois se joignent à lui, jusqu'à ce que – si l'on peut croire Harlan – ils soient si épuisés que Harlan réussissait à ramener Bobby à un semblant de raison et à le tirer de là. Et ça a duré jusqu'au jour où le père de la fille a compris qu'il avait là un truc de valeur à monnayer, il s'est débrouillé pour en informer suffisamment d'hommes de Dyers Corner et il l'a mise sur le marché. Quand Bobby a appris ce trafic, il est devenu cinglé, Harlan et lui se sont mis à picoler en faisant tourner une bouteille entre eux jusqu'à être ivres morts. Et pour finir, Bobby a pointé un flingue sur sa tempe et il a appuyé sur la détente.

Galen s'arrêta de parler, leva un bras, porta la main à ses yeux.

Et Harlan.

Harlan, répondit lentement Galen, a été anéanti.

Même s'il ne restait pas grand-chose chez lui à anéantir.

Et toi ?

Non, pas moi. Moi j'ai été anéanti plus tard, quand Harlan m'a emmené en forêt avec la copine de Bobby. Qui ne se souvenait même pas du nom de Bobby. Qui ne se souvenait sans doute même pas de lui, ne savait plus qui il était. Ou qui il avait été.

Tu es allé dans la forêt avec elle ? Pour quoi faire ?

Galen émit un bruit sourd, se racla la gorge. Elle croyait qu'elle allait pique-niquer, dit-il. Nous – Harlan et moi – devions chasser. C'était l'hiver. Harlan l'a abattue d'un coup de fusil. C'est là que je me suis effondré.

Jamie remua et puis elle fut près de lui, ses mains légères sur le buste de l'homme.

Non, fit Galen, s'il te plaît ne me touche pas. Il lui saisit les poignets, lui remit les mains sur les cuisses, s'écarta d'elle, s'installa de son côté, le coude plié et une main contre l'oreille, la regarda. D'un air angoissé.

Je suis allé en prison à la place de Harlan, lui dit-il.

Je m'en fiche.

Jamie...

Je m'en fiche. Elle tendit le bras, mais il lui attrapa la main au vol, l'arrêta.

Le problème n'est pas que tu t'en fiches ou pas, fit Galen.

Alors où est-il ? Si ce n'est pas ton passé, c'est le mien – Damon, qui n'a jamais...

Damon n'est pas un problème. Ce n'est même pas que je sois un ancien taulard, le problème n'est pas non plus que Harlan croie que je me venge de lui en cachant le garçon qu'il recherche, un garçon que j'ai vu une seule fois au beau milieu de la nuit, un garçon que je n'ai jamais rencontré. Le problème n'est pas que nous soyons ici ensemble, où tu peux te convaincre que seul compte ce paysage sauvage, seul compte l'instant présent. Le problème, c'est que tu vas sortir de ma vie pour continuer la tienne, c'est que je n'ai vraiment pas besoin – non, je ne veux pas – que nous allions ensemble pour garder un beau souvenir de notre rencontre. J'ai déjà suffisamment de souvenirs pour le restant de ma vie. Et j'ai déjà choisi de te laisser partir.

Et si je décide de rester ?

Tu ne le feras pas, tu ne le peux pas.

Pourquoi pas ?

Parce que – alors Galen se tut, car il avait honte de reconnaître ce qu'il allait dire – parce que, Jamie, je n'ai rien à te donner.

Je n'ai jamais rien demandé. Et je ne demande rien.

Il abaissa la main de Jamie, la posa sur la cuisse de la jeune fille, la lâcha. Je sais, lui dit-il. C'est comme ça que j'ai deviné que tu partirais.

*

L'odeur des braises de pin entêtante et la cabane glacée, Jamie allongée dans son sac de couchage écoutait la respiration de Galen, réfléchissait aux récentes paroles de Galen sur le refus du souvenir. Elle se demandait si c'était vrai, si les souvenirs pouvaient être autre chose que ce qui arrive forcément, tout comme elle pensait que tous les événements de sa propre vie lui étaient simplement arrivés, sans la moindre raison compréhensible et, même lorsqu'ils ne relevaient pas entièrement du hasard, ils présentaient ce même caractère de fatalité inévitable qui définit l'instant où le paratonnerre accepte la foudre ; elle pensa aussi, pour la première fois, à l'avenir comme étant peut-être autre chose qu'un grand vide qui se trouvait non pas tant devant elle que partout autour d'elle, comme étant peut-être une chose qu'on pouvait forger, marteler, façonner, déterminer, vouloir. Ainsi que Margaret le lui avait dit un jour : Le plus étonnant chez les humains, c'est que dès qu'ils deviennent conscients ils ont toutes les chances oh oui de pouvoir créer leur propre existence. Mais la plupart des humains ne veulent pas de cette conscience.

Alors Jamie se leva et sans faire de bruit enfila ses chaussures, prit son blouson et franchit discrètement la porte, le chien sur ses talons. Elles rejoignit les étangs de castors parmi les derniers lambeaux de la nuit, en essayant de réfléchir avec l'esprit de Galen, de ressentir avec ses émotions, de voir à travers ses yeux. Et elle n'y réussit pas. Elle scruta leurs traces à la recherche de la moindre perturbation – il n'y en avait pas – observa les montagnes et le ciel pour y déceler un signe, n'importe quel signe, pesa la signification des nuages, se trouva incapable d'imaginer la prison comme autre chose qu'une petite pièce avec des barreaux aux fenêtres et sans rapport aucun avec le temps, se demanda si elle était incapable de savoir ce que Galen croyait être l'amour. Se demanda aussi si ce qu'elle avait ressenti en embrassant Galen n'était pas de l'amour.

Puis elle rentra lentement, trouva Galen en train de vider un lapin qu'il avait attrapé dans un de ses pièges, le regarda procéder avec adresse, lancer au chien les viscères de l'animal, accrocher le lapin à une branche.

Tu devrais rester ici, lui dit Galen, au chaud. Je serai de retour avant la tombée de la nuit.

Non non.

La marche sera difficile. Et il va y avoir de l'orage.

Pas de problème, dit-elle. Puis elle enveloppa ses chevilles, roula son sac de couchage et le fixa sur son sac à dos, où elle venait de ranger ses affaires, attacha les raquettes au sac, partit derrière lui. Ils rejoignirent l'endroit où les arbres devenaient rabougris et espacés puis, lorsque la neige se mit à tomber, aussi douce que du duvet d'oie mouillé, en une couche qui épaissit très vite, ils fixèrent à leurs pieds les lanières des raquettes, montèrent plus haut sur la pente. En milieu de journée ils franchirent les derniers arbres et à un moment donné elle leva les yeux et vit Galen et le chien arrêtés côte à côte et rien d'autre dans l'immensité blanche, ni ciel ni montagne ni vallées inférieures, après quoi ils avancèrent en un groupe soudé. Elle ne discernait ni sentier ni chemin, stupéfaite et terrifiée d'être ainsi perdue dans un univers que seul Galen comprenait à la manière dont les aveugles connaissent le leur, avec un sens des choses invisibles et indécelables inconnu des voyants. Elle se sentait immatérielle, enivrée, rendue vivante par la seule intuition de la pente sous son corps, par son ignorance paisible de ce versant traître et abrupt et de la pente vertigineuse où il aboutissait peut-être. Lorsque Galen l'appela, loin devant elle, Jamie s'aperçut qu'elle ne le voyait plus, elle suivit le son de cette voix, vit bientôt qu'il avait retiré ses raquettes. Il escalada une petite paroi nue, l'attendit ; quand elle lui demanda de tendre la main, il abaissa le bras vers elle et la jeune fille sentit toute la force de son compagnon, la sûreté de sa prise tandis qu'il la hissait en sécurité, tout en haut. Alors il la lâcha, il ôta sa main en premier et ils se tinrent debout épaule contre épaule, tout près l'un de l'autre, tandis que le chien qui avait trouvé son propre chemin jusqu'au sommet avançait vers eux. Galen se baissa, lui ébouriffa le poil pour en chasser le manteau de neige, dit : On y est presque.

L'abri se réduisait à une caverne dont un mur de pierre obstruait l'entrée, et ils s'y installèrent, s'assirent sur le sol gelé. Galen sortit du pain frit, en donna deux morceaux au chien et davantage à Jamie, mangea ce qui restait.

Personne n'est venu ici, déclara-t-elle en mastiquant d'un air pensif.

Pas depuis longtemps, répondit Galen d'une voix sombre.

Alors.

Alors nous allons retourner sur nos pas, prendre un autre chemin, garder les yeux bien ouverts. Même si l'on n'y voit pas grand-chose.

On pourrait passer la nuit ici, dit-elle.

On pourrait, concéda-t-il, mais je préfère un bon feu dans le baril et un peu de lapin pour dîner. Et puis si jamais il continue de neiger, nous risquons d'être pris dans un brouillard blanc.

Ça ne me dérangerait pas.

Je sais, lui dit-il, mais moi si. Alors il se remit debout. Jamie marchait près de lui quand le terrain le permettait et, dans le cas contraire, elle se réglait sur l'allure de Galen en avançant derrière lui. Le vent se leva et devint impitoyable, les flocons plus denses que jamais blanchissaient, effaçaient tout. Elle se mit à avoir froid et ils ne parlaient pas; Galen ne se laissait pas aller au réconfort de cette présence, car il ne lui faisait pas confiance pour croire que certaines choses avaient été décidées entre eux et de manière à coup sûr définitive, il ne ressentait aucune sérénité malgré cette familiarité qui les dispensait de tout dialogue. Quand ils atteignirent enfin la cabane – une béance plus noire que la nuit – Galen quitta brutalement, presque rageusement, ses raquettes et la laissa se débrouiller seule, se débattre sous son sac à dos, défaire ses propres lanières, car il était agacé par l'écho du *Ça ne me dérangerait pas* vif et insistant de Jamie, par la perspective de la soirée qui les attendait. Alors, toute gelée et frissonnante, elle entra dans la cabane, resta plantée là tandis qu'il allumait une lampe à pétrole et faisait un feu dans le baril avant d'aller chercher de la neige ainsi que le lapin accroché dehors. Le feu siffla et craqua, Jamie martela le sol avec ses pieds, frissonna encore, réussit à dérouler son sac de couchage et à retirer ses chaussures, se glissa dans le sac.

Galen, lui dit-elle quand il revint, je n'ai jamais eu aussi froid de ma vie. Même sur ta véranda.

Il fit appel à toute sa volonté pour ne pas faire ce qu'il avait envie de faire, ce qu'elle désirait qu'il fît : s'allonger près d'elle, la serrer juste une fois dans ses bras, une fois seulement la réchauffer. Il lutta contre lui-même, maudit en silence la tentation et l'impossible, repensa à la fille bien en chair, immobile, au buste éclaté à côté de lui, se contraignit à dire : Moi si.

Puis il rejoignit son sac à dos, y prit du tabac, roula une cigarette, s'installa loin de Jamie. Quand il fit enfin chaud dans la cabane, la jeune fille sortit de son sac de couchage et ils mangèrent. Elle donna presque toute sa viande au chien. Ils ne parlèrent ni de la journée du lendemain ni du garçon, ils ne parlèrent pas du tout et quand le lendemain arriva ils sortirent dans le phénoménal brouillard blanc pour effectuer leur solennel voyage de retour. Elle se surprit à penser : Cet hiver est sans fin.

*

Le renard s'arrêta mais ne sentit aucune présence et du museau fouilla la neige dont il brisa la surface en trottant vers l'extérieur, sa queue magnifique allongée dans le prolongement du dos, l'animal se déplaçant comme une masse fuselée de cuivre par cette matinée de neige aveuglante. Quelque part au-delà de la couverture nuageuse invisible, le soleil suivait sa trajectoire, et l'espace d'un instant éphémère une colonne de flocons brilla d'un éclat iridescent dans un puits de lumière diffuse que le renard affamé traversa sans s'en rendre compte, le museau dans la neige, absorbé qu'il était par sa recherche de souris et de taupes. Près du manège il se figea soudain, la tête dressée, une patte levée devant lui, tous les sens en alerte, et alors le coup de feu l'arracha au sol, le fit bouler en l'air, le renard luttant alors même qu'il percutait la neige pour se remettre debout puis incapable de le faire mourut couché sur le flanc, ses pattes frémissant en une course fantôme.

Harlan abaissa le fusil et cracha, marcha jusqu'à l'animal et en fit le tour même s'il le savait mort, maudit son tir approximatif, le coup était trop haut – il avait failli le rater – à son goût, puis il enfonça le bout d'une chaussure dans la fourrure, sentit seulement la résistance de la mort et entreprit de couper la queue avec son couteau, le sang éclaboussant alors la neige. Quand il se redressa, son trophée en main, il baissa les yeux vers le renard, cracha encore, releva la tête et maudit le chalet inhabité, maudit Galen qui était parti en emmenant avec lui – où qu'il fût allé – la fille et son bâtard de chien et le garçon, maudit Galen de l'avoir trompé et de s'être moqué de lui, se maudit lui-même de n'être pas revenu ce même soir après avoir amoché la fille, se maudit de savoir qu'ils avaient filé depuis belle lurette, car le tuyau de poêle qui dépassait du toit était surmonté d'un couvercle doté d'une couche impressionnante de neige immaculée signalant l'absence de tout feu depuis au moins la veille et, en dehors des siennes, il n'y avait pas la moindre trace de pas dans l'allée. L'animal abattu, la saison, la certitude que Galen et cette fille et son chien et le garçon étaient quelque part hors d'atteinte, le spectacle de ce chalet vide plongèrent Harlan dans une fureur telle qu'il lâcha la queue du renard et visa l'une des fenêtres du chalet, qu'il fit exploser. Il visa encore, fit voler en éclats l'autre fenêtre, puis il s'attaqua à la porte, visant la serrure et la ratant, tira encore après s'être approché, démolissant cette fois la pièce métallique. Puis il monta sur la véranda, d'un coup de pied ouvrit la porte, entra dans le froid et l'odeur vide du chalet désert, un envahisseur sur le point d'anéantir et de raser tout ce qu'il restait et qui lui rappelait tout ce qui l'exaspérait.

Harlan détruisit tout ce qu'il put. Il brisa les chaises, les verres, les tasses, les assiettes et le vase, taillada le canapé, arracha du mur le patchwork tissé et le mit en pièces, vida les placards de leur contenu, versa le vinaigre, les sauces, le ketchup et le sirop d'érable sur les vêtements, la literie et le sol, mit de la farine et de l'eau dans le poêle à bois, lacéra le rideau de douche, poignarda le matelas du grenier. Il vandalisa tel un dément pris de boisson, il vandalisa parce qu'il le pouvait et parce que ce qu'il détruisait ne signifiait rien et était tout pour lui et parce qu'il n'y avait pas de fin à cette violence innée en lui que personne n'aurait jamais pu confondre avec une fureur de vivre; et Harlan prit du plaisir à ce saccage et à cette vengeance, il donna libre cours à une partie de cette rage exorbitante qui finit par le ramener dehors pour ramasser la queue du renard, le poussa à recharger son fusil et à viser les chevaux du manège, aligner leurs têtes et leurs crinières, leurs croupes, leurs pattes avant dressées et, avec toute la concentration d'un sniper, les réduire en miettes. Après quoi Harlan resta immobile jusqu'à ce que l'odeur de la poudre et du métal brûlant se fût dissipée, faisant de nouveau place au parfum pur de la neige, puis il ramassa encore la queue du renard et s'en alla par où il était venu. Sans imaginer une seconde que – et d'ailleurs il n'imaginait rien, pas même le retour de Galen, car Harlan était certain que Galen était parti pour de bon, qu'il ne découvrirait pas avant longtemps les destructions récemment commises – après avoir enfin rejoint son pick-up, grimpé dans la cabine et fait claquer la portière, après l'avoir dirigé vers La Courbe et plongé dans le brouillard blanc, que dans la cahute du chasseur le garçon lèverait la tête en entendant gémir le moteur du pick-up qui passait lentement non loin de là, comme si le garçon essayait de se rappeler quelque chose, n'importe quoi, au-delà de ces murs, au-delà du recoin où il se terrait, au-delà de sa douleur.

# *Vingt*

Le chasseur cessa de consigner les caprices de la nature, leva les yeux, porta le crayon à ses lèvres, vit le garçon pencher la tête et écouter avec attention, le regarda lutter pour se mettre debout. Le chasseur se détourna d'instinct afin de dissimuler sa cicatrice, alors que le garçon longeait les murs d'un pas lourd en émettant des sons que le chasseur ne se souvenait pas d'avoir entendus chez aucun être humain, et même s'il ne se rappelait pas très bien les sons que lui-même avait émis après que le sabot du cerf l'eut fendu en deux, ni les cris de souffrance qu'il avait poussés lorsque son frère décéda de cette maladie qui lui avait rongé les os avant de s'incruster dans son cerveau et de le détruire, une maladie qui n'avait jamais été soignée et n'aurait jamais pu l'être par l'arsenic, le mercure ni aucun autre poison que Doc Busard avait sous la main. Non, le chasseur pouvait seulement comparer les sons émis par ce garçon aux jappements rauques du chien enragé, aux brames du cerf en rut, le garçon jappait et bramait tout en frappant les murs de sa main valide, en les martelant du poing, et il titubait dans la cahute dont il suivait le périmètre, butant contre les meubles et les renversant pour suivre la forme de ce pourtour.

Sa plaie puait. D'impressionnantes marbrures couraient sous sa peau, à partir de la main et du poignet incolores jusqu'au creux du coude. Le chasseur posa son crayon, lut : *Ciel invisible, blizzard établi.* Il envisagea d'écrire : *Je ne saurais dire si ce garçon comprend le moindre langage*, se ravisa, se rappela qu'il n'avait tenu aucune chronique de la maladie de son frère. Se rappela aussi qu'il se trouvait inexplicablement perturbé de n'avoir presque rien écrit à propos du garçon. Lequel, reprenant des forces à sa manière frénétique et incompréhensible, déconcertait le chasseur, le laissait perplexe, tout comme le fait que ce garçon n'avait pas de nom, ou alors, s'il en avait un, c'était un nom que le chasseur ignorait. Chose qui, pour le chasseur, était aussi désagréable que le fait de ne pas avoir de nom, aussi pénible que le fait d'être moins qu'un chien, un cheval ou un chat, certainement moins qu'un être humain.

Jordan, dit le chasseur, mais le garçon ne s'arrêta pas, peut-être même n'entendit-il pas le chasseur prononcer le nom de son frère défunt, le nom de ce fleuve lointain en une terre sainte si éloignée qu'elle en devenait, du moins aux yeux du chasseur, inimaginable. Jordan, répéta-t-il avec aussi peu d'effet, en sachant très bien que le garçon déclinait, que l'odeur qu'il dégageait était celle incontestable de la mort. Le garçon battit l'air pour rejoindre son recoin et, tel un chat noyé dans un sac, s'y laissa couler. Il se mit lui-même au tapis, se cogna la nuque contre le mur. Et puis le chasseur referma avec soin son grand carnet, en lissa des doigts la couverture, déclara : Je vais pas pouvoir t'enterrer correctement, sans que tu aies un nom et puis à cause de cette terre gelée en profondeur, alors je ferais mieux d'essayer de te sauver.

Il alimenta le feu dans le poêle, posa dessus une bouilloire d'eau, s'assit en présentant au garçon son profil intact, attendit que la bouilloire chante. Alors il versa le liquide fumant dans une grande tasse où il avait mis du whisky et de la mélasse, juste assez d'eau bouillante pour faire fondre la mélasse, en sachant que la soif terrible du garçon tolérerait même ce breuvage. Le chasseur posa la tasse par terre près de lui et dit : Bois.

Le garçon finit par tendre la main vers la tasse. Il

cracha la première gorgée, garda la deuxième, engloutit le restant, reposa la tasse par terre et d'un coup de pied l'envoya valser. Le chasseur la récupéra, la remplit du même mélange, s'approcha du garçon et cette fois posa le rebord de la tasse contre les lèvres du garçon. Et le blessé but encore. Après la troisième tasse le garçon laissa sa tête baller, ses genoux, ses coudes et ses poignets se ramollirent. Il se mit à ouvrir et fermer la bouche comme un poisson, il gargouilla et la sueur dégoulina de sous son bonnet.

Le chasseur fut surpris par le poids du garçon lorsqu'il l'allongea par terre, l'étendit de tout son long tel un cadavre. Il chauffa sur le poêle la lame d'un couteau tranchant, attendit qu'elle luise pour l'arroser de whisky. La lame grésilla, puis le chasseur rejoignit le garçon et s'accroupit auprès de lui, écarta les lambeaux de peau noircis autour de la plaie, plongea le couteau dans la croûte suintante, la chair fibreuse, les sombres caillots situés tout au fond. Le garçon gémit, roula les yeux sous ses paupières closes. Avant de continuer, le chasseur attendit que le garçon se fût calmé, puis il découpa des bandes de pourriture sans jamais trouver une chair propre, saine, même quand le sang se mit à colorer la lame. Très bien, fit le chasseur en découpant une croix sur la paume du garçon, qu'il pressa ensuite entre ses doigts en regardant un pus à l'odeur fétide remonter violemment à la surface. Puis il rinça à l'eau bouillante la main du garçon, la peau blanchissant alors autour de la plaie. Un cri étouffé monta du fond de la gorge du garçon, qui ouvrit les yeux et, agitant les bras en tous sens, s'écarta comme un poivrot de ce fouillis détrempé et du chasseur, regarda comme un poivrot sa main et ce qui en coulait, puis émit un autre hurlement à glacer le sang.

Le chasseur mit dans une casserole une bonne cuillerée de graisse de bacon, la fit bouillonner, y mêla une large rasade de whisky, s'approcha du garçon dès qu'une fois encore il parut inconscient. Alors qu'il inclinait la casserole, le garçon revint à lui, la douleur de la brûlure fut terrible et en poussant un rugissement il fit valser la casserole des mains du chasseur, en projetant de la graisse fondue dans toutes les directions. Le chasseur recula tandis que la garçon tentait de se lever. Mais parce qu'il en était incapable, il ramena les genoux vers son buste comme pour se protéger, fusilla le chasseur d'un regard vague de dément. Le chasseur se servit alors une rasade de whisky, vida son verre d'un coup et avec reconnaissance, puis sortit nourrir ses chiens.

## *Vingt et un*

Ils marchèrent à partir de l'affût non pas en file indienne mais l'un à côté de l'autre en suivant le rythme régulier et implacable de Galen malgré la fatigue de Jamie, et dans le brouillard blanc chacun s'habitua à ne voir que l'autre et le chien – qui s'arrêtait parfois pour s'ébrouer et se débarrasser de sa carapace de neige – les sapins apparaissaient et disparaissaient au fil de leur progression, les bouleaux, érables, frênes et chênes émergeaient amincis par la neige qui les recouvrait. Leurs cils et leurs sourcils étaient aussi blancs que leur haleine, leurs raquettes pesaient aux pieds. Sans en parler, Jamie et Galen espéraient que ce blizzard tiendrait Harlan à distance; sans en parler non plus, tous deux savaient que rien ne dure toujours et que la fin du blizzard marquerait aussi celle de leur aventure partagée. Alors Galen retrouverait son existence solitaire et garderait avec plus de vigilance qu'auparavant les portes de son monde privé, s'enfouirait plus profondément dans le regret à cause du départ de Jamie; et la jeune fille partirait pour nulle part, n'importe où, ces deux choses revenant au même, ne gardant rien sinon le chien et apprenant seulement à enfouir au fond d'elle-même le regret. Ils avancèrent dans la tempête de neige comme s'ils étaient les deux derniers habitants de la planète, avancèrent dans l'immédiateté de cet instant qui les avait réduits à l'os, au tendon et au souffle, arrivèrent sur la petite butte d'où ils réussirent à peine à discerner le manège, puis, épuisés, n'eurent pas la présence d'esprit de remarquer devant eux le chien qui du museau tâtait un monticule là où il n'y avait jamais eu le moindre monticule. Alors Galen ralentit, s'arrêta, saisit le bras de Jamie, fit *Oh mon Dieu* d'une voix si bouleversée qu'elle leva les yeux et vit le chien dont les pattes s'activaient frénétiquement sur le monticule de neige, elle cria et se mit à courir vers lui malgré ses raquettes, Galen essayant de la retenir, lui disant de rester là où elle était, tous deux allant de l'avant en s'agrippant l'un à l'autre, tous deux redoutant le pire, que sous ce monticule ne gît le corps gelé du garçon.

Ils ne remarquèrent pas les chevaux de bois démolis, ils ne pouvaient pas encore voir aussi loin que le chalet vandalisé. Ils tombèrent à genoux, écartèrent le chien, plongèrent leurs mains, palpèrent et virent la fourrure au même instant. Jamie retira alors ses mains de la neige, Galen déblaya le renard, vit la blessure par balle, remarqua la queue absente, dit *Harlan* à l'instant précis où elle remarqua le manège détruit. Quand Galen le découvrit à son tour, il la poussa dans la neige, approcha les lèvres de l'oreille de Jamie, lui dit de rester là où elle était, *couche-toi*, lui demanda de tenir le chien, avant de se débarrasser de son sac à dos et de ses raquettes, puis de se relever; il pataugea vers la maison en se tenant accroupi jusqu'à ce qu'il fût assez près pour voir les fenêtres brisées, la porte à demi ouverte, le verrou explosé et la neige qui entrait à l'intérieur. Il perdit courage avant même d'atteindre la véranda, car il devinait l'impression de viol qu'il allait ressentir, le chaos qu'il allait découvrir. Ce qu'il ressentit, et découvrit. Ressentit aussi sa propre humiliation, son amoindrissement, la rage impulsive de Harlan lui ôtant non seulement ses maigres biens, mais aussi toute sa résolution, cette résolution – vivre à sa manière, paisiblement, sans déranger personne, en se suffisant à soi-même, avec toute la dignité à laquelle il avait droit comme n'importe qui – désormais bafouée, piétinée, anéantie. Galen entra dans le chalet, en ressortit, retourna auprès d'elle et du chien en manifestant un mutisme désespéré qui fit aussitôt se relever Jamie.

Il dégagea seul la carcasse du renard, la traîna vers une cabane, le chien tournant autour de lui, pendant que Jamie prenait les raquettes de Galen, allait vers le chalet, y entrait, voyait ce que Galen avait vu, ôtait son sac à dos, ressortait chercher celui de l'homme et le rapportait sur la véranda. Alors elle commença là où Galen ne le pouvait pas, elle commença parce que Galen ne le pouvait pas. Jamie retira du poêle à bois la farine à demi solidifiée, elle nettoya l'intérieur répugnant du poêle, réussit à y faire démarrer un feu. Elle passa en revue tout ce qui jonchait le sol, tria en tas les choses irrécupérables et celles qui ne l'étaient pas, ramassa les conserves cabossées et toutes les assiettes, tasses, verres qui n'étaient ni brisés ni fendus, balaya les morceaux de faïence et les grains de riz épars, gratta sur le plancher les flaques solidifiées de ketchup, vinaigre, mélasse, sirop, y passa la serpillière. Galen n'était pas là, le chien non plus, le courant d'air entrait si fort par les fenêtres et la porte ouverte que Jamie ne sentait pas le moindre soupçon de chaleur, même quand le feu se mit à rugir dans le poêle.

Galen vida le renard dans une cabane, lança par terre au chien le foie, le cœur, les reins et l'estomac. Le chien hésita, approcha le museau de ces viscères, finit par mordiller avec délicatesse les organes internes du renard, comme s'il s'offusquait poliment de ce cannibalisme canin. Galen regarda, se rappela une remarque de son compagnon de cellule : *Il paraît que c'est un monde de chiens qui s'entredévorent, mais j'ai jamais vu ni même entendu parler d'un chien mangeant un autre chien. C'est simplement les humains qui parlent d'eux-mêmes.* Alors Galen cessa de regarder ce chien qui mangeait presque avec mignardise, il suspendit la carcasse du renard à un crochet, il resta là car il ne supportait pas la perspective de retourner au chalet, il resta là jusqu'à ce qu'il sût ce qu'il devait faire : arracher le placage en bois d'une écurie, d'une cabane ou d'un appentis, scier ce placage à la main pour le débiter en planches calibrées et les clouer aux fenêtres, rester hors du chalet.

Et c'est ce qu'il fit. Il scia des planches à la taille adéquate et les cloua aux fenêtres sans entrer une seule fois à l'intérieur, sans adresser un seul mot à Jamie. Quand il eut terminé, il retourna vers les écuries et les cabanes, choisit un vieux verrou, l'arracha à une porte, répara de son mieux la porte du chalet endommagée, puis il n'eut d'autre choix que de fixer ce verrou de l'intérieur. Il franchit alors le seuil, constata qu'elle avait commencé de brûler des morceaux de chaises brisées, remarqua qu'elle avait posé les raquettes contre le mur à l'endroit du patchwork tissé, étalé sur le canapé lacéré la moitié propre d'une couverture qu'elle avait déchirée en deux, tendu à travers la pièce la corde qu'il avait transportée dans son sac à dos, et que debout devant l'évier elle allait laver les nombreuses chemises souillées par Harlan, il vit aussi que le sac à dos de Jamie n'était même pas défait. Il ajusta le verrou, se campa sur le seuil de la porte ouverte.

Galen, dit-elle en lui tournant toujours le dos, ferme cette porte.

Il ferma la porte et la verrouilla, puis resta là où il était. Lorsque la pièce se fut réchauffée, il ôta son blouson, rejoignit son sac à dos à l'endroit où elle l'avait rangé, y fouilla à la recherche de son tabac, roula et alluma une cigarette, retourna près de la porte et s'y appuya, regarda Jamie. Il faisait des ronds de fumée comme s'il s'ennuyait, comme s'il traînait contre le bastingage tribord durant une croisière tropicale parce qu'il était las de la mer, du navire, de la monotonie du voyage. Puis, l'air dégoûté, il écrasa la cigarette par terre, sur le plancher que la jeune fille venait de laver.

Tu ne peux pas tout remettre en ordre, dit-il.

Elle essora une chemise et se retourna, lui fit face, tenant ce vêtement devant elle comme si elle était nue et que ce seul linge lui conférait un semblant de pudeur, comme si elle ne savait pas quoi faire maintenant.

Arrête, lui dit Galen, arrête tout ça.

Pourquoi ?

Il ouvrit les mains en un geste de futilité. Parce qu'il est inutile de réparer ce qu'on ne peut pas réparer.

Ça ne me dérange pas.

Non, dit-il d'une voix pleine de remords, d'une voix qui se brisait, *ne me dis pas* que ça ne te dérange pas. Ce n'est *pas* chez toi, ici.

Jamie ouvrit les mains, laissa tomber la chemise trempée, elle la laissa tomber par terre, avec une expression de défi, de provocation dans les yeux et sur son visage tuméfié, dans son menton relevé et dans tout son maintien tandis qu'elle avançait avec sa démarche splendide, ses épaules incroyablement rejetées en arrière et elle-même incroyablement mince, à la fois compacte et fluide, sa manière de glisser vers lui avec cette énergie souple, cette grâce, même si elle avait les chevilles à vif et très mal aux pieds. Elle traversa la pièce. Puis les bras de Jamie furent autour du cou de Galen, son visage trouva le creux d'une épaule, son souffle réchauffa le cou de l'homme.

Non.

Serre-moi, Galen.

Il tenta d'écarter les bras qui l'enserraient. Les mains de la fille étaient dans ses cheveux et elle se dressa sur la pointe des pieds pour que sa bouche puisse atteindre l'oreille de l'homme, puis le cou juste sous l'oreille, alors il se trouva accroché à Jamie comme à la vie elle-même, les sanglots grossirent, jaillirent comme autant d'explosions, jusqu'à ce qu'il ne lui reste plus rien, qu'il soit vidé de cette souffrance dont il craignait qu'elle ne revînt goutte à goutte en lui, pour le remplir à nouveau, car il était privé de tout avenir et l'on venait de le ramener vers les profondeurs de son passé. Puis elle se dégagea, recula d'un pas, essuya doucement le visage de Galen, l'embrassa, lui prit la main. Ils défirent les sacs de couchage qui étaient toujours attachés à leurs sacs à dos, ouvrirent les fermetures éclair, puis les étendirent l'un sur l'autre par terre entre le canapé et le poêle à bois. Elle s'assit et lui tendit la main, non pas comme dans les montagnes Galen avait tendu la main pour saisir celle de Jamie – à la manière dont un marcheur aide un compagnon à franchir un abîme ou à monter sur une vire, en un geste parfaitement impersonnel – car il n'y avait aucune réserve dans cette main tendue, aucune distance entre eux. Galen ne s'était jamais senti aussi fragile, désespéré. Il laissa Jamie lui prendre la main, s'assit près d'elle. Elle tourna la paume de l'homme vers le plafond, l'examina comme fait une diseuse de bonne aventure, en suivit les lignes, referma les doigts de l'homme entre les siens.

Le moment est venu que je te demande quelque chose.

Jamie...

Viendrais-tu avec moi ?

Galen secoua la tête, conscient des fenêtres bouchées, de la chaleur irradiante, de la faim qui le tenaillait depuis des heures déjà. Tout est fichu, commença-t-il sans pouvoir continuer, ses défenses et son bon sens ébranlés, et déjà cette angoisse née de ce qui aurait pu être et qui ne serait jamais, cette angoisse née du savoir que, s'il la refusait maintenant, il ne la verrait jamais devant ce chalet par une nuit de parfait clair de lune, les ondulations de la neige scintillant au-delà de Jamie et la lueur de la lune dans ses cheveux, saupoudrant légèrement ses minces épaules et découpant avec netteté sa silhouette gracile : déjà cette angoisse.

Galen, viens avec moi, dit-elle.

Il secoua encore la tête.

Nous partirons aussi loin que nous le pourrons, ajouta-t-elle, aussi loin que nous le devrons, jusqu'à ce que nous puissions faire demi-tour. Et revenir ici.

Galen remonta ses genoux, les serra entre ses

bras, posa le front dessus pour ne pas la regarder. Il n'y a rien, réussit-il enfin à dire, vers quoi revenir.

Au printemps. Ou en été. Alors nous reviendrons. Je t'aiderai au chalet, dans le jardin. Tu pourras recommencer.

Il leva la tête, dit : Je te perdrai de toute façon – tu m'auras déjà pris en pitié, et alors tu partiras.

Jamie prit le visage de Galen entre ses mains. Non, lui dit-elle, tu te trompes. Et alors je te demanderai un cheval.

*

Galen se réveillait chaque fois que Jamie bougeait, il retenait son souffle, s'allongeait contre le corps filiforme de la jeune fille dès qu'elle était de nouveau immobile, la serrait dans ses bras, goûtait sa peau, respirait ses cheveux, s'étonnait de la douceur de sa bouche, de l'infini qu'il venait de découvrir en elle. La chaleur restait dans le chalet, le chien rêvait ses rêves de chien et gémissait.

Ils n'avaient pas parlé de l'endroit où ils iraient. Il s'en moquait, car c'était désormais sans importance : ce qui comptait c'était d'être avec elle. Dès que le temps le permettrait, ils se rendraient à Dyers Corner, où Galen avait l'intention de retirer de son compte tout l'argent qu'il pourrait, le reliquat de la police d'assurance-vie de son père, assez pour louer les services de quelqu'un qui les conduirait ailleurs, où il pourrait louer un appartement pour eux deux, trouver du travail, attendre – comme elle disait – la fin de l'hiver et – pensait Galen – échapper au destin en mettant derrière eux le garçon et Harlan. Et si jamais elle disait *Non, ne nous arrêtons pas ici, ne nous arrêtons pas encore. Viens avec moi,* il songea qu'il la suivrait en direction du soleil levant ou du soleil couchant, si tel était le désir de Jamie, car il préférait vagabonder en restant dans les pas de la jeune fille plutôt que de commencer de réfléchir à la manière de lui tourner le dos. Et il se dit que les années qui les séparaient déjà ne signifiaient rien, que ce qui les reliait ne diminuerait pas, ne s'épuiserait pas, était assez fort pour supporter l'érosion du temps. Il se dit que s'ils étaient de nouveau attirés vers ce lieu au printemps ou en été, s'ils recommençaient ici, ce serait parce que le destin en avait décidé ainsi.

Il se dit : Elle aura un cheval. Peut-être deux.

*

D'un baiser Jamie le réveilla. Galen ouvrit les yeux et, à cause des fenêtres aveugles et des lumières éteintes, ne sut pas si au-dehors il faisait nuit ou jour.

Dis oui, chuchota-t-elle.

Il ferma les yeux, soupira, la taquina : Tu es mineure, Jamie.

Dis oui.

Oui.

## *Vingt-deux*

Le cerveau bouillonnant de bulles argentées qui montaient vers la surface, le bras brûlant, en feu, le garçon fila dans le coin de la pièce, tomba à genoux, se cogna durement le front contre le mur pour faire voler la douleur en éclats, envoya une onde de choc dans son crâne et bouleversa l'ordre des bulles, se cogna encore le front et s'aperçut que c'était agréable, vit des éclairs lumineux lui zébrer la rétine. Le chasseur s'approcha de lui avec un tissu glacé, repoussa le bonnet du garçon au-dessus de son front, posa le tissu sur le visage enfiévré, mais le garçon gronda et l'écarta comme s'il se débarrassait d'un voile, vit comme de très loin le chasseur regarder le fleuve verdâtre et noir qui courait le long du bras mince, partait de la main empoisonnée et suivait les veines incolores juste en dessous de la surface d'une peau boursouflée et pustuleuse. Le chasseur recula quand le garçon arqua le dos et se jeta en avant, percuta encore le mur, et il laissa le tissu par terre près de l'endroit où le garçon assis dégageait une odeur immonde, rejoignit la porte et l'ouvrit sur un univers de neige pétrifiée, de lumière diaphane et de ciel céruléen, dégagea un chemin parmi les congères sculptées par le vent jusqu'à l'enclos des chiens, puis revint, remarqua la tiédeur de l'air, la fonte déjà évidente de la neige, pensa à noter *Températures printanières, ciel clair*, et nourrit les chiens, resta debout tandis qu'ils cabriolaient autour de lui et que le garçon rampait jusqu'au seuil de la cahute, roulait dehors et roula jusqu'à ce qu'il réussisse à se caler dans la neige et, incliné, en prenne une pleine poignée dans sa main valide, en recouvre sa plaie et son poignet et son avant-bras avant de remarquer les chiens, le chasseur, l'enclos. Et puis hurla comme un loup.

Il est fichu, dit le chasseur à voix haute.

Le chasseur finit par ramener le garçon à l'intérieur en se battant avec lui, il le traîna jusque dans son recoin, s'attela à la préparation du petit déjeuner. Il posa la poêle à frire sur le poêle et y mit une cuillerée de graisse, jeta un coup d'œil en biais vers le garçon qui regardait autour de lui, bouche bée et sans comprendre. Je nous prépare quelque chose à manger, Jordan, lui annonça le chasseur, mais les yeux du garçon n'enregistraient rien et le chasseur attendit que la graisse grésille sans accorder la moindre attention au garçon, lequel se remit sur pied avec difficulté, resta un moment à chanceler dans son coin, fit un pas en avant, puis un autre, arriva près du chasseur. Tu dois avoir faim, fit ce dernier alors que le garçon tendait la main vers la poêle et s'emparait du manche.

Le garçon frappa le chasseur à toute volée, la poêle rebondit sur le crâne. Quand le chasseur encaissa le deuxième coup, il s'effondra comme victime d'une fatigue soudaine, s'assit par terre et lorsque le troisième coup s'abattit sur sa tête il bascula, le garçon agitant les bras et en pleine confusion, son cerveau bouillonnant de plus belle, il lâcha la poêle, perdit l'équilibre et dans sa chute brisa la nuque du chasseur. Alors le garçon retourna en rampant vers son coin, s'assit et se frappa plusieurs fois le front contre le mur jusqu'à ce que des échardes se fichent dans son crâne.

Un peu plus tard – même si le garçon ignorait qu'un temps quelconque eût passé, car il ne connaissait rien au temps – il ramassa son bonnet par terre et le tira très bas sur son front, respira par la bouche, écouta les chiens aboyer. Il rejoignit la porte à quatre pattes, se mit debout, sortit en chancelant, regarda ses jambes comme si elles ne lui appartenaient pas. Sans rien remarquer de la profondeur inégale de la neige ni de la terre qu'elle recouvrait, il s'éloigna d'un pas vacillant, suivit aveuglément la pente qui descendait au-delà de la cahute, laissa loin derrière lui les chiens et leur vacarme.

## *Vingt-trois*

Galen regarda Jamie, qui lui tournait le dos, mettre un t-shirt, un pull par-dessus et enfiler le jean au drapeau américain cousu à l'envers sur la fesse. Margaret avait surnommé ce vêtement le jean du 4 Juillet de Jamie, et Galen sourit à part soi à ce souvenir, Margaret lui rapportant que Jamie lui avait demandé si elle allait à Dyers Corner pour la fête du bicentenaire, ajoutant que cette question avait enfoncé, selon l'expression de Margaret, tous les mauvais boutons. Je lui ai dit, raconta Margaret à Galen, que des chevaux sauvages ne pourraient pas me forcer à célébrer une chose pareille, car il était ignoble de mentionner les pères fondateurs, qui se retourneraient sans doute dans leur tombe, car si jamais ils se relevaient d'entre les morts ils ne reconnaîtraient même pas ce pays comme étant celui qu'ils avaient créé, dont les principes avaient été sinon oubliés, du moins déviés et contournés. Car cette nation avait détruit trop de vies – je lui ai cité Cuba et l'embargo, je lui ai cité le Chili et Allende, les dictateurs argentins, boliviens et uruguayens, la moitié de l'Amérique centrale, je lui ai cité le Vietnam, presque soixante mille morts américains et trois millions de morts vietnamiens, je lui ai cité la Savak – et je m'en suis pris au nombre incalculable d'escroqueries répugnantes organisées au nom du combat contre le communisme, une référence que j'ai seulement mentionnée parce que je croyais qu'elle en avait entendu parler. Et même si, voilà deux ans, nous avons viré un Président criminel – qui a été aussitôt pardonné, merci bien pour le concept de *la justice pour tous* dans un pays sans loi – rien n'a changé. Quelque part en chemin nous sommes devenus un peuple doté d'une mémoire aussi longue que mon petit doigt, qui a développé un talent unique pour les souvenirs inexacts, lesquels sont pires que l'amnésie pure et simple. Et tout au long de mes vitupérations elle reste parfaitement impassible, son expression ne trahit ni l'approbation ni le désaccord, rien dans sa posture ne me dit que je la mets mal à l'aise, rien ne me révèle que je la touche au vif. Si bien qu'en fin de compte, jugeant que je l'avais mal jugée, jugeant qu'elle n'avait jamais entendu parler ni de Cuba ni du Chili ni du Vietnam, je lui ai dit que les défilés et les feux d'artifice de ce spectacle bon enfant n'arriveraient pas jusqu'à Dyers Corner, et qu'il y aurait au mieux l'habituelle et désolante procession de citoyens brandissant des drapeaux. Et puis, ajoutai-je, pas de chars. A ce moment-là, si maîtresse d'elle-même qu'elle en semblait presque indifférente, Jamie m'a dit : Je pensais juste – ce *juste*, souligna Margaret – je pensais juste que ce serait sympa de manger des hot-dogs.

Galen avait alors souri, secoué la tête, demandé : Finalement, tu y es allée avec elle ?

Après cette remarque, dit Margaret à Galen, bien sûr que j'y suis allée. Et ç'a été formidable, le mieux n'étant pas le défilé, qu'elle a regardé avec une grande attention, ni même les hot-dogs, mais le fait qu'elle portait ce jean au drapeau américain cousu à l'envers. Il n'a pas tout à fait provoqué une émeute, mais il n'est pas non plus passé inaperçu.

Jamie, fit Galen. Margaret adorait ce jean.

Elle se retourna, baissa les yeux vers son pantalon, releva la tête, sourit à Galen. Eh bien, lui dit-elle, moi aussi.

Tu es prête.

Elle acquiesça, son sourire grandissant. Toi aussi.

Presque, répondit-il.

*

Galen condamna de l'extérieur la porte du chalet pendant que Jamie et le chien attendaient, puis ils s'éloignèrent à pied du chalet, le chien devant eux, s'arrêtant parfois afin de se retourner vers eux comme pour vérifier qu'ils étaient toujours là. Galen dit seulement à Jamie qu'ils allaient parcourir avec les raquettes les trois kilomètres qui les séparaient de la route – laquelle était à son avis déjà déblayée – puis ils les ôteraient, les transporteraient jusqu'à la cahute du chasseur et les lui confieraient, avant de marcher jusqu'à Dyers Corner ou de s'y rendre en stop. Jamie riait dans le soleil, plissait les yeux face à l'éclat de la neige, portait parfois une main à son front pour ne pas être aveuglée par la lumière, s'esclaffait quand des geais métamorphosés en hiéroglyphes par le décor s'envolaient de branches couvertes de neige, leur couleur semblable à celle du ciel. Son sac à dos contenait un pull et deux t-shirts, les seuls vêtements qu'elle possédait désormais en dehors de ceux qu'elle portait, elle franchissait les congères à côté de Galen et lui tenait la main malgré le mal qu'elle avait à avancer en raquettes tout près de lui, elle coulait des regards vers le visage anguleux de son compagnon, elle se réjouissait du sourire qui s'attardait à la commissure des lèvres de Galen à cause de ses propres attentions, elle ignorait qu'il était presque perdu dans la contemplation émerveillée de cette matinée, de la nuit dernière, de la journée de la veille, de la nuit d'avant, de tout ce qui s'était passé depuis qu'ils avaient étendu ces sacs de couchage sur le plancher entre le canapé et le poêle à bois. De ce que cela faisait d'être ensemble.

Alors elle apparut, à peine visible : la route, la libération. Jamie adressa un regard rayonnant à Galen dès qu'elle la vit, sachant qu'elle les emmènerait jusqu'à Dyers Corner et au-delà, loin de l'endroit où sa mère était née, où ses grands-parents avaient vécu et étaient enterrés, où Damon (si bien effacé par Galen qu'on eût dit qu'il n'avait jamais existé) vivait désormais avec sa femme. Elle voulait que la route les emporte loin de Harlan et du garçon – qui étaient déjà presque irréels à ses yeux, des fantômes qu'elle espérait ne jamais revoir – et peut-être même l'éloigne de toute affliction, l'entraîne au-delà de la perte de sa mère et de Margaret, qui en temps voulu deviendraient aussi peu substantielles qu'un lambeau de rêve. Elle avait déjà oublié le receveur des postes, elle ne saurait jamais qu'il l'avait attendue très exactement jusqu'à la veille, quand il se débarrassa d'une vieille boîte à chaussures remplie de photographies, la mit dans la poubelle des Quatre Coins avant d'annuler la location de la boîte aux lettres de Jamie (dont le paiement était très en retard) ; ne saurait jamais que le receveur des postes, jusqu'au jour de sa mort, resterait hanté par le souvenir de la grand-mère de Jamie, qui dans l'apparition de cette petite-fille se matérialisa un jour très concrètement devant lui, en chair et en os, comme si le temps s'était inversé avec une ironie cruelle pour ramener sur terre la seule femme qu'il eût jamais aimée, lui rendre sa jeunesse et en même temps la déguiser, l'affubler de ces frusques dérisoires qu'il détestait – ces chemises d'ouvrier usées jusqu'à la corde, ces t-shirts trop grands, ces pulls informes, ces blousons en toile de jean et ces pantalons à pattes d'éléphant portés par toute une génération en un parfait conformisme, comme s'ils avaient tous choisi selon un accord tacite de porter un uniforme – et ces vêtements servirent leur but, ils lui rappelèrent que cette fille n'était pas sa grand-mère, seulement son portrait craché et son homonyme. Ainsi s'en vit-il une fois encore privé.

Lorsque Jamie et Galen retirèrent leurs raquettes, elle mit la laisse au chien, fit ses premiers pas sans entrave sur la route, éclata de rire en sortant du passé avec souplesse par quelque déchirure de l'univers, s'échappa de cet interlude glissé entre son départ de sa ville natale et ce qui adviendrait maintenant, s'engagea dans l'avenir avec Galen et le laissa les guider. Ils entendirent les chiens longtemps avant de même arriver à proximité de la cahute du chasseur, tel un hululement lointain, mélancolique et sonore, qui devint plus distinct et désespéré à mesure qu'ils avançaient. Galen finit par s'arrêter, il se retourna pour la regarder d'un air perplexe. Il fronça légèrement les sourcils en tendant l'oreille, déclara : Quelque chose ne va pas.

*

Harlan – d'une humeur massacrante après s'être fait traiter d'enculé de bon à rien par le ferrailleur et de pire encore par Ada quand il eut enfin reconnu (après avoir déblayé leur chemin, et ça lui restait en travers de la gorge) qu'il avait perdu la trace du garçon, de cette fille et de son chien, de Galen aussi – abattait les paumes sur son volant tout en roulant sans but à une vitesse très excessive. Il aperçut le cerf dans un angle de son champ visuel alors qu'il passait devant, enfonça la pédale des freins dans un virage et, malgré le brusque dérapage des roues arrière, il regarda dans son rétroviseur et vit le cerf traverser d'un bond la route derrière lui, marquer une pause infime sur le talus du bas-côté, puis filer, disparaître dans la forêt. Harlan enclencha la marche arrière et recula, se gara au bord de la route et arrêta le pick-up, coupa le contact. Il tendit le bras vers son fusil, ouvrit la portière et descendit en un seul mouvement fluide, rejoignit l'endroit où le cerf avait quitté la neige du talus, franchit le monticule, fit quelques pas puis s'immobilisa, retint son souffle, scruta la forêt, tendit l'oreille. Alors il le vit : de l'ambre. De l'ambre entre le gris et le noir, entre un rocher et un tronc, suffisamment d'ambre pour garantir un coup au but. Harlan épaula le fusil, visa la tache ambrée, appuya sur la détente, la crosse du fusil lui rentrant alors dans l'épaule et l'ambre, le cerf, disparaissant, aussitôt disparu. Il entendit des bruits de branches brisées, puis plus rien, il rejoignit en courant l'endroit où le cerf s'était trouvé quand il lui avait tiré dessus, avisa les éclaboussures vermillon qui maculaient la neige, sut que le cerf était assez grièvement blessé pour finir par s'épuiser, tomber à terre. Harlan maudit la profondeur inégale de la neige, cette traque qui allait l'emmener vers le bas de la pente – moyennant quoi il lui faudrait ensuite hisser la dépouille du cerf jusqu'à la route – et il descendit, en direction du lac de retenue, dans les traces du cerf.

*

Galen essayait de maîtriser son angoisse tandis qu'ils approchaient de la cahute du chasseur, il essayait de ne rien trahir de son malaise, feignait le calme et continua de le feindre même quand le chien de Jamie devint si turbulent et excité que la jeune fille devait faire appel à toutes ses forces pour le retenir. Les hurlements lugubres des chiens étaient sans fin. Alors ils virent l'enclos, les chiens en proie à un chagrin sauvage, la cahute à la porte grande ouverte, et nul signe du chasseur.

Galen s'arrêta, dit à Jamie d'attendre, de bien tenir le chien, puis il prit les deux paires de raquettes et entra dans la cour du chasseur, en se retournant une seule fois pour constater que Jamie avait réussi à convaincre le chien de s'asseoir et qu'elle le tenait par le collier autant que par la laisse. Alors qu'il s'approchait de la cahute, Galen parla aux chiens pour les calmer mais sans résultat, puis il appela le chasseur par son nom au-dessus de la cacophonie canine, marcha jusqu'au seuil. Une vague de chaleur étouffante l'accueillit et, quand ses yeux se furent habitués à la pénombre de la pièce, il discerna la table, les chaises, le poêle, avant que le choc ne le frappe de plein fouet, fasse imploser puis exploser son souffle. Il lâcha les raquettes et sans même s'apercevoir qu'il avait bougé il se retrouva à genoux à côté de la forme écroulée du chasseur, sur le visage du mort la cicatrice violacée plus sombre qu'elle ne l'avait jamais été, les yeux vitreux, son crâne défoncé suintant.

Galen vomit, se releva en chancelant. Il resta là, tremblant de tous ses membres, ne sachant que faire et sachant aussi qu'il n'y avait plus rien à faire. Quand Jamie cria son nom, Galen rejoignit la porte en vacillant, s'accrocha d'une main au chambranle pour assurer son équilibre, se trouva sans voix. Les chiens sautaient follement, rebondissaient sur le grillage, aboyaient. Quand Jamie franchit le talus de neige, son chien essaya de se libérer en poussant un gémissement presque humain, il la fit tomber à genoux dans la neige, la traîna, si bien qu'elle ramena l'animal vers elle et lui ôta sa laisse, Galen incapable de crier *Non, non, non.* Il leva le bras comme pour arrêter la circulation, mais le chien fila près de ses jambes et Jamie vint vers lui, elle approchait régulièrement, si bien que la seule chose qu'il réussit à faire pour l'arrêter fut de courir vers elle. Il la renversa presque, lui fit décoller les pieds du sol, la serra très fort contre lui pour l'empêcher de rejoindre la cahute du chasseur, mais son silence, son étreinte la plongèrent dans la panique et elle se débattit, elle tenta de se libérer en lui martelant le bras, en agitant violemment les jambes, en criant *Qu'est-ce qui va pas? Qu'est-ce qui va pas?* Alors il s'entendit parler au-dessus du vacarme, sa propre voix étrange, ses mots frénétiques : Appelle le chien, Jamie. *Rappelle le chien!*

Que s'est-il passé? s'écria-t-elle sans plus lutter contre lui, sans plus lutter du tout. Où est le...

*Appelle le chien.* Galen la lâcha, il arracha son propre sac à dos, il tendit la main vers celui de Jamie et entreprit de le lui ôter sans ménagement, avec un air sauvage. Jamie le regarda comme s'il avait perdu la raison, puis elle se débarrassa de son sac à dos, le laissa tomber à terre, cria le nom du chien, cria encore.

*Prends la laisse*, dit Galen d'une voix toujours aussi étrange et frénétique, puis il saisit Jamie par la manche de son blouson et tira – car il ne voulait pas qu'elle entre dans cette cahute, il ne voulait pas qu'elle voie – il l'entraîna à l'écart, en se hâtant et en trébuchant dans la neige inégale, pour essayer de traquer très vite le garçon, fonçant dans les congères et s'y enfonçant parfois jusqu'aux cuisses, sans perdre un seul instant. Jamie faisait de son mieux pour suivre l'allure infernale de Galen et elle réussit enfin à dégager son bras pour pouvoir le suivre sans tomber. Galen continuait à grandes enjambées, appelant toujours le chien par son nom, Jamie suivait tant bien que mal, la pente était de plus en plus raide, la profondeur de la neige variait sans cesse, diminuait souvent, jusqu'à ce qu'ils arrivent presque au bord du lac de retenue où, hors d'haleine, déséquilibrée, Jamie trébucha et s'étala de tout son long, se releva et à cet instant le vit ; l'immensité aveuglante du lac balayé par le vent, l'affleurement où Galen se dressait déjà, donnant des coups de pied dans la neige, déblayant la neige. Un son inhumain jaillit d'elle : c'était là, c'était l'endroit, et certes pas là où elle avait imaginé le découvrir et sans plus guère d'importance maintenant qu'il n'existait plus la moindre possibilité de pèlerinage en souvenir de sa mère, d'une certaine journée dans leur vie. Alors elle fut à la base de l'affleurement et Galen, tendant la main vers elle, lui saisissant le poignet, la hissant vers le sommet, collant ses lèvres contre l'oreille de la jeune fille et lui disant de sa voix étrange, frénétique : *Siffle, Jamie, appelle le chien. Fais revenir le chien.*

Il la secoua, si bien qu'elle fit ce qu'il dit, elle porta ses mains tremblantes à sa bouche, siffla entre ses doigts deux longues notes sonores, siffla encore, à peine capable de voir à travers la pellicule liquide de ses larmes le garçon sur la glace et le chien courant vers lui, tous deux s'éloignant très loin d'un promontoire peu élevé où s'alignaient des cabanes à glace abandonnées. Alors Galen disparut, ne fut plus sur l'affleurement rocheux mais sur la rive du lac couverte de neige gondolée, puis sur la glace, coupant en diagonale vers la destination présumée du garçon et du chien. Jamie s'essuya les yeux et refoula un sanglot, cria le nom du chien, le cria encore, siffla de nouveau et vit le chien s'arrêter, se retourner, regarder dans sa direction. Elle essaya de siffler encore, les mains toutes tremblantes et les lèvres, la bouche, trop sèches, cria une nouvelle fois le nom du chien, l'animal toujours immobile faisant alors attention à elle et renonçant à la poursuite, commençant à revenir sur ses pas tandis que Galen le dépassait. Jamie descendit tant bien que mal de l'endroit où elle se tenait, se rua vers la berge et le chien qui venait vers elle, Jamie terrifiée par cette curieuse solidité sous la neige qui bordait tout le lac de retenue, terrifiée de marcher à la surface du lac, voyant en double le chien et Galen, et Galen désormais très loin – maintenant sur la glace nue balayée par le vent – d'elle et s'approchant du point où il pensait pouvoir intercepter le garçon, le plaquer, le mettre K.-O., faire le nécessaire pour l'arrêter.

Le chien vola vers Jamie, il vola presque à côté d'elle, mais elle plongea, l'attrapa, cria *Reste* et lui passa la laisse, puis entreprit de tirer le chien vers la rive. Elle ne pouvait pas s'empêcher de dire *Plus vite, plus vite,* ne pouvait rien faire d'autre que de regarder le terrain à ses pieds, incapable de se retourner avant que le chien et elle n'atteignent la neige plus profonde de la berge pentue sous laquelle se trouvait la terre ferme; alors seulement elle se retourna, vit que Galen et le garçon se trouvaient presque au bord d'un long doigt d'eau vive dont la zébrure noire fendait la blancheur stupéfiante du lac de retenue. *Viens*, cria-t-elle hors d'haleine au chien, *viens,* et le chien bondissait dans la neige à ses côtés tandis qu'elle gagnait l'arrière de l'affleurement rocheux, le contournait jusqu'à ce qu'elle trouve un chemin où tous deux pouvaient s'engager, le chien perdant une fois l'équilibre et le retrouvant à coups de griffes, réussissant enfin à atteindre le sommet.

Galen et le garçon allaient entrer en collision tout près de cette étendue d'eau à l'air libre quand le cerf sortit de la forêt, longea les cabanes à glace en chancelant, franchit les derniers mètres de terre ferme, se rassembla et bondit vers la surface du lac, y atterrit les pattes écartées, lutta pour ramener sous son corps ses cuisses et ses pattes avant, se releva avec effort, baissa la tête et se lança dans un trot aveugle en chevrotant, en toussant et en perdant du sang, filant vers Galen, le garçon, cette eau noire, comme tracté vers ces trois choses par quelque câble de remorquage invisible. Et Jamie poussa un cri étouffé en voyant le cerf, en voyant Galen rejoindre le garçon et s'emparer de lui, le faire pivoter si bien que le garçon s'écroula sur le dos, se dresser au-dessus de lui. Elle ne distingua pas le souffle haché et court de Galen, ne sut rien de la pâleur du garçon étendu à ses pieds, de l'état effrayant de la main du garçon ni de ses yeux parfaitement inexpressifs, incolores, presque morts. Galen aspira l'air violemment, hissa le garçon pour le remettre sur pied, le rattrapa sous les bras quand il tituba, s'effondra avec lui sur le côté en le tenant toujours, même quand Galen s'agenouilla et se releva tandis que le cerf blessé avançait toujours vers eux de ce trot épuisé et vacillant. Alors le cerf s'arrêta, pas très loin d'eux – si près qu'en vingt pas Galen aurait pu le rejoindre, le toucher – redressa la tête très haut, regarda derrière lui.

*Non-on-on-on-on*, cria Jamie.

Le coup de feu souleva l'arrière-train du cerf, propulsa l'animal en avant puis sur le côté, et le cri de la jeune fille s'attarda dans l'air le temps que mit Galen à lâcher le garçon, à s'écarter de lui. Le buste de Jamie se contracta, le sang lui martela les oreilles, elle se mit à voir sous des angles variés les silhouettes figées sur la neige, la glace, elle vit l'immensité aveuglante du lac et ce sombre trait d'eau libre ainsi que les deux lisérés couleur perle, vit avec une clarté implacable le garçon allongé sur le dos brandir un bras plié et les cors inclinés du cerf qui gisait sur le flanc, elle vit Galen immobile, Harlan qui marchait vers le cerf. Quand Galen fit un pas en direction de Harlan, leva la main, lui fit signe de s'arrêter, le cerf revint inexplicablement à lui, bougea aussitôt, réussit à se remettre debout et avança en boitant, en traînant derrière lui une patte arrière paralysée, la tête basse, alors elle vit Galen agiter les bras, comme pour écarter le cerf, avertir Harlan. Le cerf s'écroula sous la seconde balle qui lui trancha la moelle épinière, ses pattes se repliant sous lui, son ventre percutant la glace et il roula de nouveau sur le flanc, cette fois à jamais immobile.

*Non-on-on-on-on!* cria encore Jamie. Au loin, Galen tourna la tête pour regarder dans la direction de ce cri, il la vit ainsi que le chien au sommet de l'affleurement rocheux, avant de pivoter et de bondir sur le garçon qui maintenant debout le dépassait et se dirigeait vers le cerf. Jamie entendit Harlan crier quelque chose qu'elle ne comprit pas, vit Galen se figer sur place et le garçon s'arrêter soudain, lever les bras comme s'il s'agissait d'ailes, puis, le visage tourné vers le ciel, décrire un cercle sur lui-même, puis un autre, faisant tournoyer le monde autour de lui et passant d'un pied sur l'autre avec précision et élégance, enchaînant des pirouettes imparfaites mais d'indéniables pirouettes malgré tout, faisant tournoyer le monde devant lui sans savoir quand ni comment cet ultime tour de piste le chasserait tournoyant hors de la vie. Quand la balle le frappa, projeta le garçon dans son ultime révolution avant sa chute, elle entendit Galen crier. Il cria tandis que Harlan s'approchait du cerf et lui tirait une balle en pleine tête, et il continua de crier même après qu'il eut rejoint le garçon, fut tombé à genoux, eut retiré son blouson pour le presser contre la poitrine du garçon, il cria agenouillé près du corps du garçon tandis que Harlan s'éloignait du cerf pour se diriger droit vers Galen et le corps inerte du garçon. Harlan cria une seule fois – cela, Jamie l'entendit distinctement – *La ferme, la ferme!* juste avant que Galen ne se remette debout et marche vers lui.

Jamie ne pouvait pas avoir entendu le bruit mat de la crosse du fusil que Harlan abattit contre la joue de Galen, mais ce bruit la traversa de part en part. Et puis tous les bruits se turent hormis ce déchirement jailli d'elle, Harlan debout et silencieux et regardant vers elle, le cerf et le garçon et Galen allongés, inertes, silencieux, le lac de retenue régnant sans un bruit sur ce qui avait jadis été la vallée, la glace et les eaux du lac silencieuses au-dessus de ces foyers où autrefois les grands-parents de Jamie et le receveur des postes et les autres avaient vécu et ces endroits où autrefois ils avaient enterré leurs morts, silencieuses comme ces rêves que le lac de retenue avait autrefois déplacés avant de les engloutir, le garçon et le cerf et Galen anéantis sur ce néant gelé au silence opiniâtre. Le chien gémit, seul bruit audible jusqu'à ce qu'un grand craquement résonne soudain et que la glace se fissure comme un coup de fouet, se fende, s'incurve.

*Non-on-on-on-on.*

*

Le garçon l'entendit, il entendit le tonnerre de ce craquement – plus assourdissant que celui qui venait de le renverser à terre – et il crut qu'il tournoyait toujours, car devant lui l'horizon bascula et devant lui un cerf couché et une forme humaine allongée et une autre silhouette dressée, à l'ombre obscure, chancelaient ; et lorsque le garçon tomba en lentes spirales descendantes, sa main son poignet son bras cessèrent de brûler et son cerveau cessa de bouillonner et ces mains qui lui pressaient la poitrine cessèrent d'exister, toute lourdeur l'abandonna. Il était sans poids, tourbillonnant, libre, et il ne restait plus rien à distinguer, à comprendre, nul coup sourd et nulle palpitation, nul craquement déchirant, et ainsi ne distinguait-il, ne comprenait-il rien, pas plus qu'il ne fut surpris ni intéressé par le chatouillement dans sa gorge dont les bulles lui envahirent la bouche avant de jaillir hors de lui en un flot de tiédeur liquide, ni étonné ni rassuré de sentir ses yeux se voiler d'un sang à travers lequel il pouvait voir, il vit des enfants vêtus de haillons écarlates se regrouper mais à l'écart de l'arbre où il était ligoté, leurs corps fantomatiques et ombreux sur la route rosée et encore plus étrange les yeux enflammés du chien et les mains iridescentes de la fille le libérant du serpent lové de la corde qui l'enserrait ; et tandis que ces entraves tombaient, quelque chose comme un brasier sauvage l'envahit, même ses yeux le brûlèrent tandis qu'il glissait au bas du tronc d'arbre vers les eaux fraîches, froides, glaciales. Le garçon inspira à fond, aspira goulûment l'eau qui se refermait sur son corps, cette glace liquide éteignant toute chaleur et puis l'attraction se fit pesante, plus puissante encore, d'une couleur obscure qui s'assombrissait encore, noircissait peu à peu au-dessus de lui les contours déchiquetés des plaques de glace à la manière dont la nuit enténèbre les nuages. Un corps coula sereinement loin de lui, puis un autre suivit, qui pivotait doucement comme s'il tournoyait dans un courant. Un cerf bascula lentement, passa près du garçon, sa tête et sa ramure ballant. Et le garçon se sentit rire, rire encore, devant un tel spectacle.

# *Vingt-quatre*

Les plaques de glace immaculées et les eaux noires se refermèrent sur Galen, le garçon, Harlan, le cerf, qui disparurent comme s'ils n'avaient jamais existé, glissant sans voix et sans combat sous la surface, vers les profondeurs qui recouvraient le passé de la vallée. La glace se referma comme les pièces disjointes d'un puzzle tandis que Jamie descendait en rampant de cet affleurement granitique qu'elle était autrefois venue chercher là, les sons qui jaillissaient d'elle déchirant le silence. Elle rampa à quatre pattes, reliée par la laisse à un chien qui était désormais et à nouveau tout ce qu'elle possédait, vers le bord du lac de retenue et là elle tenta de se relever et s'aperçut que ses jambes ne la portaient pas. Elle tomba en arrière, toujours reliée au chien par la laisse, et s'assit, gémit et se lamenta; et de l'endroit où elle se tenait assise, gémissait et se lamentait, elle ne put voir le cerf remonter inexplicablement à la surface du lac, y flotter un instant, et un autre, puis couler de nouveau, loin au-delà de ce promontoire où – près d'une poignée d'os, tout ce qu'il restait du cadavre d'un enfant dévoré par les bêtes – les cabanes à glace montaient la garde, témoins silencieux de ce qu'elles ne pourraient jamais révéler. Jamie resta assise au bord du lac, le chien à côté d'elle, où elle vitupéra et pleura, se lamenta et gémit, inconsolablement. A la manière de sa grand-mère, à qui elle ressemblait beaucoup.

*Achevé d'imprimer sur les presses de*

BUSSIÈRE

GROUPE CPI

*à Saint-Amand-Montrond (Cher)*
*en mars 2008*

N° d'édition :15215. — N° d'impression : 080763/4.
Dépôt légal : mars 2008.

*Imprimé en France*